A ARTE DE
O SENHOR DOS ANÉIS™
A GUERRA DOS ROHIRRIM™

A ARTE DE
O SENHOR DOS ANÉIS™
A GUERRA DOS ROHIRRIM

DANIEL FALCONER

PREFÁCIO DE KENJI KAMIYAMA ❈ INTRODUÇÃO DE PHILIPPA BOYENS

TRADUÇÃO DE EDUARDO BOHEME

Harper Collins

RIO DE JANEIRO, 2025

Título original: *The art of the Lord of the Rings: the War of the Rohirrim*

Fotografias da unidade da trilogia cinematográfica O SENHOR DOS ANÉIS nas páginas 6, 48, 51, 59, 116, 117, 121, 131 e 143: Pierre Vinet, Chris Coad, Ken George, Grant Maiden.

A Arte de O Senhor dos Anéis: A Guerra dos Rohirrim é um guia do filme O Senhor dos Anéis: A Guerra dos Rohirrim e foi publicado com a permissão, mas não a aprovação, do Espólio de J.R.R. Tolkien. Excertos de diálogos foram retirados do filme, e não do romance O Senhor dos Anéis.

Dados Internacionais de Catalogação na Publicação (CIP)
(BENITEZ Catalogação Ass. Editorial, MS, Brasil)

F172a
1. ed. Falconer, Daniel
    A arte do Senhor dos Anéis: a Guerra dos Rohirrim / Daniel Falconer; tradução Eduardo Boheme; ilustração Warner Bros. – 1. ed. – Rio de Janeiro: HarperCollins Brasil, 2024. 256 p.; 25,4 × 29,5 cm.

    Título original: *The art of the Lord of the Rings: the War of the Rohirrim.*
    ISBN 978-65-5511-622-9

    Arte conceitual. 2. Rohirrim (personagens fictícios). 3. Terra-média (lugar imaginário) – Ficção inglesa. 4. Tolkien, J.R.R. (John Ronald Reuel), 1892-1973. O Senhor dos Anéis. I. Boheme, Eduardo. II. Warner Bros. III. Título.

08-2024/202   CDD 709.04

Índice para catálogo sistemático:
Arte conceitual   709.04
Aline Graziele Benitez – Bibliotecária - CRB-1/3129

HarperCollins Brasil é uma marca licenciada à
Casa dos Livros Editora Ltda.
Todos os direitos reservados à Casa dos Livros Editora LTDA.
Rua da Quitanda, 86, sala 601A - Centro,
Rio de Janeiro/RJ - CEP 20091-005
Tel.: (21) 3175-1030
www.harpercollins.com.br

Página Anterior [P.A.]: Arte de cenário de Edoras. Quadros-chave da animação, MT.

SUMÁRIO

◆ ⋘❖⋙ ◆

AGRADECIMENTOS

Muitas pessoas merecem profundo agradecimento por seu apoio incondicional e encorajamento na produção deste livro. Ninguém merece mais do que Takenari Maeda e Hinako Okasora, que foram meus olhos, ouvidos e mãos no Japão, sempre tão generosos ao dispor de seu tempo, tão prontos para ajudar com conselhos, recursos, pedidos de entrevistas e traduções valiosas. É um clichê dizer isto, mas este livro realmente não poderia ter vindo à luz sem eles.

Obrigado a Philippa Boyens por sua fé e seu amparo, e a Phoebe Gittins e Arty Papageorgiou por sua atenção, generosidade e amizade. Foi um grande prazer ajudá-los a compartilhar sua história. Muitos agradecimentos a Jo Clarke por facilitar todo o processo.

Meus mais sinceros agradecimentos a Joseph Chou, Jason DeMarco e Kenji Kamiyama por sua perceptividade, encorajamento e seu tempo, sem os quais essa tarefa teria sido impossível. Muito obrigado aos artistas extraordinários que tão pacientemente dividiram sua criatividade, suas ideias e seu tempo comigo.

O apoio e o entusiasmo da equipe da Warner Bros. foi impressionante. Sou muito grato a Jill Benscoter, Logan Nash, Melanie Swartz e Victoria Selover por seu auxílio incansável.

Sinceros agradecimentos a meus grandes amigos e companheiros de equipe nessa empreitada junto à HarperCollins, Chris Smith, Terence Caven e David Brawn, sempre tão positivos e colaborativos.

Por fim, meus agradecimentos à minha família por sua compreensão e por tolerarem minhas ausências sempre que tive de priorizar os prazos do livro em vez das responsabilidades domésticas!

Foi divertido!

DANIEL FALCONER

Quadro final do filme (trilogia SdA).

PREFÁCIO

Eu amava *O Senhor dos Anéis* de Peter Jackson e, por isso, quando recebi essa ligação de Los Angeles, foi quase instantaneamente um "Sim!".

A ideia de reinterpretar aquele mundo na forma de anime foi muito interessante para mim e, depois, veio a questão: que história vamos adaptar? Havia muitas possibilidades no livro de J.R.R. Tolkien, tantas histórias em potencial que poderiam ser expandidas, mas todas elas bastante desafiadoras para criar como um longa-metragem de animação. Quando ouvi a história de Helm Mão-de--Martelo e seus descendentes — dois filhos e uma filha da qual nada sabíamos —, pareceu-me bem interessante. A história tinha tantas possibilidades dramáticas. Fiquei imediatamente intrigado e animado.

Normalmente, eu escrevo meus próprios roteiros, mesmo quando é uma história que estou adaptando, mas, neste caso, o roteiro estava sendo preparado por outros criadores, então foi um processo muito mais colaborativo do que de costume. Eu havia trabalhado nos roteiros da série *Blade Runner: Black Lotus*, mas essa foi a primeira vez que deixei a criação da linguagem, do diálogo, inteiramente nas mãos de outras pessoas. Foi algo muito novo e eu estava depositando toda a minha confiança em outros roteiristas, mas isso também trouxe a oportunidade de ricas trocas de ideias e discussões.

Estávamos no meio da pandemia, então todos estavam em lugares e fusos horários diferentes ao redor do mundo. Nós nos reuníamos por videoconferência, o que era às vezes bastante desafiador. Tudo era traduzido para que eu olhasse e comentasse, e isso, por sua vez, era traduzido e enviado de volta. Houve muita manipulação do material, então o processo foi bastante complexo.

Compreender como fazer um filme em um idioma diferente foi um dos desafios mais significativos que tive de superar em cada etapa do projeto. Para um diretor, é difícil fazer um filme em uma língua que não a sua própria — inglês, neste caso — e as nuances do diálogo estão fora do seu controle. Como criar cenas sem me fiar nos diálogos? Como dirigir essas cenas? Foi um desafio completamente novo, mas, por isso, acabei conseguindo focar quase inteiramente nas ferramentas e nas tarefas de encenar e dirigir as sequências para comunicar como eu me sentia em relação à história, fazendo uso de sugestões visuais e dramáticas sem depositar minhas fichas dos diálogos. São coisas sobre as quais um diretor reflete em todo projeto; já dirigi filmes de animação antes, mas, neste filme, isso foi particularmente importante. Tornou-se, realmente, o coração do processo de direção.

Assim como acontece com Helm e Héra, tratava-se de encontrar um caminho diferente.

KENJI KAMIYAMA, DIRETOR

Quadro final do filme.

INTRODUÇÃO

Em 2021, a New Line Cinema estava procurando uma história de *O Senhor dos Anéis* que pudesse ser transformada em um filme de animação. Os apêndices ao fim de *O Retorno do Rei* contêm uma rica história dos eventos que moldaram a Terra-média. Há muitos fios interessantes de histórias — ainda — não contadas nas quais poderíamos ter nos aprofundado. Mas desde a primeira menção de que o filme seria uma animação, eu sabia qual era a nossa história: o conto de Helm Mão-de--Martelo e a guerra pelo trono de Rohan.

Eu tinha a sensação de que — qualquer que fosse a história que escolhêssemos contar — ela precisava ser independente. Idealmente, nada que exigisse a criação de versões animadas potencialmente dissonantes em relação aos nossos personagens do *live action*, nem que dependesse de um Senhor Sombrio ou de Anéis de Poder. Poderia ser ambientado no contexto desses grandes eventos e histórias, mas precisava ser uma história em si mesma, completa.

Com essas restrições, deparamo-nos com duas escolhas: ou retrocedíamos bastante nas histórias da Terra-média, ou acomodávamos nosso conto no conforto de algo familiar, mas único. Para mim, a escolha era óbvia; precisávamos contar a história da queda de Helm Mão-de-Martelo.

Retornar a Rohan com novos personagens é algo que tem muito valor para nós e para os fãs de *O Senhor dos Anéis*, mas pensar nisso como um anime trouxe à tona outras razões pelas quais essa narrativa parecia a certa. A história e a cultura dos Rohirrim possuem elementos que eu achava que combinariam bem com a tradição das narrações em anime: contendas familiares, o exame do conceito de honra, a natureza da liderança e as coisas que fazem de alguém um bom governante. Olhando para uma estrutura potencial para a história, ocorreu-me que a grande batalha do filme viria no final do primeiro ato, e não no clímax. O que significava que este seria um filme não apenas sobre a guerra, mas sobre os destroços que ela cria. Tematicamente, isso parecia se encaixar bem com a grande tradição do cinema japonês.

Há uma dureza e uma honestidade na maneira com que os diretores japoneses abordam todas as emoções humanas e no modo como essas relações se dão no cinema japonês. Senti que seria adequado para Tolkien e para essa história em particular.

Nunca tendo feito um filme de anime, eu não tinha considerado o desafio de se fazer animação retratando cavalos. Lembro-me da minha primeira conversa com Kenji Kamiyama e Joseph Chou. Eu estava relatando a potencial cena de batalha nas planícies antes de Edoras e eles me interromperam — parecendo um pouco chocados — e perguntaram: "Quantos cavalos?!". Felizmente para todos os envolvidos, quando se trata de Kenji Kamiyama, estamos lidando com um mestre do anime. Ele superou esse e muitos outros desafios para criar inúmeros quadros visuais impressionantes.

Mas acho que o elemento que foi mais atraente para mim foi a chance de contar a história da filha sem nome de Helm, a quem chamamos, no fim, de Héra. De muitas maneiras, a história de Tolkien sobre Helm Mão-de--Martelo é centrada em torno dela — é a rejeição do pedido de casamento de Wulf que põe em movimento o conflito que se segue. Mas, além disso, sabemos muito pouco sobre ela, o que nos deu certa liberdade para contar sua versão. Tornou-se uma história compartilhada, uma história de pai e filha. O conto começa como uma coisa, mas se torna outra conforme as escolhas dos personagens. E é exatamente isso que se quer quando se escreve para o cinema.

O Professor Tolkien apenas esboçou a ideia nos Apêndices, mas sinto que, se tivesse a oportunidade, ele talvez a expandisse um dia, como fez com tantas outras histórias. Da maneira como está escrita, situa-se fora da narrativa de Sauron e do Um Anel; os eventos que se desenrolam não têm um efeito profundo na Guerra do Anel, de modo que, para ele, na época, provavelmente não havia necessidade de contá-la na íntegra. Mas sendo esse o caso, por que incluí-la? A menos que ele visse nessa história algo de interessante, talvez para retornar futuramente? Tenho a forte sensação de que aí estava o gérmen de outra história que ele poderia ter contado, mas à qual nunca retornou.

Ao adaptar a narrativa para as telas, é nossa responsabilidade construir em torno dos fios da história que o Professor Tolkien esboçou, mas sempre aspiramos ser atenciosos e embasados em nossa abordagem. Procuramos nunca fazer nada que fosse acrescentar algo ao caldeirão ou à sopa, como diria o Professor, sem antes garantir que soasse autêntico naquele mundo e nas intenções dele. É minha grande esperança que, ao fazer isso, tenhamos honrado a história que ele tinha em mente.

PHILIPPA BOYENS, PRODUTORA

A CRIAÇÃO DE UM ÉPICO EM ANIME

As discussões sobre um novo filme de *O Senhor dos Anéis* vinham acontecendo há algum tempo na New Line Cinema, e foi proposto fazer uma animação digital. Havia uma história que estavam explorando com Sir Peter Jackson, mas, seja lá por que razão, ela não foi para frente. Carolyn Blackwood comandava a New Line na época. Ela ainda estava animada com a ideia de fazer uma animação sobre a Terra-média e disposta a tentar algo diferente que talvez não fosse um investimento significativo. Conversou com Tom Ascheim, que era chefe de animação de toda a Warner Bros., e ele por sua vez colocou Sam Register na conversa.

Sam propôs um filme em anime, que é bastante adequado para projetos com elementos de fantasia e muito bom para evidenciar ação. Ao saber que eu vinha produzindo animes para a Warner Bros. há vinte e cinco anos, e que era fã de *O Senhor dos Anéis*, Sam me perguntou se eu achava possível. Claro que eu disse que sim! Dependeria do tempo e do investimento.

O problema é que a New Line queria o filme em dois anos e meio, além de não estar disposta a gastar muito. É mais barato produzir animes do que algumas outras formas de animação, mas leva bastante tempo. São cinco anos para fazer um anime médio do começo ao fim, e não tínhamos esse tempo. Tipicamente, os estúdios de anime com a qualidade que buscávamos precisam ser reservados com anos de antecedência. Não podíamos simplesmente pegar o telefone e dizer "Parabéns, vocês vão fazer um filme do *Senhor dos Anéis*!".

O segundo desafio foi imaginar uma história factível dentro do prazo e do orçamento. Precisávamos ser engenhosos nas nossas escolhas para não darmos um passo maior do que a perna, então passei um tempo pesquisando histórias possíveis derivadas dos Apêndices de *O Senhor dos Anéis* que servissem aos nossos propósitos. Os estúdios de anime são muito bons em utilizar técnicas de animação limitada de maneira criativa e cinemática, sem que o resultado pareça barato ou inferior. Se administrássemos tudo com austeridade e fôssemos cuidadosos com a proporção, deixando as animações mais pesadas e complexas para as sequências-chave que realmente precisassem, talvez fosse possível. De muitas maneiras, um anime foi a escolha perfeita para uma adaptação animada bidimensional da

Terra-média, porque os artistas de anime são muito bons nesse tipo de animação muito bonita, fluida, desenhada à mão, que precisa brilhar nas cenas importantes.

A New Line me colocou em contato com Philippa Boyens, que escreveu os filmes originais de *O Senhor dos Anéis* com Peter Jackson e Fran Walsh. Sam estava pondo à prova minha credibilidade nerd! Philippa ficou animada com as várias histórias sobre as quais estávamos conversando, mas foi ela quem inicialmente propôs a história de Helm Mão-de-Martelo e sua família para um filme forte e autossuficiente. Eu reli aquelas páginas do livro e imediatamente concordei. A ambientação do cerco funcionaria bem para nós: tinha peso emotivo, e não teríamos que, necessariamente, animar sequências de batalha grandes e numerosas.

Entrei em contato, então, com Joseph Chou, que dirigia o estúdio Sola. Ele tinha sido produtor em muitos projetos nos quais trabalhamos juntos e trabalhou para a Warner Bros. há muitos anos. Sendo um dos produtores originais de *Animatrix*, ele sabia como fazer a ponte entre obras ocidentais protegidas e o anime, tinha muitos contatos na indústria e talvez soubesse quais diretores se interessariam por algo assim.

Joseph não apenas gostou da ideia, como também quis fazer parte do projeto. Conversamos sobre diretores e o nome de Kenji Kamiyama, com quem eu tinha trabalhado em *Blade Runner: Black Lotus* surgiu. Eu o conhecia por seu trabalho na Production IG. Kamiyama-san tinha dirigido *Ghost in the Shell: Stand Alone Complex* [*Fantasma do Futuro*], uma das minhas séries favoritas, e a excelente série de animações de fantasia *Moribito: O Guardião do Espírito*. Ele era forte tanto como diretor quanto como roteirista, tinha a mão firme e ele mesmo conseguia desenhar. Eu sabia que seria uma grande escolha se o conseguíssemos...

Joseph ligou para Kamiyama logo depois que eu desliguei o telefone e, para nosso grande alívio, ele concordou! Foi um voto de confiança fenomenal da parte de Kamiyama; um dos muitos que foram feitos nesse projeto. Sabíamos que provavelmente não teríamos tempo nem dinheiro para isso, mas faríamos o melhor filme que pudéssemos. Tínhamos fé que, uma vez iniciado, seríamos capazes de provar quão valoroso era o filme, e talvez nos dessem mais recursos para elevá-lo ao patamar que merecia. Ao conversar com as pessoas que ajudaram a fazer os filmes originais em *live action*, descobrimos que foi exatamente assim que esses filmes foram feitos. Quando você brinca nesse mundo épico, até mesmo o menor dos filmes, como o nosso, acaba se tornando uma empreitada enorme.

Tendo assegurado nosso diretor, precisávamos de um estúdio de anime. Isso seria difícil por causa de nossos prazos, e não tínhamos orçamento para ficar jogando dinheiro neles até aceitarem. Logo percebemos que seria preciso criar

Arte referencial de cenários: as Montanhas Brancas, TK.

nossa própria equipe. Encontrar os animadores de alto nível que precisávamos e que já não estivessem trabalhando foi desafiador. O projeto exigia uma atenção incrível aos detalhes. As casas de animação geralmente têm seus próprios animadores trabalhando em tempo integral e que ajudam a integrar os temporários, que trabalham por projeto. Essa estabilidade ajuda a garantir resultados consistentes nas animações quando se tem centenas de pessoas diferentes desenhando quadros.

Pensamos em trazer animadores da França, porque lá há uma tradição de incríveis artistas de anime em 2D, mas, infelizmente, a chegada da pandemia tornou isso impossível. As fronteiras do Japão ficaram fechadas por dois anos e esse projeto simplesmente não podia ser feito de maneira remota, menos ainda com o desafio adicional do idioma. Contratamos autônomos e treinamos as pessoas. Joseph fez um trabalho impressionante de fechar acordos, fazendo o que pôde para trazer pessoas decisivas de outras produções, e Kamiyama-san foi fundamental para ajudar a elevar as expectativas quanto à arte, alçando-a da qualidade televisiva

para a de um longa-metragem, pois muitas pessoas que encontramos tinham experiência em trabalhos para a TV. Ele foi um grande professor.

O estúdio Sola produzia animações digitais, por isso Joseph precisou adaptar o modo de trabalho para integrar, além disso e em paralelo a isso, um fluxo de desenhos feitos à mão completamente em 2D. Usamos captura de movimento para nos auxiliar onde era possível, e Kamiyama desenvolveu um método inovador de usar animação digital para nos ajudar a esboçar as sequências, o que com certeza foi eficiente, mas a equipe precisou de um tempo para se acostumar a trabalhar dessa maneira e, no fim, ainda foi necessário desenhar cada quadro. Não era possível usar rotoscópio ou traçados.

Fizemos tudo ao nosso alcance para gerenciar o projeto da forma mais austera possível, mas, como disse Tolkien, esse conto cresceu à medida que era contado. Precisávamos de uma batalha épica no meio do filme, com centenas de soldados de cavalaria, e precisávamos de coisas como *mûmakil*, o Vigia, e um Trol. Era um filme sobre a Terra-média, então há coisas que são simplesmente necessárias. Cavalos são uma das coisas mais difíceis de se desenhar, e tínhamos exércitos inteiros galopando e batalhando.

Arte de cenário do Forte-da-Trombeta.

Fomos acolhidos pela equipe neozelandesa que havia feito duas trilogias cinematográficas. Eles compreendiam o potencial desse projeto como um sucessor digno do trabalho que realizaram. Eles acreditavam que pertencia ao mesmo mundo, com as mesmas escolhas de design e de cores, e apoiaram nossos esforços para criar uma interpretação estilística original de sua visão da Terra-média.

Um acontecimento importante para nós foi quando projetamos o primeiro trecho do filme, ainda sem acabamento, para a New Line. Quase não havia animação finalizada, mas, mesmo sem isso, houve um momento crucial em que perceberam todo o potencial do que estávamos criando e disseram que nos dariam mais dinheiro, o que ajudou muito. Deu-nos o conforto de saber que talvez conseguíssemos de fato realizar tudo isso.

Seis meses depois, a greve em Hollywood levou o caos aos cronogramas de lançamento. Não era possível promover os filmes de maneira adequada, pois os talentos estavam em greve e, portanto, as datas nos cinemas foram alteradas. Outro filme foi realocado para meados de 2024, que era nossa vaga original, e *A Guerra dos Rohirrim*, portanto, foi adiada em seis meses. Já tínhamos os diálogos gravados e nossos animadores estavam trabalhando no Japão, então isso não nos impactou negativamente; na realidade, deu-nos outros seis meses para finalizar o filme, o que foi uma benção. No fim, tivemos três anos e meio para fazer um filme que provavelmente deveria ter levado cinco, mas conseguimos.

O filme tomou forma conforme a necessidade, mas foi definitivamente um voto de confiança em nós todos. Tenho um amor muito grande por esse mundo e não queria ser o cara que estragou tudo! Acredito que fomos incrivelmente sortudos por ter Joseph como produtor e Kamiyama como diretor. Foi um projeto incrivelmente difícil e incomum para um diretor japonês. Ele trouxe sua voz muito potente para o filme, tornando-o seu, mas também sempre respeitou as muitas outras vozes de pessoas que vinham trabalhando há muito tempo com o mundo de J.R.R. Tolkien. Não consigo imaginar outra pessoa que pudesse ter feito isso.

JASON DEMARCO, PRODUTOR
VICE-PRESIDENTE SÊNIOR DE ANIME E AÇÃO, WARNER BROS.

ARTISTAS E COLABORADORES

Diretor KENJI KAMIYAMA (KK)
Produtora PHILIPPA BOYENS
Roteiristas PHOEBE GITTINS e ARTY PAPAGEORGIOU
Produtor JASON DEMARCO
Produtor JOSEPH CHOU (Fundador da Sola Entertainment)

SOLA ENTERTAINMENT
Com sede em Tóquio (Japão), Sola foi o principal estúdio de animação do filme.

Design de personagens originais STATO (S)
Design conceitual ALAN LEE (AL) e JOHN HOWE (JH)
Designs conceituais adicionais DANIEL FALCONER (DF)

Design de personagens e supervisão de animações-chave MIYAKO TAKASU (MT)
Design de adereços KENJI MASUDA (KM)
Designer de criaturas MASAHIKO SUZUKI (MS)
Supervisores de animação sênior WANQIAN XIA (SH; designs de personagens adicionais), AI SATAKE (AS; designs de personagens adicionais)
Diretor assistente IORI MIURA (IM; designs de criaturas adicionais)
Coordenador de cena YU AOKI (YA)
Animadores principais sênior KAZUHIDE TOMONAGA (KT) e HISAO YOKOBORI (HY)
Animadores principais ASAMI TAGUCHI (AT; designs de personagens adicionais),
Supervisores de animação plenos AISHA ARI HAGIWARA (AAH; designs de criaturas adicionais) e SHIZUKA OKUMOTO

Designers de cores OSAMU MIKASA (OM), KUMIKO NARUKE e YUKO NOJIRI
Supervisores de arte de fundo YASUHIRO YAMANE (YY) e TAMIKO KANAMORI (TK; também design de cenário e quadro de imagens)
Design de cenário e quadro de imagens KEIICHIRO SHIMIZU (KS)

Arte de fundo
YUHAO OU, NANAMI SAKATA, RIO TAKEDA, NAO YOSHIDA, ANRI ISHIDA, YUJI OHNUKI, ARISA MATSUZAWA, JEAN-MARC POIRIAULT, ATTACHAI BOONSMAI, ADITEP MEECHAIJREONYING, PARINYA PHETWIPHAT, AUTTAPON BOONSMAI, YOSANANN RUJICHAYAKHUN, WATCHARA HORTHONG, SUPAKORN KUNPRATUM, THEERANAN TAEJAROENKUL, PALIN THONGSANTHIN, PICHET CHAIYARIN, ERI SODEYAMA, SHINSUKE KINOSHITA, HARUKA MASUO, YURI ISHIKAWA, ANNA TAKAHASHI, ONOO FUJII, MAYU HIGUCHI, WONG BOKI, SHUNSUKE NEGISHI, TASUKU WATANABE, AKIRA HIROSAWA, YANN LE GALL, AYMERIC GESBERT, RAVENEL M RIECK, YUTO MURATA, HARUKA FUKAGAWA

CGI e supervisão de fundo SANKAKU (SHUNSUKE WATANABE) (SS)

Produtor associado TAKENARI MAEDA
Produtor de linha HINAKO OKASORA
Supervisor de pós-produção JOEY GOUBEAUD
Produtor de CGI KENTARO TOMINAGA
Cartografia DANIEL REEVE

WĒTĀ WORKSHOP (WW)
A Wētā Workshop Design Studio, com sede em Wellington (Nova Zelândia), foi contratada para produzir artes conceituais e de cenário para o filme.

Diretor de arte do estúdio de design e artista conceitual sênior ADAM MIDDLETON (AM)
Artistas conceituais sêniores do estúdio de design GUS HUNTER (GH), CHRIS GUISE (CG) e ADAM ANDERSON (AA)
Artistas conceituais do estúdio de design IONA BRINCH (IB), THOMAS OATES (TO) e KEN SAMONTE (KSa)
Artistas conceituais juniores do estúdio de design JOSHUA DAMIAN (JD) e JEROME MORRIS (JM)
Gerente de produção supervisora do estúdio de design TALEI SEARELL
Gerente de produção do estúdio de design MEGAN TREZISE

EDITORA HARPERCOLLINS
Editor e diretor de publicações CHRIS SMITH
Gerente de design TERENCE CAVEN
Coordenadora de produção sênior MEGAN DONAGHY
Publisher DAVID BRAWN

WARNER BROS.
Vice-presidente, marketing integrado JILL BENSCOTER
Administrador, marketing integrado LOGAN NASH
Diretora, publicação global MELANIE SWARTZ
Diretora, publicação editorial VICTORIA SELOVER

NOTA DO AUTOR

Em meados de 2021, tive a sorte de me juntar à equipe que estava trabalhando em *A Guerra dos Rohirrim*. Tendo trabalhado nas trilogias cinematográficas *O Senhor dos Anéis* e *O Hobbit*, a ideia era que eu poderia ajudar na conexão entre os filmes. *A Guerra dos Rohirrim* estava sendo produzido como um longa de anime, mas a intenção sempre foi que fizesse parte do cânone visual dos filmes de Peter Jackson. Meu trabalho era ajudar a criar a ponte entre eles ouvindo-os com atenção e dando conselhos quanto aos designs produzidos pelos artistas da Ásia, além de ajudar a guiar novas artes que fossem feitas em outras localidades.

Fiquei muito animado quando descobri que tanto John Howe quanto Alan Lee estariam de volta à Terra-média. Meu próprio aprendizado como artista profissional se deu sob a orientação desses dois homens extraordinários, quando estávamos fazendo os designs para a trilogia *O Senhor dos Anéis*. O visual desses filmes deve tudo à imaginação e sabedoria deles.

Também foi excelente revisitar a Terra-média com tantos novos artistas que trouxeram suas próprias visões criativas. Pediram que meus amigos na Wētā Workshop Design Studio — tanto veteranos das trilogias quanto designers recém-chegados — criassem os conceitos. Os designs de personagem também já estavam bem adiantados quando entrei no projeto, sob a tutela do artista coreano STATO. Eu não o conhecia, mas logo me tornei fã. Havia, no Japão, uma equipe impressionante de designers de cenário, de adereços, de personagens e de criaturas, com os quais eu viria a trabalhar bastante nos meses seguintes, conforme o mundo de *A Guerra dos Rohirrim* tomava forma nas suas mãos. Para mim, esse foi um dos aspectos mais animadores do projeto. A mistura entre os artistas que voltavam e os novos artistas do Leste e do Oeste deram ao filme o melhor de todos os mundos, nos quais a experiência e o legado podiam se mesclar com ideias novas e perspectivas complementares para construir algo bonito juntos.

Como não tinha experiência profissional com animações desenhadas à mão, inicialmente hesitei quanto ao que eu poderia oferecer para além de referências e relatos, mas essa ansiedade logo acabou. A direção artística que nós, egressos do filme de Jackson, recebemos da produção foi no sentido de não nos preocuparmos quanto ao quesito anime e de não tentarmos antecipar o processo ao criar o design; deveríamos tratar o filme como se fosse uma extensão do mundo em *live action* que conhecíamos e no qual trabalhamos há vinte anos. A equipe do Japão se encarregaria de traduzir os designs em anime. Nossa tarefa era simplesmente pensar sobre os elementos da Terra-média e, de fato, nos foi pedido expressamente que apresentássemos os conceitos de modo realista.

Comecei a compartilhar referências originais e materiais de pesquisa, e a providenciar instruções e comentários a outros artistas, mas meu papel rapidamente se expandiu, e tive a oportunidade oferecer meus próprios conceitos novos. Foi um prazer imenso voltar à Terra-média e ter a oportunidade de trabalhar com amigos, novos e antigos, unindo-nos como um grupo de músicos para compor um álbum.

Em determinado momento, minha participação no projeto acabou e o mundo dos nossos heróis Rohirrim passou para as mãos de outros artistas. Tive a sorte de poder ver, ocasionalmente, alguns trabalhos de tirar o fôlego sendo feitos pela equipe de animação. Por causa do meu grande apreço pelos impressionantes animadores e pela equipe de produção, foi com prazer que me entreguei ao trabalho de compartilhar com o mundo as suas histórias quando me ofereceram a oportunidade de escrever *A Arte de O Senhor dos Anéis: A Guerra dos Rohirrim*.

Seria possível encher vários volumes deste tamanho com a riqueza de imagens e de histórias produzidas e, por isso, a parte mais difícil de organizar esse livro foi ter que cortar material, sem dúvida. Ainda assim, espero que todos os artistas envolvidos possam se orgulhar do trabalho, mesmo que só uma pequena porção dele esteja apresentada aqui.

Da minha parte, fico profundamente agradecido pela oportunidade e espero ter feito jus a todos.

DANIEL FALCONER

Arte de cenário da Weald se Witega.

- 1 -

OS PLANALTOS DO WESTFOLDE

Sobre as Montanhas Brancas da Terra-média planam duas Grandes Águias, mergulhando e rodopiando, bravias e livres. Nas terras planas abaixo, são observadas por Héra, filha de Helm, princesa de Rohan. Escalando um promontório, ela chama as aves gigantes e, jogando uma isca, atrai a ave filhote de plumas brancas para si. Por um momento, encaram-se, até a conexão se quebrar e o pássaro se virar e erguer-se mais uma vez ao inalcançável céu. Héra é chamada de volta para casa, e galopa em seu corcel branco, Ashere, de volta a Edoras, capital de Rohan.

STORYBOARDS

A criação de storyboards, os esboços sequenciais, é parte importante do processo de fazer um filme, especialmente em um longa-metragem animado. Os esboços são a espinha dorsal do projeto, informando a composição e a narração de todas as cenas no filme, decompondo-o em sequências que, por sua vez, geram uma lista para a arte de cenário e para a animação, definindo as necessidades do filme.

Kamiyama-san tem uma abordagem muito visual em seus procedimentos. Com frequência, ele tem na mente uma ideia visual forte para determinada cena ou sequência, que é então posta em um roteiro e, depois, entra no *storyboard*, mas a ideia se origina nele de maneira visual. – JOSEPH CHOU, PRODUTOR

Em uma série televisiva, eu divido o trabalho com outras pessoas, simplesmente porque há coisas demais para um só fazer, mas, em um filme, gosto de fazer eu mesmo todo o *storyboard*. É uma referência crucial para todos que trabalham no filme. Muitos diretores seguem-no de perto e não se desviam daquilo que foi desenhado, mas eu gosto de manter a mente aberta para incorporar novas ideias e fazer alterações conforme a arte principal é desenhada e vamos avançando na produção. Os esboços do *storyboard* são um roteiro importante; são o plano do filme, mas não um manual que não pode ser incrementado ou alterado.

Neste filme, o processo foi um pouco diferente do que de costume, porque eu não escrevi o roteiro. Normalmente, a essência de um personagem é algo que eu mesmo encontraria ou moldaria durante a roteirização, então é muito fácil traduzir algo do roteiro para o *storyboard*. Dessa vez, foi mais difícil de assumir o controle porque eu estava interpretando as ideias de outra pessoa. A razão para um personagem reagir de certa maneira em determinada cena, ou sua motivação, não eram coisas que sempre entendia de imediato, porque eu não havia concebido o personagem ou a interação. Além disso, estava escrito em inglês, então precisava ser traduzido. Há nuances importantes. Foi um processo complexo no qual contei com a parceria cuidadosa de Philippa Boyens. – KENJI KAMIYAMA, DIRETOR

P.A.: Quadro final do filme. Quadros do storyboard, KK

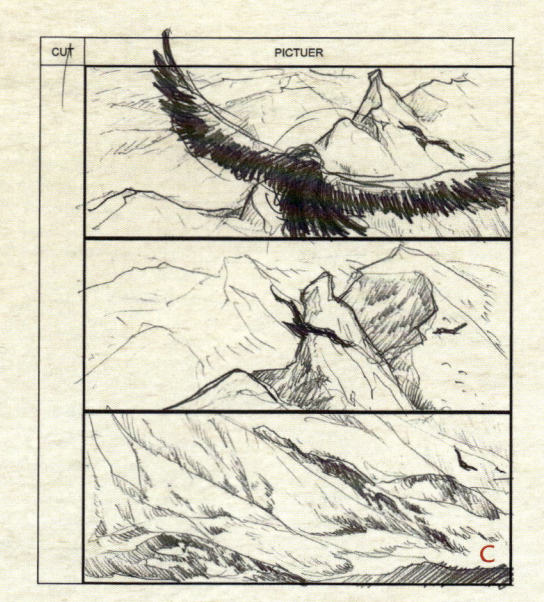

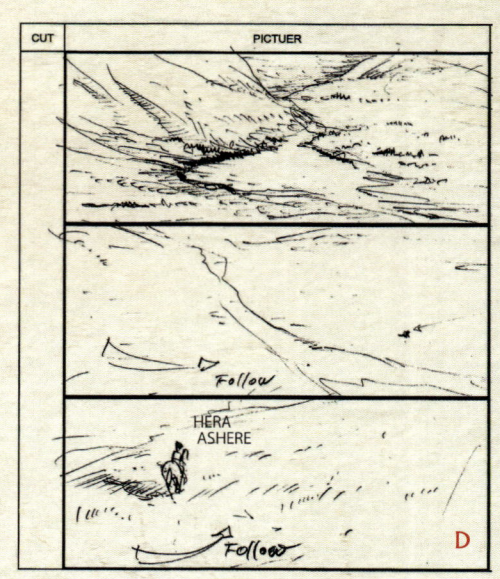

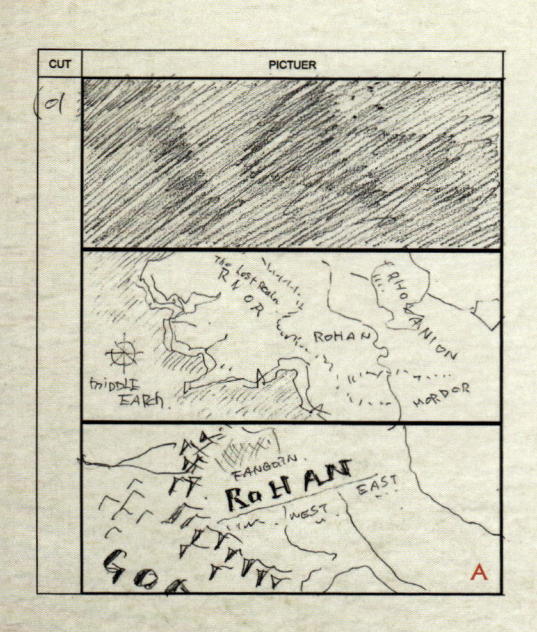

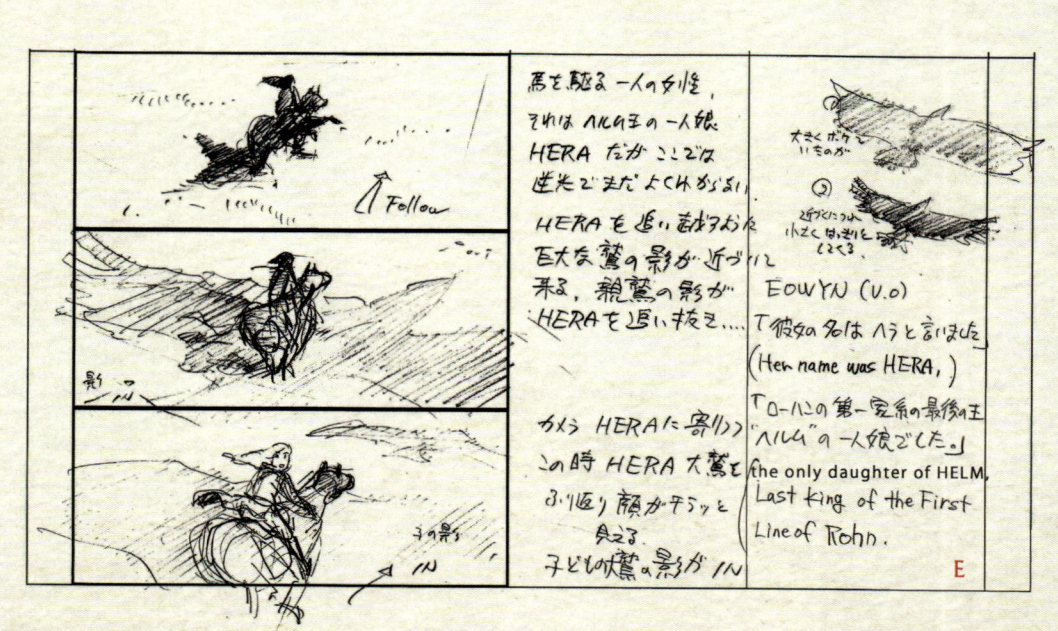

O WESTFOLDE

As instruções para a arte de cenário foram mais específicas do que em outros animes pois precisavam refletir a geografia que, muitas vezes, é retratada com detalhes nos escritos de Tolkien ou já estabelecida visualmente nos filmes. Elas dependeram da reunião e exame de várias referências em filmes, livros e localizações reais para que os artistas pudessem desenhar.

Os artistas de cenário de animes geralmente têm bastante liberdade para criar sua imagética, mas, nesse caso, buscamos artistas que pudessem trabalhar de modo muito próximo ao diretor para criar uma arte com necessidades bem específicas. Eles precisavam entender onde tudo deveria ficar dentro da paisagem ficcional da Terra-média e serem capazes de interpretar as referências do *live action* de maneira a criar a sensação de um anime que pertencesse inequivocamente àquele mundo, e não a outro mundo de fantasia. – JASON DEMARCO, PRODUTOR

Todos que trabalharam nesse filme tinham muita consciência de que ele fazia parte de *O Senhor dos Anéis*, parte do mundo que Tolkien desenvolveu tão ricamente em seus livros. Isso influenciou todas as escolhas criativas.

Quando desenvolvíamos os cenários na nossa história, começávamos consultando as pessoas que trabalharam na trilogia cinematográfica e estavam familiarizadas com os textos originais. Buscávamos entender os fatos sobre as paisagens: é aqui que estamos, esta é a geografia, este é o clima, são estes os arredores. Uma vez que compreendíamos isso, podíamos começar a pensar nas necessidades de nossa cena ou tomada específica. Para a sequência de abertura do filme, precisávamos que as Águias sobrevoassem as montanhas e Héra tinha que estar em algum lugar, cavalgando. Também precisávamos de um lugar elevado de onde ela poderia jogar a carne para a Águia. Depois de entender todos esses elementos, eu conseguia iniciar o arranjo da cena dentro desses limites, sabendo onde ela se passava e como era a geografia do texto e dos filmes originais.
A imaginação então entra em cena e a importância passa para a montagem e para o modo como podemos tornar isso fílmico. – KENJI KAMIYAMA, DIRETOR

Para criar a paisagem montanhosa, nossa equipe de 3D primeiro gerou o terreno, e eu desenhei nele. Ao desenhar, usamos imagens e fotos da trilogia cinematográfica, e também das paisagens da Nova Zelândia como referência para garantir que tivesse o aspecto e a impressão da Terra-média. Às vezes era difícil atingir o sentido correto de proporção quando combinávamos as formas do modelo tridimensional. – TAMIKO KANAMORI, DIRETORA DE ARTE

Assim como o Monte Cook/Aoraki na Nova Zelândia, cadeias montanhosas em Islamabad e na Suíça serviram de inspiração. A cena foi criada usando uma técnica pseudo-3D de mapeamento por vídeo. O modelo do terreno foi feito no Estúdio Sankaku. As formas das montanhas e do terreno eram bem simples, mas trabalhamos em cima disso por mais de um ano até atingir o patamar que gostaríamos. A altitude da câmera e a mudança de ângulo na cena foram concebidas para parecer natural, como um filme em *live action*, e acrescentamos então nuvens, sombras, objetos em 3D e refinamos a textura dos detalhes muitas vezes.

1: Arte referencial de cenários: Montanhas Brancas e paisagens de Rohan, YY. **2:** Artes conceituais das paisagens de Rohan, TK.

Por sugestão do diretor, a região rochosa onde Héra está foi inspirada nas pradarias da Mongólia. São secas e não cresce tanta grama por lá. – YASUHIRO YAMANE, DIRETOR DE ARTE

Para mim, a sequência de abertura foi provavelmente a mais difícil do filme. A câmera desce de súbito, seguindo Ashere e Héra galopando pelos campos do ponto de vista de uma Águia. Foi uma tomada importante que representa o visual da animação, desenhado à mão, e dá o tom da história.

Para o cenário, dividimos a quantidade imensa de material em centenas de camadas, processando-as com computação gráfica; depois acrescentamos detalhes para criar a imagem espetacular, uma animação feita à mão, da Águia planando sobre a paisagem.

A sequência foi feita com a cooperação de artistas de todos os departamentos — direção, animação, cor, CGI, composição e arte de cenário — e, por isso, marcou-me profundamente. – SHUNSUKE WATANABE, DIRETOR DE CGI/COMPOSIÇÃO, ESTÚDIO SANKAKU

AS GRANDES ÁGUIAS

Héra alimentando a Águia demonstra seu amor pela natureza selvagem e seu espírito aventureiro, mas também indica sua consciência acerca da paisagem e das criaturas do seu mundo, o que se torna importante conforme a história avança. Como nos conta, ela sabe que as Águias conseguem falar o idioma comum dos Homens. Ela é curiosa.

As águias representam a liberdade e isso é muitíssimo importante para Héra — a liberdade de escolher, de ser indômita e descomprometida. – PHILIPPA BOYENS, PRODUTORA

Há uma conexão óbvia entre Héra e a Águia Filhote. São muito jovens, estão em um momento semelhante de suas vidas. – ARTY PAPAGEORGIOU, ROTEIRISTA

Há duas Águias na cena. Uma é adulta, a outra está dando seus primeiros voos. Em um ponto posterior do filme, queríamos que os espectadores conseguissem reconhecer a Águia com quem Héra interage como sendo a águia filhote do início, então ela precisava ter uma aparência diferente. Outro fator que nos levou a torná-la branca é que essa era a cor que associei as características de Héra. Todos os personagens têm uma cor associada a eles e, quanto a Héra, isso conectou seus trajes ao longo do filme. O branco os conecta visualmente. – KENJI KAMIYAMA, DIRETOR

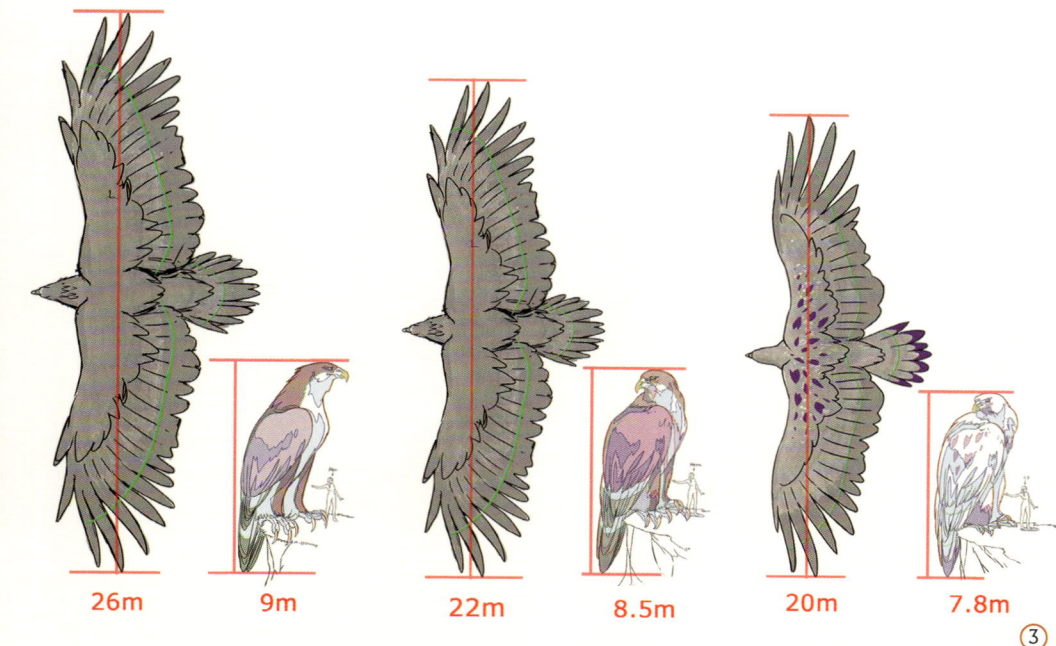

26m 9m 22m 8.5m 20m 7.8m

1: I: Artes conceituais da Grande Águia, WW. 2: Arte referencial de criaturas: a Grande Águia, AAH. 3: Comparações de tamanho da Grande Águia, AAH. 4: Quadro do storyboard, KK. 5: Quadro final do filme. 6: Arte referencial de criaturas: a Grande Águia Filhote, AAH. 7: Chai.

A Grande Águia Filhote difere das outras criaturas no filme porque ela praticamente a guia. Retratá-la assim pode ser diferente do que está no material original, mas era importante para a história que estava sendo contada.

A Águia Filhote era originalmente marrom, como a adulta, mas foi tornada branca para que pudesse ser identificada facilmente pelo público. O diretor Kamiyama tinha ideias bastante particulares quanto a ela: disse-me que precisava parecer fofinha e legal. Eu costumava ter um calafate de estimação chamado Chai. O diretor também tinha um e sugeriu que incorporar alguns elementos daquele passarinho talvez ajudasse a realçar o lado amigável da Águia Filhote. Inicialmente, tive dificuldades em assimilar essa imagem, porque ele estava me pedindo para combinar um passarinho de estimação com uma poderosa ave de rapina!

Acho que o design final definitivamente dá uma impressão mais juvenil em comparação à Águia adulta. São bem parecidas, mas eu desenhei a filhote de maneira mais graciosa do que poderosa, dando-lhe um ar nobre e misterioso, e fazendo seus movimentos parecerem mais inteligentes do que os de um pássaro comum.

Tentei não sobrecarregar o design com detalhes demais, nem fazê-lo realista demais. Tem um corpo fofo e penas rígidas, leves, mas é na verdade bem musculoso e com bastante força! Para tentar passar essa força nos meus desenhos, estudei como os pássaros são representados em filmes e animações. Acho que o filme da Disney *Bernardo e Bianca na Terra dos Cangurus* (1990) foi particularmente útil para entender o aspecto de uma águia, a maneira como se move e seus gestos.

É uma criatura sobre a qual refleti por um bom tempo e realmente coloquei meu coração nela. – AISHA ARI HAGIWARA, DESIGNER DE ANIMAÇÃO DE CRIATURAS

HÉRA, FILHA DE HELM

◆━━━◆◆◆◆━━━◆

Héra, como descobriremos, é na verdade uma princesa de Rohan, mas, no início, é retratada como um espírito corajoso e indomado. Ela se sente à vontade quando está livre pelas pradarias, cavalgando e explorando.

Queríamos que Héra fosse visualmente distinta de Éowyn, e por isso é ruiva, mas faz parte da linhagem de Éowyn, então definitivamente há um parentesco entre ambas. – PHILIPPA BOYENS, PRODUTORA

Héra, sendo nossa protagonista, não poderia ser uma personagem que começa do zero, ou seja, uma personagem que ainda está aprendendo as coisas, como lutar etc. Ela já precisava estar em determinado ponto logo do início, então, em termos de histórico e de ambientação, precisava exibir uma óbvia força de caráter. Se tivesse nascido menino, talvez fosse favorita a herdar a coroa de Helm. Não é o caso, devido ao mundo em que ela nasceu, mas isso molda quem ela é.

Nas instruções passadas ao designer de personagem, STATO, eu lhe disse que a capacidade de Héra deveria ficar evidente no design dela desde o começo do filme, para que os espectadores pudessem aceitar aquilo que ela acaba se tornando no fim. Ela precisava estar confortável empunhando uma espada, ter o porte de uma líder, ser alguém que seguisse os passos das antigas donzelas-do-escudo, não deveria ser só um rosto bonito. Deixando espaço para um crescimento no decorrer da história, ela precisava emanar força e sabedoria. Creio que STATO nos entregou um excelente trabalho. – KENJI KAMIYAMA, DIRETOR

Na história de Helm Mão-de-Martelo, conforme escrita por J.R.R. Tolkien, os filhos de Helm são nomeados, mas, curiosamente, sua filha não é. Mesmo assim, uma leitura atenta da história mostra que tudo começa com ela e com a proposta de Freca para que ela se casasse com seu filho, Wulf. Portanto, ela é central no conto.

Vários nomes foram sugeridos. Eu estava determinada a fazer com que começasse com a letra "H", por causa dos demais nomes na família. Isso nos levou a nomes como Helga ou Hilda, mas foi Fran Walsh quem disse: "E a nossa Viking, Hera Hilmar?". Hera fez o papel da personagem

QUASE DUZENTOS ANOS ANTES DE O ANEL CHEGAR A BILBO BOLSEIRO, VIVIA UMA MOÇA...

Hester em *Máquinas Mortais* e nós costumávamos chamá-la de "Nossa Viking". Se o usássemos, então o nome dela não poderia ser o grego "Hera". A fonte de Tolkien para os nomes e o idioma dos Rohirrim era o inglês antigo, então eu conversei com acadêmicos. Eles me disseram que o nome não existia, mas, se fôssemos cunhá-lo, ele significaria "Alguém-eternamente-nobre", ou, caso acentuássemos o "a", então significaria "eternamente-forte". Tecnicamente, por correção, deveria ser grafado com "h" no fim, como "Hérâh", mas não conseguimos aprovação para tal grafia. No fim, o nome Héra foi inventado por nós, mas baseado em inglês antigo.

Gaia Wise deu voz a Héra em nosso filme e ela foi a melhor. Tínhamos boas gravações de muitas jovens atrizes, mas ela se destacou. Nós todos chegamos independentemente à conclusão de que era a pessoa certa. Eu achava que tinha descoberto esse jovem talento incrível, mas, é claro, no fim das contas ela era filha de Emma Thompson! Não fazíamos ideia. Nós a escalamos sem saber, mas Gaia *é* o personagem de Héra. Era muito moleca e cresceu nas Terras Altas da Escócia. Ela trabalha duro e é engraçada; ora está confiante e, no minuto seguinte, completamente pateta. Deu tudo de si como atriz e, na realidade, o papel exigiu bastante fisicamente. Tenho fotos dela pulando. Ela se desdobra para produzir a performance vocal que precisávamos para uma personagem tão ativa. – PHILIPPA BOYENS, PRODUTORA.

A quem poderíamos recorrer para o design desses personagens? Inicialmente, foi difícil encontrar alguém no Japão que pudesse aceitar, que entendesse do gênero de fantasia e apreciasse aquilo que necessitávamos. Kamiyama-san era fã do trabalho de STATO e o seguia em uma rede social. Então, um dia, chegando à conclusão de que talvez fosse o cara certo, ele me pediu que enviasse um e-mail para STATO. Não podíamos mencionar *O Senhor dos Anéis* ainda, mas eu expliquei que Kamiyama-san queria encontrá-lo para falar sobre o design dos personagens de um novo filme e discutimos seus trabalhos anteriores. Felizmente, STATO ficou intrigado.

Trabalhando com ele, não havia o procedimento normal de enviar o material de lá para cá, pedindo retoques e alterações. Na maioria das vezes, ele acertava de primeira. O diretor não costuma dar o aval tão rapidamente; STATO simplesmente conseguia e isso aconteceu com muitos personagens. – JOSEPH CHOU, PRODUTOR

Um projeto como *A Guerra dos Rohirrim* poderia ser intimidador, mas eu estava confiante de que conseguiria se tivesse em mente três princípios para me guiar enquanto desenhasse: primeiro, a estética dos filmes do *Senhor dos Anéis*; segundo, as instruções do diretor; e, finalmente, a confiança na minha experiência com design de figurino de inspiração medieval para jogos de fantasia. – STATO, DESIGNER DE PERSONAGENS ORIGINAIS

1: 1: Artes conceituais de Héra, S. **2:** Quadro final do filme.

Os designs de STATO eram lindos, mas do tipo que nós chamaríamos de design original. Para usá-los no filme, precisávamos refiná-los, tornando-os o que consideramos design de personagens de anime, um processo de refinamento e simplificação. O desafio era pegar um exemplar artístico muito sofisticado e traduzi-lo para algo que poderia ser desenhado repetidas vezes de forma consistente e eficiente por muitas pessoas. Isso precisava ser feito por alguém bastante familiarizado com o processo de animação, que compreendesse até que ponto poderíamos ir com certos detalhes e quanto do traçado poderia ser reduzido sem que ficasse simplório.

As necessidades do cinema e da televisão são diferentes, mas, como neste caso era um filme, Kamiyama-san trabalhou de perto com Miyako Takasu, nossa designer e diretora de animação. Ela supervisionava todo o fluxo de animação, então passou muito tempo com o diretor refinando os designs. Takasu-san criou a arte dos modelos dos personagens que seria a referência primária a ser seguida por todos os artistas que os desenhassem. Semelhantes artes dos modelos foram criadas para cada acessório ou criatura no filme pelos respectivos designers.

Uma vez que encontramos o nível correto ao qual levar os personagens, ficou mais fácil, mas foi uma caminhada até chegar a esse ponto. Takasu-san soube como converter os designs em algo que fosse adequado para a animação sem perder a essência do personagem na arte original. Héra, por exemplo, precisava se mover, então coisas como o comprimento dos membros e as proporções eram pontos importantes para resolver. Só alguém com experiência e discernimento poderia fazer isso corretamente.

Mesmo assim, os designs finais ainda são muito ambiciosos, com traçados e detalhes intrincados. – JOSEPH CHOU, PRODUTOR

A visão geral do filme ainda estava para ser definida quando eu comecei a desenhar os personagens para *A Guerra dos Rohirrim*. O trabalho de um designer é ajudar na concretização da visão do diretor, mas, no começo, isso ainda estava se desenvolvendo, então houve um período de exploração sem balizas ou diretrizes claras. Tive várias reuniões de trabalho junto com o diretor, gradualmente entendendo qual era a visão que ele tinha para o filme.

A atmosfera e o mundo de *O Senhor dos Anéis* já estavam estabelecidos nos filmes, mas determinar como traduzir isso para animação foi muito desafiador. Como representar a complexidade da armadura, cavalos, criaturas e multidões foi uma tarefa tremendamente difícil e causou várias dores de cabeça!

Ao desenhar os personagens baseados na arte original do STATO, tentamos fazer o mínimo possível de alterações. Em vez disso, procuramos manter os personagens e designs conceituais originais e nos concentramos em como implementá-los como animações. Pode não ser o que as pessoas pensam sobre design de personagens, mas chegar a um modelo prático para a animação, com base na sua intuição e experiência, tem tanta importância quanto o próprio trabalho de design criativo. Uma personagem como Héra teve que ser desenhada dezenas de milhares de vezes até o filme ficar pronto. Isso é muito diferente de uma ilustração única. O modelo efetivamente determina a capacidade que a equipe de animação tem para concluir a produção. A quantidade de informação visual em um design precisa ser reorganizada para permitir que ele se mova e expresse emoções. Como tantos animadores diferentes vão desenhá-lo, ele precisa ser reprodutível.

Por ser a protagonista e uma das primeiras a serem definidas, o processo de design de Héra ajudou a estabelecer as regras visuais que influenciariam todos os outros personagens na produção. Foram cerca de seis meses de trabalho e muitas versões para decidir qual seria o design final dela. – MIYAKO TAKASU, DESIGNER DE PERSONAGENS E SUPERVISORA DE ANIMAÇÕES-CHAVE

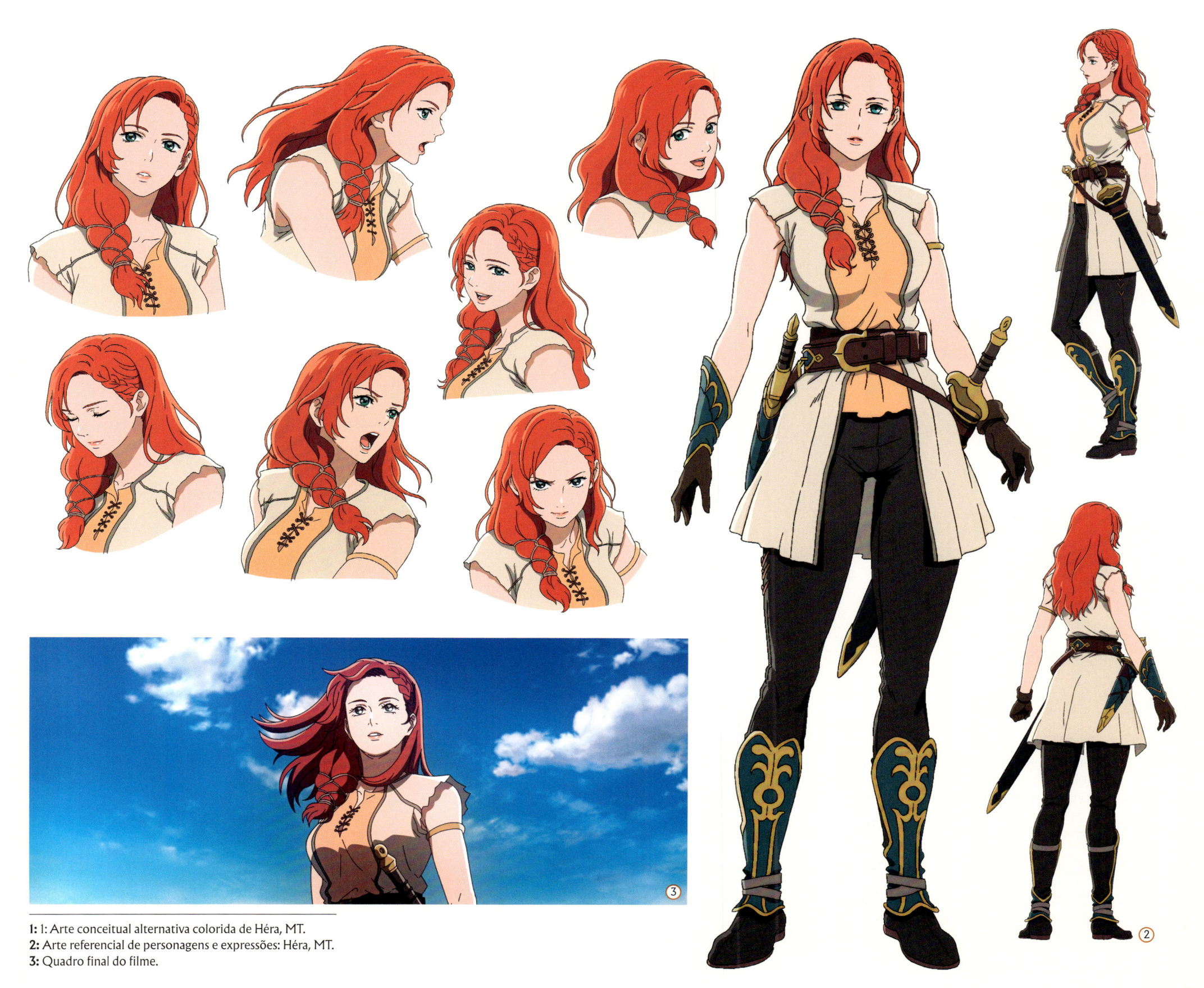

1: 1: Arte conceitual alternativa colorida de Héra, MT.
2: Arte referencial de personagens e expressões: Héra, MT.
3: Quadro final do filme.

"EU SOU SUA AMAZONA MAIS VELOZ."

Embora Héra seja uma princesa, ela é uma personagem ativa e inquieta, ao invés de recatada ou fraca. Foi assim que o diretor pediu. Pessoalmente, eu queria que a personagem principal fosse atraente tanto para homens quanto para mulheres, então quis que ela mantivesse algo de princesa também. Esse papel também se expressa na silhueta dos seus cabelos: espessos, ondulados e volumosos. Há vivacidade, mas não de um jeito rude ou duro, e há alguma flexibilidade nisso. – MIYAKO TAKASU, DESIGNER DE PERSONAGENS E SUPERVISORA DE ANIMAÇÕES-CHAVE

1: Quadros finais do filme. **2:** Quadros-chave da animação, MT. **3:** Arte conceitual do cabo da espada de Héra, JH. **4:** Arte conceitual da espada de Héra, JH e DF. **5:** Artes conceituais da espada e a adaga de Héra, S. **6:** Arte referencial de acessórios: a espada e a adaga de Héra, KM.

Os designers STATO e John Howe providenciaram artes conceituais para a espada, com a intenção de que se mantivessem dentro do paradigma das espadas dos Rohirrim na trilogia cinematográfica; lâminas simples e retas, guarnições estreitas e cabos revestidos em couro. Um dos novos elementos mais distintivos no conceito de STATO é o pomo anelado, algo que tem precedente histórico em muitas culturas reais e que tornaria a espada de Héra única entre os Rohirrim. STATO também desenvolveu o conceito de uma adaga para a personagem prender do outro lado da cintura.

John Howe havia produzido uma dúzia de esboços para cabos de espada que não estavam necessariamente associados a personagens específicos. Para mim, foi um grande prazer expandir esses esboços de modo a incluir lâminas completas e cores, além de sugerir quem poderia empunhá-las. O diretor então escolheu suas favoritas e elas foram reinterpretadas pela equipe no Japão, para que ficassem adequadas à animação. – DANIEL FALCONER, DESIGNER DE CONCEITOS ADICIONAIS

Embora o armamento de todos os personagens no filme fosse geralmente baseado em artes conceituais já existentes, procuramos fazer com que o design funcionasse para a animação. O objetivo era deixar o trabalho dos animadores dentro de um limite factível, mas garantindo que os aspectos únicos em cada design de espada se destacassem. Era importante atingir o equilíbrio entre a simplificação e a originalidade.

Eu sempre prestava atenção nos personagens ao desenhar os acessórios. Imaginava-os com o acessório na mão. Não fica bem se você olhar apenas para o acessório. Ele precisa ser uma extensão do personagem e não o contrário. – KENJI MASUDA, DESIGNER DE ADEREÇOS

ASHERE

Ashere, o cavalo de Héra, foi nomeado por Will Matthews e Jeffrey Addiss, que escreveram a primeira versão do roteiro. Não é muito diferente de Æschere, o conselheiro mais confiável de Hrothgar em *Beowulf*.

Em nossa história, há um certo elemento de "a menina e seu cavalo". A conexão entre cavalo e cavaleiro é parte importantíssima dos Rohirrim, e há um laço incrivelmente estreito entre eles. Em um momento crucial, Héra diz a seu irmão Háma, "Fique com Ashere", mas Háma responde "Ashere não aceita ninguém além de você". Isso pode ser entendido como um aceno a Scadufax e ao fato de os *Mearas* só aceitarem ser montados por magos ou reis. Não tenho certeza se Ashere é um dos *Mearas*. Não fizemos essa conexão explicitamente. – PHILIPPA BOYENS, PRODUTORA

De certo modo, é uma história de formação, então parece adequado haver um elemento como o do "adolescente e seu veículo". Sem dar a Héra a jaqueta de couro de James Dean, ou a moto do Marlon Brando, a relação que ela tem com Ashere pode ser vista como um símbolo desse anseio dos jovens por liberdade. – ARTY PAPAGEORGIOU, ROTEIRISTA

Sendo uma princesa de Rohan, imaginamos que Héra tenha crescido com algum nível de isolamento em relação aos seus pares… Então sempre pensei em Ashere como seu melhor amigo. Eles têm uma ligação leal e lúdica. Estão juntos para o que der e vier, sempre se apoiando mutuamente. – PHOEBE GITTINS, ROTEIRISTA

De que cor seria Ashere? Será que ele teria um padrão distintivo para se destacar no filme? A descrição inicial no roteiro dizia que era um garanhão turíngio de pelo baio escuro, mas o personagem evoluía conforme diferentes opções de design eram exploradas pela Wētā Workshop e pela Telecom Animation Film. No fim, Ashere ficou com a pelagem acinzentada e cor de creme claro, em consonância com a visão do diretor de que a cor característica de Héra seria o branco.

Sendo o cavalo da heroína, era importante que Ashere se destacasse, então eu imaginei sela e arreios que fossem únicos. Lembrei de alguns elementos interessantes parecidos com bandeirolas que meu amigo e antigo colega na Wētā Workshop, Warren Mahy, tinha criado há vinte anos, quando estávamos esboçando ideias para os Rohirrim da trilogia *O Senhor dos Anéis*. Esses elementos não foram utilizados, então eu os incluí no meu conceito para Ashere. Também sugeri para a sela uma manta com bicos, o que não é necessariamente prático, mas era bonito! Mais para o fim do filme, Ashere acaba com algo parecido. – DANIEL FALCONER, DESIGNER DE CONCEITOS ADICIONAIS

A visão que eu tinha de Ashere era que fosse fêmea, então coloquei uma trança na crina, para emular a de Héra. Gosto de pensar que a própria Héra tenha trançado a crina. – MIYAKO TAKASU, DESIGNER DE PERSONAGENS E SUPERVISORA DE ANIMAÇÕES-CHAVE

1: I: Artes conceituais de Ashere, WW. **2:** Arte conceitual de Ashere, S. **3:** Arte conceitual de Ashere, DF, e inserido, Arte conceitual do cavalo dos Rohirrim (trilogia SdA), Warren Mahy (Designer da WW). **4:** Quadros-chave da animação, MT. **5:** Artes conceituais coloridas de Ashere. **6:** Arte referencial de criaturas: Ashere, MT.

"ASHERE NÃO ACEITA NINGUÉM ALÉM DE VOCÊ."

ASHERE

- 2 -

EDORAS

Edoras é uma cidade cercada por uma paliçada, composta por casas, estábulos e forjas de madeira que se estendem em uma colina escarpada. Aqui vive o Rei Helm da linhagem de Eorl, senhor da Marca-dos-Cavaleiros. Por ser sua filha, exige-se de Héra que participe de um witan, uma reunião dos senhores das vastas terras de Rohan, neste caso convocado não pelo próprio rei, mas por Freca, senhor do domínio mais a oeste de Rohan, a Marca-ocidental.

O domínio de Edoras na Marca-ocidental traz tensões de conflitos passados com os Terrapardenses, que há muito tempo consideravam aquele local o seu lar. O ambicioso Freca cobiça o trono de Helm e, com o pretexto de unir suas casas para enterrar velhas inimizades, ele oferece seu filho Wulf para se casar com Héra.

Helm consegue enxergar o esquema e repreende Freca, insultando-o e mandando-o embora. Do lado de fora do Paço Dourado de Meduseld, os dois homens buscam resolver sua querela no braço, mas, com um único golpe, Helm mata Freca.

Wulf jura vingar seu pai e sai de Edoras cavalgando furioso, tornando-se um proscrito, banido do reino de Rohan.

EDORAS

Edoras representou um desafio duplo: o primeiro foi compreender e reconstruir a cidade da maneira que ela apareceu na trilogia cinematográfica e depois reimaginá-la com o aspecto que poderia ter tido quase dois séculos antes. Tudo começou com a pesquisa do design de cenário e da construção física originais. O cenário externo foi erguido no Monte Sunday, um local deslumbrante no coração de Te Waipounamu, Aotearoa, a Ilha Sul da Nova Zelândia, com um portão de entrada e casas próximas, além de um grande aglomerado de edificações no topo, com um segundo portão e uma paliçada, estábulos, uma torre sineira e o Paço Dourado de Meduseld. O restante da cidade foi inserido digitalmente nas sequências que revelavam sua extensão. Ao fim das filmagens, tudo foi retirado e o local foi restaurado à sua condição original, conforme o acordo da produção com o governo da Nova Zelândia para que fosse permitido o uso da área de preservação.

Nós olhamos os dados de escaneamento por satélite do Monte Sunday e usamos imagens de satélite para fazer mapeamento de vídeo a fim de recriar a geografia do morro em 3D da maneira mais precisa possível. Usando isso como guia para o relevo, construí uma versão em melhor resolução baseada em fotografias e capturas de tela. Em particular, a face da escarpa é muito distintiva, então recorri a placas fotográficas da trilogia para chegar o mais perto possível. Isso foi a base sobre a qual construí um cenário virtual de Edoras, como se estivéssemos construindo um lugar de verdade naquela exata colina.

Isso talvez tenha sido um pouco fanático, mas, para mim, era a coisa mais importante devido ao meu amor por ela.

Eu já tinha pesquisado e construído um modelo em 3D do Paço Dourado, pura e simplesmente para o meu deleite, então foi fácil chegar nesse ponto. Uma vez posicionado corretamente, foi como a pedra angular para o restante, e pudemos começar a preencher todas as outras estruturas, recriando tudo o que tinha sido construído naqueles anos. Eu amo que meu ato de fã devoto tenha sido útil para uma produção de verdade, que algo feito por diversão estivesse sendo usado em um processo de filmagem, tornando-se parte daquele mundo. – ADAM MIDDLETON, DIRETOR DE ARTE DA WĒTĀ WORKSHOP E ARTISTA CONCEITUAL SÊNIOR

Os produtores queriam que a cidade fosse maior nos tempos de Helm. Rohan sofreu terrivelmente com o Inverno Longo, e muito da cidade seria destruído no ataque de Wulf, então calculamos que teria sido o lar de uma população bem maior do que quando Théoden foi rei. – DANIEL FALCONER, DESIGNER DE CONCEITOS ADICIONAIS

Nosso design precisava ser reconhecível como a Edoras da trilogia e, por isso, não podíamos alterar a silhueta da cidade acrescentando construções demais, o que mudaria aquele visual icônico. As sequências fundamentais de *As Duas Torres* são muito distintivas, com o Paço Dourado claramente visível no alto da colina, acima do portão principal, e queríamos preservar isso. Em geral, só vimos a cidade por esse ângulo, o que nos permitia explorar e expandir toda a parte de trás da cidade sem interferir naquela visão frontal icônica.

Conforme a complementávamos, eu queria garantir que tudo fosse feito de maneira cuidadosa e que as construções não fossem alocadas a esmo nem espalhadas de maneira muito uniforme. Pensei que podíamos incluir sugestões sobre o lado agrícola da cultura de Rohan e outros

aspectos de seu modo de vida. Tentei imaginar conjuntos de edificações que teriam um propósito. Pintei estradas onde imaginei que elas pudessem se desenvolver em relação à topografia nas imagens de satélite que baixamos e então projetei tudo de volta no modelo 3D. Casas e estábulos, forjas e outras estruturas poderiam ser alocadas ao longo dessas estradas de modo pensado.

Depois de algumas rodadas de design, todo esse trabalho em 3D foi entregue à produção para que usassem também. – ADAM MIDDLETON, DIRETOR DE ARTE DA WĒTĀ WORKSHOP & ARTISTA CONCEITUAL SÊNIOR

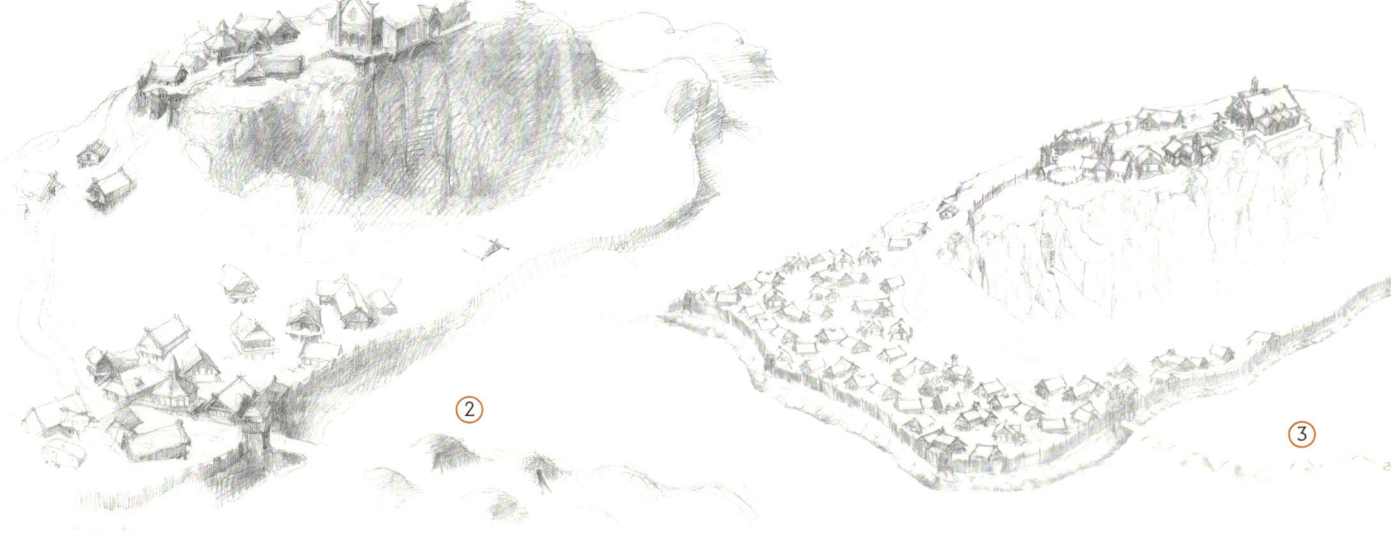

P.A.: Arte de cenário de Meduseld. **1:** Artes conceituais de Edoras, AM. **2:** Arte conceitual de Edoras (trilogia SdA), AL. **3:** Arte conceitual de Edoras, DF. **4:** Edoras, quadro do filme (trilogia SdA).

Há muitas representações em 2D de Edoras, mas uma versão completamente em 3D foi construída para ajudar na animação. Reunimo-nos para discutir como a cidade poderia ter sido duzentos anos antes de *O Senhor dos Anéis* e o que teria sido diferente. A impressão geral é de que deveria ser parecida, mas com algumas diferenças importantes. Por exemplo, Meduseld se parece muito com o palácio da trilogia, mas, no nosso filme, ele é incendiado, então poderia ficar um pouco diferente. Nós o imaginamos um tanto maior e mais colorido. Mostra uma Rohan que foi certa vez mais próspera do que acabou se tornando. – JOSEPH CHOU, PRODUTOR.

Kamiyama-san fez uma homenagem muito reverente e forte à Edoras que vimos na trilogia. Certamente há espectros da trilogia no nosso filme — nossos personagens estão pisando em muitos dos mesmos caminhos, sabe, eles estavam lá primeiro! Amo a sequência em que Héra se encontra no lugar onde Éowyn esteve, diante do paço. Pela atenção aos detalhes em cada viga, em cada elemento, dá para ver quão meticulosa e cuidados a equipe foi ao criar esses espaços. – PHOEBE GITTINS, ROTEIRISTA

Isso posto, os artistas desse filme também se tornaram donos dele. Vemos Edoras de maneiras que jamais vimos nos filmes originais; novas áreas, novos ângulos, e o diretor foi magistral na iluminação. Ele próprio é um artista, então tem olho bom para isso. – PHILIPPA BOYENS, PRODUTORA

Trabalhamos com dois diretores de arte de cenário: Tamiko Kamamori e Yasuhiro Yamane, que são artistas de primeira. Para mim, é muito importante que o cenário não se pareça simplesmente com imagens reais; precisava ter uma certa qualidade artística e, ao mesmo tempo, que fosse muito convincente, e iluminada de modo cuidadoso e bonito. Se fosse

noite, por exemplo, a luz precisava ter a cor, a profundidade, a temperatura e a direção corretas. Eu os desafiei a conseguir chegar nisso e quase sempre eles conseguiam com uma só tentativa. – KENJI KAMIYAMA, DIRETOR

Projetos desse tipo são raros no Japão. Não é frequente você ter a chance de desenhar cenários dessa qualidade nos animes japoneses, então acho que os diretores de arte estavam muito motivados e contentes por trabalhar nestes. Foi uma oportunidade incrível produzir cenários desse nível. – JOSEPH CHOU, PRODUTOR.

Os filmes do *Senhor dos Anéis* foram a base para o retrato que fizemos da capital de Rohan, mas uma das principais diferenças foi que, a pedido do diretor, fizemos Edoras parecer próspera. Tentei passar a sensação de um lugar cheio de vitalidade. É possível ver pessoas sorrindo e acenando conforme Héra cavalga por Edoras. Acho que foi uma boa maneira de deixar o público ciente de que tudo estava indo bem naquele lugar. – TAMIKO KANAMORI, DIRETORA DE ARTE

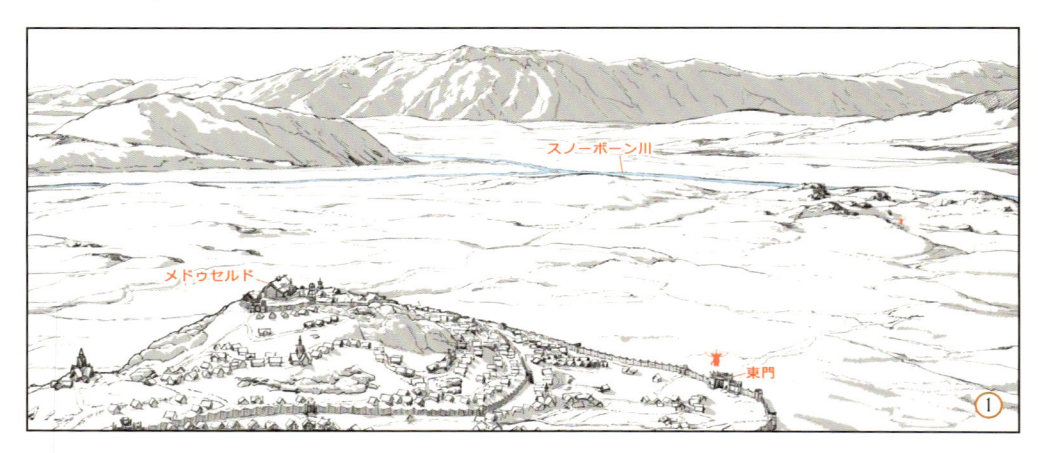

1: I: Arte conceitual de Edoras e do Riacho-de-Neve, TK. **2:** Arte referencial de cenários: Edoras e o Riacho-de-Neve, TK. **3:** Arte de cenário de Edoras.

O PORTÃO PRINCIPAL DE EDORAS

Queríamos um equilíbrio entre as coisas semelhantes e diferentes na nossa versão de Edoras e na da trilogia cinematográfica. Não podia ser uma cidade reluzente, dois séculos antes, e nem poderia parecer antiga. Tentamos encontrar uma distinção apropriada no aspecto sem deixar de parecer que ela estava ali resistindo há muitas gerações. O portão principal é um bom exemplo de como tentamos buscar esse equilíbrio. – KENJI KAMIYAMA, DIRETOR

1: Set do portão principal de Edoras (trilogia SdA). 2: Arte referencial de cenários: o portão principal de Edoras, TK. 3: Arte conceitual do portão principal de Edoras, TK. 4: Arte conceitual do portão principal de Edoras (trilogia SdA), AL.

Fizemos o portão principal maior e mais impressionante do que na trilogia, para mostrar que Edoras estava prosperando. Em um momento posterior do filme, os Rohirrim de Helm atravessam o portão com destino à batalha contra as tropas de Wulf. Embora mantendo detalhes do design, alteramos significativamente a estrutura. Junto da entrada principal incluímos uma pequena porta. Embora não haja cenas em que a utilizem, penso que Héra provavelmente atravessava essa portinha ao ir e voltar de suas cavalgadas pelos campos. – TAMIKO KANAMORI, DIRETORA DE ARTE

AS CONSTRUÇÕES NO TOPO DE EDORAS

Os conjuntos de edificações em torno de Meduseld e erguidos no alto do Monte Sunday para a trilogia foram cuidadosamente pesquisados e recriados. Com espírito semelhante, pequenas alterações foram incorporadas nos designs para refletir os duzentos anos entre os reinados de Helm e Théoden. Entre elas, há estruturas peculiares, como um campanário e armazéns de alimento.

1: Artes conceituais das construções no topo de Edoras, TK. **2:** Arte referencial de cenários: Meduseld, TK.

OS ESTÁBULOS DE EDORAS

Os estábulos correspondem de perto ao que foi desenhado e construído para a trilogia. Nós os fizemos um pouco maiores, no geral, porque Helm é bem robusto, e para garantir mais espaço para estocar feno. Os raios de luz dourada incidindo baixo no interior dos estábulos foram uma ideia do diretor, ao passo que nós pintamos as cenas escuras, à noite, dando a impressão de que foram filmadas com uma abertura menor, capturando a sensação de uma cidade iluminada apenas por tochas. – TAMIKO KANAMORI, DIRETORA DE ARTE

1: Arte de cenário do estábulo de Edoras. 2: Arte conceitual do estábulo de Edoras (trilogia SdA), AL. 3: Arte referencial de cenários: o interior do estábulo, TK. 4: Arte de cenário do interior do estábulo de Edoras. 5: Quadro final do filme.

O estábulo é o primeiro recinto onde nos detemos por algum tempo, então ele precisava dar o tom de Rohan nesse tempo de paz. Era importante que desse a sensação de um local confortável e cálido, claro e luminoso. É aqui que Héra cuida do seu cavalo, Ashere, de quem é muito próxima. Os Senhores-de-cavalos de Rohan têm um carinho profundo por seus animais, então os estábulos são um lugar belo e aprazível, banhado nessa luz quente. Aqui, o rei e sua família mantêm seus cavalos e eles próprios cuidam deles; não é cheio de serviçais. Encontramos Háma aqui, descansando, tocando a lira. É um lugar onde ambos os personagens passam bastante tempo. – JASON DEMARCO, PRODUTOR

"CRIADA JUNTO DE DOIS IRMÃOS POR UM REI GUERREIRO,
A MENINA APRENDEU A CAVALGAR ANTES DE ANDAR."

HÁMA, FILHO DE HELM

Háma é o oposto do seu irmão Haleth, cuja compleição é possante. Kamiyama-san havia desenhado Háma com a lira para destacar sua natureza mais suave e poética. Aí pensamos que, como ele ganhou esse instrumento, então deveria tocá-lo! Arty e eu nos voltamos para Tolkien em busca de inspiração lírica e escrevemos aquela que acabou sendo intitulada a "canção de Háma". É uma melodia que ele canta nos estábulos repetidas vezes ao longo do filme para evocar seu personagem, mesmo depois de ele ter partido. Sua lira também se torna de certa forma um símbolo no filme — como se fosse uma passagem das histórias à geração seguinte, conforme a cultura dos Rohirrim. – PHOEBE GITTINS, ROTEIRISTA

Sendo o segundo filho de Helm, Háma não carrega o fardo de ter que seguir os passos do pai como guerreiro ou líder. Provavelmente ele estaria atento e pronto, caso esse fardo recaísse sobre si em alguma circunstância, mas sua natureza é a de um personagem mais sensível, que lê, canta e faz música. Dar a ele um instrumento para dedilhar ajudou o público a diferenciá-lo de Haleth, e imediatamente lhe conferiu um ar talvez mais estudioso e artisticamente expressivo. – KENJI KAMIYAMA, DIRETOR

Háma era um personagem mais suave e gentil do que Helm ou Haleth. Disseram-me que era popular com a equipe de produção, mas não necessariamente fácil de animar. Eles deram duro para reproduzir o penteado da arte conceitual do design final do personagem. – STATO, DESIGNER DE PERSONAGENS ORIGINAIS

A existência da lira é bem importante. Ela não representa, necessariamente, uma crítica à guerra ou à violência, mas, sim, um aspecto diferente da humanidade ou da cultura dos Rohirrim. – KENJI KAMIYAMA, DIRETOR

Os conceitos que criei para a lira foram muito inspirados na *kithara* grega, embora o jugo curvado não seja comum. As seis ou sete cordas eram tensionadas ao serem enroladas em tarraxas ou cravelhas na barra. Nos meus conceitos, o cavalete e o estandarte estão combinados. – JOHN HOWE, DESIGNER CONCEITUAL

Eu esbocei muitas versões da lira, incluindo uma realista, mas não queria que tivesse um aspecto moderno, então, com a aprovação do diretor, procurei seguir um caminho mais original. – KENJI MASUDA, DESIGNER DE ADEREÇOS

1: Artes conceituais de Háma, S. 2: Arte referencial de personagens e expressões: Háma, MT. 3: Quadro final do filme. 4: Artes conceituais da lira, JH. 5: Arte referencial de acessórios: a lira, KM.

OLWYN, A AIA DA PRINCESA

Olwyn, originalmente chamada "Solwyn" nas primeiras versões do roteiro, é aia de Héra. Tendo perdido a mãe biológica quando era bebê, Héra também foi criada por Olwyn, que se tornou tanto mãe adotiva quanto mentora da jovem princesa. Helm a escolheu para sua filha, sabendo de sua capacidade para proteger e cuidar.

Lorraine Ashbourne faz o papel de Olwyn. Logo no começo, Philippa a mencionou, e foi aí que a personagem ganhou vida. Nós a escrevemos realmente pensando em Lorraine, então tivemos muita sorte por ela ter concordado! – PHOEBE GITTINS, ROTEIRISTA

Lorraine é perspicaz e inteligente, com um senso de humor bastante direto, mas muito forte. É algo que você vê logo que a conhece. Ela era perfeita para esse papel. – PHILIPPA BOYENS, PRODUTORA

Sempre ao lado de Héra, Olwyn precisava parecer confiável. Um pouco mais baixa do que Héra, mas não corpulenta, eu a imaginei como uma personagem que talvez não impressionasse à primeira vista, mas, depois, você descobriria que é obstinada e leal.

Eu queria lhe dar o porte encantador e agradável de uma mulher de meia-idade, mas também queria que as pessoas conseguissem perceber que ela deveria ter sido ainda mais bonita quando tinha a idade de Héra. – MIYAKO TAKASU, DESIGNER DE PERSONAGENS E SUPERVISORA DE ANIMAÇÕES-CHAVE

1: Artes conceituais de Olwyn, S. 2: Arte de personagens: Olwyn, MT. 3: Quadro final do filme.

LIEF, CRIADO REAL

—◆◅◀◆▶▻◆—

Para mim, Lief encarna tudo o que os Rohirrim têm de bom: é muito corajoso e leal mesmo nas piores circunstâncias. Lief sempre tenta dar seu melhor, mesmo quando não acerta e Héra o ama por isso. – PHOEBE GITTINS, ROTEIRISTA

Escolhemos o nome "Lief" pela suavidade, contrastando com alguns nomes dos Rohirrim. Sendo criado de Helm, Lief carrega uma trompa. É o arauto e seu papel é anunciar os estandartes. – PHILIPPA BOYENS, PRODUTORA

No começo, Lief não era um personagem muito desenvolvido. Não era muito importante nas primeiras passagens do roteiro e não tinha uma presença muito grande. Conforme avançamos na produção do filme, e especialmente quando começamos a gravar, Lief cresceu em nossa imaginação. Acho que isso se deu também como reação aos primeiros desenhos. Ele estava se tornando um personagem tão amável, e sua proeminência e importância cresceram naturalmente. Começamos a buscar maneiras de pouco a pouco acrescentar coisas a esse personagem. Você vai notar que ele tem até um pequeno momento de destaque no filme, quando apresentamos uma possível namorada entre os serviçais dos senhores dos Rohirrim! Isso não estava no roteiro, foi algo que aconteceu durante o processo. – KENJI KAMIYAMA, DIRETOR

1: Quadro final do filme. 2: Arte conceitual de Lief, S. 3: Arte de personagem e arte conceitual alternativa colorida de Lief, MT.

②

①

HALETH, FILHO DE HELM

Sendo alguém que precisa seguir os passos de Helm, era necessário que Haleth fosse guerreiro, fisicamente poderoso. Sua compleição física, seu porte, até mesmo seus cabelos, tinham uma semelhança intencional com Helm.

Infelizmente, não acompanhamos o personagem na tela por muito tempo, mas, nas suas poucas cenas, procuramos usar Haleth para demonstrar o lado muito forte de Helm: o guerreiro, o defensor, sua ferocidade; qualidades que são refletidas no seu filho. – KENJI KAMIYAMA, DIRETOR

Haleth tem traços belicosos, assim como seu pai. É alguém que está tentando seguir os passos de Helm, então o fiz parecido a seu pai. – STATO, DESIGNER DE PERSONAGENS ORIGINAIS

①

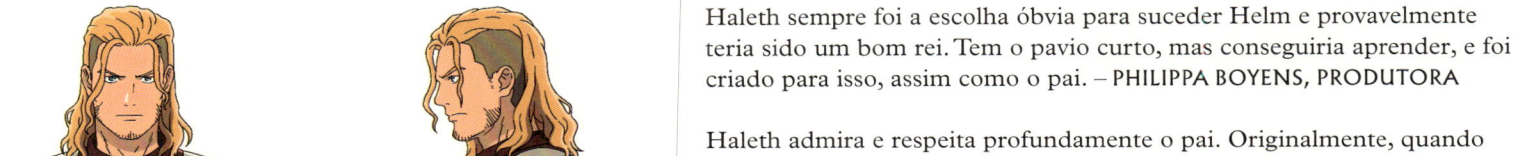

Haleth sempre foi a escolha óbvia para suceder Helm e provavelmente teria sido um bom rei. Tem o pavio curto, mas conseguiria aprender, e foi criado para isso, assim como o pai. – PHILIPPA BOYENS, PRODUTORA

Haleth admira e respeita profundamente o pai. Originalmente, quando o estava desenhando, eu costumava imaginar Haleth como o cara musculoso. Não o imaginei inicialmente como sendo esperto, mas, depois, ao desenhá-lo na fase de produção, percebi que ele é muito mais reflexivo. Haleth tem o jeito confiável do primogênito, destinado a suceder o pai como rei. É fisicamente capaz, assim como Helm, mas também é muito mais do que isso. Acho que os espectadores conseguirão enxergar seu lado mais sério no filme. – MIYAKO TAKASU, DESIGNER DE PERSONAGENS E SUPERVISORA DE ANIMAÇÕES-CHAVE

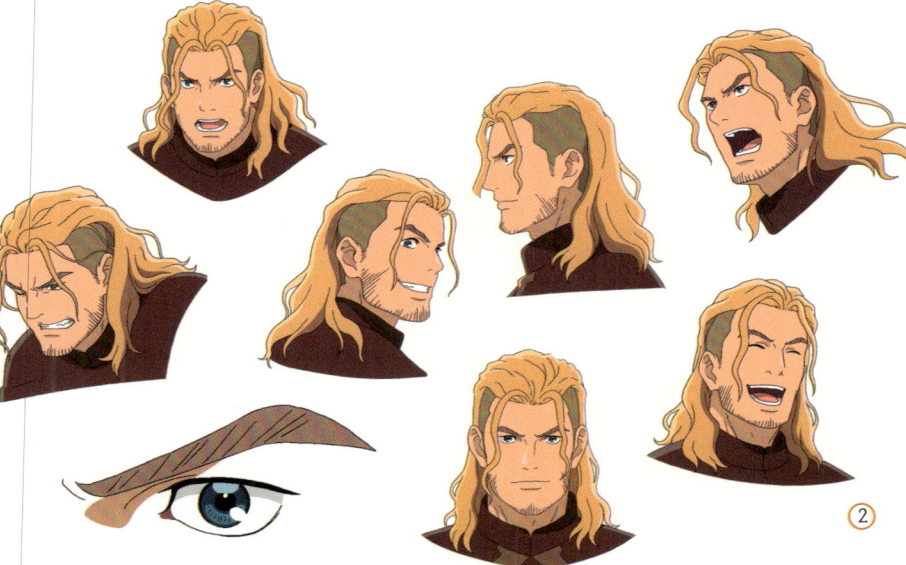

1: Artes conceituais de Haleth, S. 2: Arte referencial de personagens e expressões: Haleth, MT. 3: Quadros finais do filme.

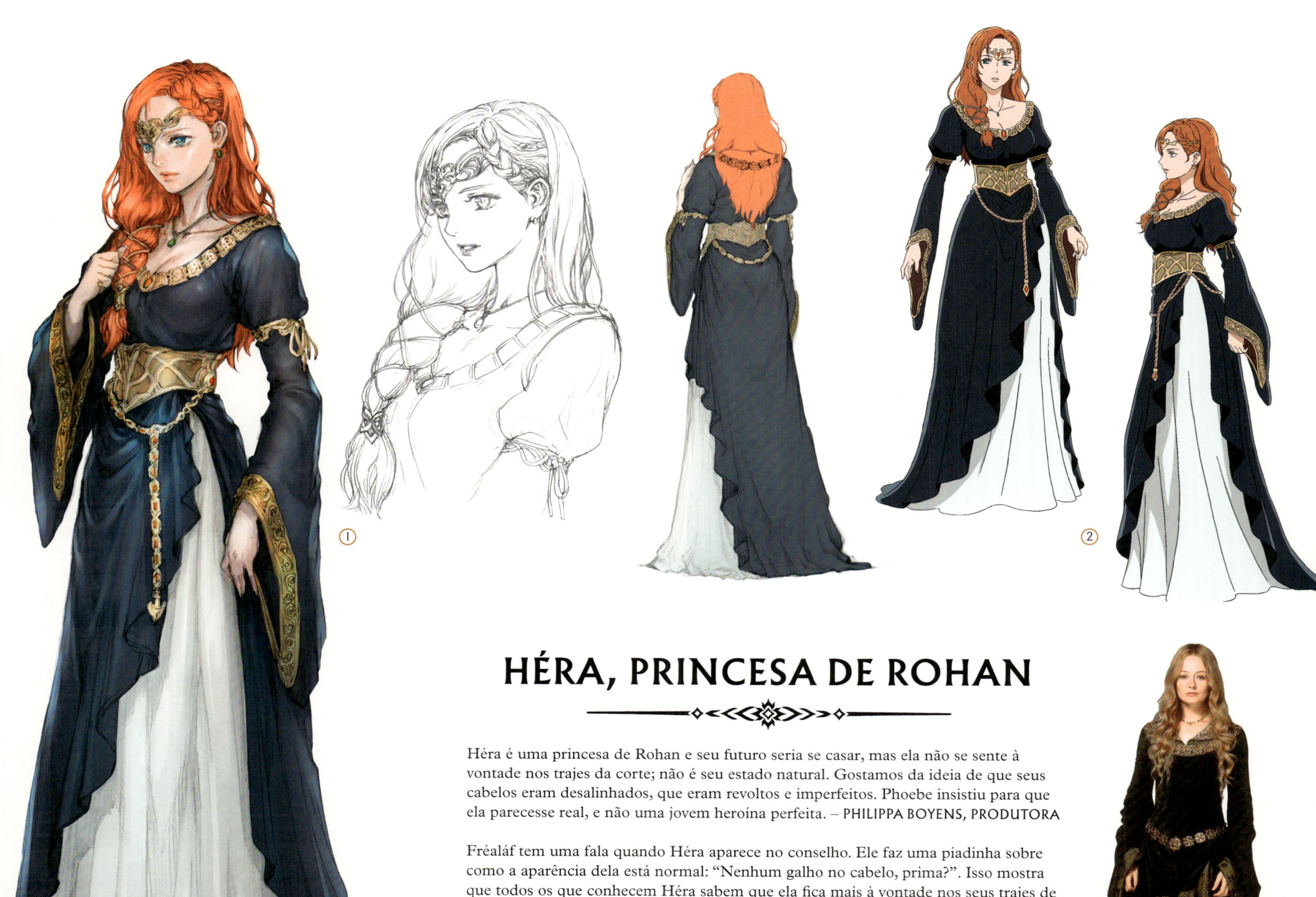

HÉRA, PRINCESA DE ROHAN

❖◄◄◆►►❖

Héra é uma princesa de Rohan e seu futuro seria se casar, mas ela não se sente à vontade nos trajes da corte; não é seu estado natural. Gostamos da ideia de que seus cabelos eram desalinhados, que eram revoltos e imperfeitos. Phoebe insistiu para que ela parecesse real, e não uma jovem heroína perfeita. – PHILIPPA BOYENS, PRODUTORA

Fréaláf tem uma fala quando Héra aparece no conselho. Ele faz uma piadinha sobre como a aparência dela está normal: "Nenhum galho no cabelo, prima?". Isso mostra que todos os que conhecem Héra sabem que ela fica mais à vontade nos seus trajes de cavalgada. Héra nunca tenta ser algo que não é; sentíamos que era importante que, apesar das expectativas sobre si, ela fosse sempre honesta consigo mesma. – PHOEBE GITTINS, ROTEIRISTA

As artes conceituais para o vestido de Héra foram inspiradas nos vestidos de Éowyn em As Duas Torres, *desenhados por Ngila Dickson. Sempre foi a intenção que essa personagem mostrasse uma afinidade com Éowyn, visto que têm parentesco, mas que não fossem exatamente iguais.*

"VOCÊ QUASE PODERIA PASSAR POR UMA PRINCESA DE ROHAN."

MEDUSELD

No coração de Rohan ficava o Paço Dourado de Meduseld, onde Helm, Nono Rei da Marca, morava e tinha sua corte. Construído pelo ancestral de Helm, Brego, o Segundo Rei, seu telhado de palha e decoração metálica rebrilhavam ao sol e podiam ser vistos a milhas de distância.

As construções de madeira de Rohan são baseadas em estruturas que teriam existido na Europa setentrional na Idade Média. A descrição do salão de Hrothgar, Heorot, no poema anglo-saxão *Beowulf*, foi provavelmente tão útil quanto as palavras do próprio Tolkien para evocarmos o tipo de lugar que queríamos criar. Quando fizemos o design para os filmes originais, queríamos passar a impressão de ser antigo e forte, atado com ferro e bastante decorado. Adotamos o emblema do sol raiado pois parecia apropriado para um povo seminômade dos prados e, é claro, usamos muitos entalhes de cavalos nas empenas e portais.

Colocamos nos telhados de nossas edificações cordas com pesos nas pontas, seguindo os exemplos observados em casas de fazendas em áreas remotas e também assoladas pelos ventos no norte europeu. – ALAN LEE, ARTISTA CONCEITUAL

Fizemos nossa versão de Meduseld um pouco maior do que na trilogia, mas fomos cuidadosos o suficiente para preservar a impressão geral do paço. A fundação de pedra permaneceu do mesmo tamanho, mas expandimos a estrutura de madeira. Colocamos mais decorações e acrescentamos vermelho aos pilares externos de modo a deixá-los mais vibrantes nessa época, quando o reino prosperava com Helm. Essas diferenças são plausíveis porque, no nosso filme, Wulf incendeia Meduseld. Ele não seria reconstruído exatamente igual depois.

Ao mesmo tempo em que buscamos passar a ideia de maior prosperidade, não queríamos que parecesse reluzente e novo demais. Ainda precisava ter séculos de existência e dar a impressão de ser realmente habitado por Héra e os outros.

Para cenas noturnas, o diretor achou que o esplendor se destacaria se o paço fosse posto contra o belo céu noturno onde se vê o braço da galáxia. – TAMIKO KANAMORI, DIRETORA DE ARTE

1: Arte de cenário de Meduseld. **2:** Quadro final do filme (trilogia SdA). **3:** Set de Meduseld (trilogia SdA). **4:** Arte referencial de cenários: Meduseld, TK.

Passamos os primeiros dez ou quinze minutos do filme dentro de Meduseld, o que é provavelmente mais tempo sem cortes do que em qualquer um dos filmes. Nós o vemos no zênite do poder de Helm. O desafio era fazê-lo parecer ornamentado, colorido e bonito como um castelo de reis seria, mas também refletindo o design e o aspecto do paço de Meduseld nos filmes em *live action*.

Na trilogia, não vimos muito do interior. A câmera não nos levou aos cantos e desvãos do paço. Era um lugar escuro, sombreado, onde o Rei Théoden declinou sob o feitiço de Saruman, e Gríma Língua-de-Cobra claramente negligenciou o paço. Isso significa que precisávamos expandir o interior e desenhar tudo como um local único e amplo, compreender onde cada um ficaria e descobrir qual era a aparência de tudo em todas as direções. Não podíamos esconder nada no escuro: não era esse o jeito de Meduseld na época.

Fizemos muitas pesquisas sobre os cenários originais e fomos cuidadosos ao recriar precisamente o que tinha sido feito antes, mas também incorporamos novos elementos que refletem a época em que estamos, como os novos estandartes. Não queríamos modernizá--lo, mas precisávamos raspar essa pátina de anos de abandono que se via na trilogia, sem perder a essência. – JASON DEMARCO, PRODUTOR

1: Artes conceituais do interior de Meduseld, TK. 2: Arte referencial de cenários: o interior de Meduseld, TK. 3: Artes conceituais do interior de Meduseld (trilogia SdA), AL. 4: Arte de cenário do interior de Meduseld.

Recriamos com fidelidade o arranjo original e os entalhes dos pilares dentro de Meduseld, embora os estandartes tenham sido alterados para sincronizá-los com nossa história. Helm surge de um aposento perto do trono, então as adjacências foram modificadas para acomodar as necessidades da cena. Como nas animações é difícil desenhar o reverso das coisas, o design da base do trono também foi alterado ligeiramente para fechar as lacunas embaixo.

Tivemos o cuidado de criar uma atmosfera que não fosse nem tão escura, nem tão luminosa, e eu fiz com que a área onde Helm e sua família se sentam se tornasse o ponto mais brilhante, como se estivessem sob um holofote. – TAMIKO KANAMORI, DIRETORA DE ARTE

1: Arte referencial de cenários: o interior de Meduseld, TK. 2: Arte de cenário do interior de Meduseld. 3: Quadro final do filme. 4: Artes conceituais do Trono de Rohan (trilogia SdA), AL

A HERÁLDICA DE ROHAN

Descobrir a quantidade de detalhes que entrou na criação de tudo para a trilogia *O Senhor dos Anéis* foi uma grande revelação. Havia muitas coisas que não ficam necessariamente óbvias ao assistir aos filmes, mas que se tornam claras assim que você olha mais a fundo e começa a fazer conexões. Um exemplo são os cavalos estilizados usados ao longo dos filmes para refletir a relação dos Rohirrim com seus animais, ou os estandartes, e as pinturas dentro de Meduseld, cheias de referências à história que J.R.R. Tolkien criou para eles. Foi comovente aprender sobre toda essa criatividade, pesquisa e reverência que marcou a criação daqueles filmes. – Kenji Kamiyama, Diretor

O departamento de arte do estúdio 3Foot6 tinha decorado o interior de Meduseld com brasões heráldicos. Alguns traziam versões diferentes do sol dourado, o emblema de Rohan, e do cavalo branco, selo da Casa de Eorl à qual pertenciam tanto Helm quanto Théoden, mas também havia outros símbolos. Muitos desses estandartes foram recriados para *A Guerra dos Rohirrim* e, dada a importância da heráldica para a história, surgiu a oportunidade de voltarmos a ela, incorporando uma nova imagética e atribuindo significados para alguns dos brasões estabelecidos anteriormente.

Por exemplo, havia diversas interpretações estilisticamente distintas do cavalo branco. Precisávamos conceber brasões únicos para Helm e Fréaláf, ambos da linhagem de Eorl, então eu sugeri definir um estilo em particular do cavalo branco para representar o reinado de Helm e escolher um dos outros para, quem sabe, servir de variante adotada por Fréaláf na posição de Senhor do Vale Harg.

Para outros senhores de Rohan que encontraríamos apenas no nosso novo filme, demos uma olhada nos estandartes sobressalentes criados por Gareth Jensen mais de vinte anos atrás e nos inspiramos em alguns deles. O diretor pediu especificamente por timbres heráldicos como distintivos associados a animais, de modo que o público pudesse reconhecer rápida e facilmente alguma ligação que porventura existisse com os personagens. Um símbolo dos *crebain* tinha sido desenhado para Freca e para a casa de Wulf, mas precisávamos de timbres para os demais senhores de Rohan e para as Donzelas-do-escudo. John Howe ficou responsável pelos designs das Donzelas--do-escudo e de Thorne. – DANIEL FALCONER, DESIGNER DE CONCEITOS ADICIONAIS

Há um quê de Joana D'Arc no selo das Donzelas-do-escudo: é quase uma dedicação mística à batalha, não muito diferente de entrar para uma ordem religiosa, mas, nesse caso, não tem nada a ver com levar uma vida de contemplação e silêncio. O selo heráldico de Thorne no início era um círculo feito com ramos espinhosos entrelaçados e passou a ser a cabeça de carneiro rodeada por espinheiros, o que resume sua avidez por confrontos.

A maioria dos designs heráldicos sugeridos incluía as molduras para os estandartes, que com frequência surgem como reflexões posteriores aos próprios emblemas. Tendo em mente a noção das artes decorativas de antigamente — interiores feitos de materiais naturais

sem adorno, com a arte bem detalhada restrita a características específicas —, os artífices de Rohan talvez tenham exibido aqui alguns dos seus trabalhos mais refinados. – JOHN HOWE, DESIGNER CONCEITUAL

Os Senhores Pryme e Fryght aparecem nomeados no roteiro e precisavam de seus próprios brasões, mas também necessitávamos de símbolos e nomes para outros senhores. Tive a oportunidade de sugerir alguns para esses personagens secundários e enviei uma lista longa, da qual os produtores escolheram Everbrand e Gramhere. Dos vários conceitos animalescos oferecidos para os timbres, escolheram os emblemas do falcão, do cervo e do javali, cujas imagens reaparecem nos cabos e pomos das espadas desses personagens. – DANIEL FALCONER, DESIGNER DE CONCEITOS ADICIONAIS

Eu esbocei conceitos para alguns instrumentos de corda adicionais que outros Rohirrim além de Háma pudessem tocar. Eles lembravam tanto os saltérios quanto instrumentos africanos, em que as cordas atravessam buraquinhos feitos no couro esticado sobre uma base oca. – JOHN HOWE, DESIGNER CONCEITUAL

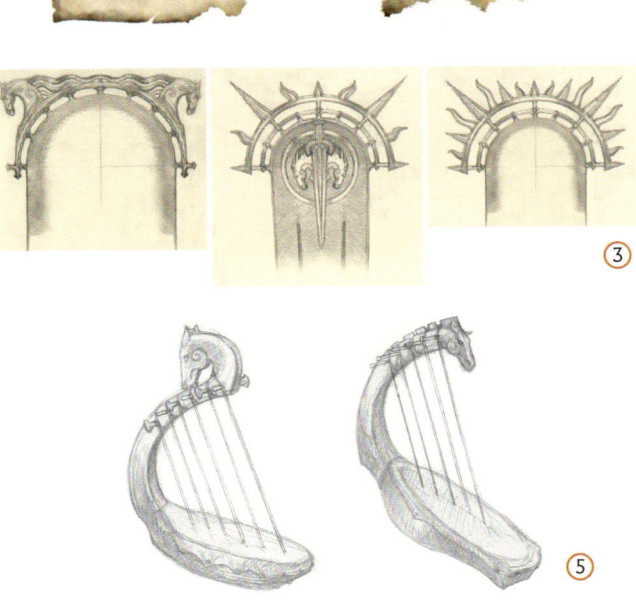

1: Artes conceituais dos estandartes de Meduseld, TK. 2: Artes conceituais dos selos do Senhor Thorne e da Donzela-do-escudo, JH. 3: Artes conceituais do emblema e do estandarte dos Rohirrim, JH. 4: O rolo de pergaminho de Lief, DF. 5: Artes conceituais da lira, JH.

REI HELM

Helm é descrito por Tolkien como um homem sisudo e de grande força. O nono Rei da Marca seria o último da Primeira Linhagem de Reis, sucedido por Fréaláf, filho de sua irmã. Em A Guerra dos Rohirrim, é retratado como sendo muito alto e musculoso e, embora já grisalho, está no auge de sua força física. Mas o rei é impetuoso e gosta de resolver os conflitos no braço. Um veterano do palco e das telas, o ator escocês Brian Cox memoravelmente empresta sua voz ao personagem.

Ele é chamado de Mão-de-Martelo, alguém que consegue matar com um soco, e isso é refletido na sua compleição física. Posteriormente, ele também enfrenta um Trol e isso precisava ser convincente, de modo que o seu poder precisava ser óbvio desde o começo. É um homem incrivelmente poderoso; é rei, mas também tem defeitos. STATO compreendeu o personagem e o mundo de *O Senhor dos Anéis*, e acertou o design do personagem de primeira. – JOSEPH CHOU, PRODUTOR

Helm é rei de Rohan, mas também é pai… É clichê, mas ele seria capaz de qualquer coisa pelos filhos. Eles são, de fato, sua maior força e sua maior fraqueza, e vemos ambas as coisas se desenrolando no decorrer do filme — o pesar pela perda dos seus filhos que o leva à loucura, mas também a luz de Héra que o traz de volta. – PHOEBE GITTINS, ROTEIRISTA

"HELM, FILHO DE GRAM, SENHOR DOS EORLINGAS…"

Inicialmente, imaginei Helm vestido de branco, mas o diretor corretamente optou por trajes mais escuros, visto que uma cor clara passaria uma impressão de maior suavidade. – STATO, DESIGNER DE PERSONAGENS ORIGINAIS

No processo de refinamento do design, creio que a aparência de Helm ficou ainda mais agressiva. A impressão que eu tinha dele ao desenhar era de uma pessoa poderosa e respeitável, mas também um pouco assustadora. Em torno dele, criei conscientemente um certo ar de inacessibilidade, mantendo-o pouco familiar.

Também tivemos cuidado com suas expressões faciais, para que sua severidade nunca se desgastasse e para que ele nunca parecesse fraco demais, seja lá como estivesse sua expressão. – MIYAKO TAKASU, DESIGNER DE PERSONAGENS E SUPERVISORA DE ANIMAÇÕES-CHAVE

Eu propus um design bastante tradicional para o anel de sinete de Helm, exibindo um símbolo completo do sol flanqueado por perfis equinos. O sol inteiro — em oposição ao sol nascente visto com frequência na heráldica de Rohan — simboliza o poder luminoso, mas, em última análise, breve do rei dos Rohirrim. – JOHN HOWE, DESIGNER CONCEITUAL

1: Artes conceituais de Helm, S. **2:** Quadro-chave da animação, MT. **3:** Artes conceituais do anel com sinete de Helm, JH. **4:** Arte referencial de acessórios: o anel com sinete de Helm, KM. **5:** Arte referencial de personagens e expressões: Helm, MT. **6:** Bernard Hill no papel de Rei Théoden (trilogia SdA). **7:** Quadro final do filme.

SENHOR FRÉALÁF HILDESON

Sobrinho de Helm Mão-de-Martelo, Fréaláf é um primo mais velho de Héra, e os jovens são também amigos que ficam zombando um do outro como acontece em família. Na hierarquia de Rohan, é serviçal do Primeiro Marechal da Marca-dos-Cavaleiros. Como Senhor do Vale Harg — o longo vale que corta para o sul de Edoras até o Fano-da-Colina — ele é um dos nobres de Rohan no conselho de Helm, e seu emblema pende no Paço Dourado. Fréaláf é corajoso, mas também comedido, e profundamente leal a seu rei. Trazendo ponderação à impetuosidade de Helm, ele aconselha cuidado, questionando se o desafio de Helm a Freca é sábio.

"PRIMA, NÃO TEM LAMA E NEM GALHOS NO SEU CABELO..."

É revelador que Helm entregue seu anel a Fréaláf quando ele sai junto com Freca: um sinal sutil não apenas da confiança que deposita no sobrinho, mas também prenúncio da ascensão dele ao trono.

Em termos de design, queríamos respeitar a linhagem do povo de Rohan conforme definida por Tolkien. Eles foram claramente baseados nos Vikings ou Anglo-Saxões, mas, ao mesmo tempo, haveria alguma diversidade na aparência dentro do mundo em que nossos personagens habitam. Rohan não é isolada: casamentos acontecem.

Não se diz, no livro, quem era o pai de Fréaláf. Reconhecendo a íntima relação entre Rohan e Gondor, gostamos da ideia de que seu pai poderia ter vindo do Sul. Talvez de Dol Amroth, no litoral, onde as pessoas teriam a pele mais escura do que os ancestrais dos Rohirrim, que vieram do Norte? O ator Laurence Ubong Williams, que dá voz a Fréaláf, também é negro, então foi naturalmente apropriado para o personagem ter essa ascendência. Deu a ele uma diversidade de que gostamos, mostrando que, embora seja parte da família de Helm e Héra, também era um pouco diferente, com uma perspectiva diferente.

Em última análise, ele teria liderado seu povo para o Sul buscando por segurança, para as terras do seu pai. – PHILIPPA BOYENS, PRODUTORA

Fréaláf foi desenhado para ser uma encarnação visual do conceito de justiça. – STATO, DESIGNER DE PERSONAGENS ORIGINAIS

Fréaláf foi desenhado como uma pessoa séria e formal. Geralmente, é visto com uma expressão calma, refletindo sua natureza constante. – MIYAKO TAKASU, DESIGNER DE PERSONAGENS E SUPERVISORA DE ANIMAÇÕES-CHAVE

1: Artes conceituais de Fréaláf, S. 2: Arte referencial de personagens e expressões: Fréaláf, MT.
3: Arte conceitual de Fréaláf, S e DF. 4: Quadro final do filme.

SENHOR THORNE

◆ ◅◅◈▻▻ ◆

"Thorne" é um nome em inglês antigo e o significado é bastante literal, "espinho". – PHILIPPA BOYENS, PRODUTORA

A história pedia um personagem do tipo "Língua-de-Cobra" e, em Thorne, encontramos alguém motivado somente pela cobiça: ele coloca Helm à venda para estimular seu desejo por mais. – ARTY PAPAGEORGIOU, ROTEIRISTA

Freca indica provocativamente no começo do filme que há um vira-casaca entre eles quando diz: "Você não tem sob controle toda a lealdade que acha que tem". Quando se junta as peças, é uma referência a Thorne, a quem ele já perverteu. Jude Akuwudike, que dá voz a Thorne, faz com primor essa dança de tocar levemente no fio da vilania sem revelar muita coisa. – PHOEBE GITTINS, ROTEIRISTA

1: Arte conceitual de Thorne, S. 2: Arte referencial de personagens e expressões: horne, AT.

"QUANDO FICAM GORDOS E PRÓSPEROS É QUE OS HOMENS SE TORNAM MAIS PERIGOSOS."

SENHOR FRECA

Freca é Senhor da Marca-ocidental, uma terra que jaz na fronteira mais a oeste de Rohan, perto do Rio Adorn. Ele e seu povo têm sangue dos clãs de Terrapardenses, com quem os Rohirrim tiveram atritos no passado. A linhagem Terrapardense mestiça de Freca é alvo de desprezo e zombaria por parte de Helm. Ressentido, Freca se comporta com teimosia e contrariedade, mas isso mascara uma astúcia, menosprezando o rei com atitudes aparentemente insignificantes de desafio e indiferença, ao mesmo tempo em que ele secretamente trama um jogo mais tortuoso e com maiores consequências em nome do poder.

1: Arte referencial de personagens e expressões: Freca, MT. 2: Arte conceitual de Freca, S. 3: Quadros finais do filme. 4: Quadros-chave da animação, MT.

Freca desperta raiva em Helm, mas ele também percebe o motivo político obscuro por trás disso. Colocamos Fréaláf aqui questionando se era sábio entrar numa briga com Freca para que Helm pudesse explicar do que realmente se tratava a proposta de casamento. Ele conhece Freca: essa não é uma tentativa honesta de unir os povos, mas uma jogada de alguém ávido por poder. O momento pedia aquele peso por trás porque as atitudes de Helm levam à morte e à guerra. Foi um desafio acertar tudo. A segregação dos Terrapardenses é uma queixa legítima, o que também sublinha a importância de mostrar que Helm compreendia o motivo e as aspirações reais de Freca. À primeira vista, o pedido de Freca para unir as famílias poderia parecer quase nobre, mas, é claro, seu plano real é estabelecer as bases para usurpar o trono em favor do seu filho. Se a vilania de Freca não fosse revelada, os Rohirrim poderiam facilmente perder o apoio dos espectadores. – PHOEBE GITTINS, ROTEIRISTA

Freca é um personagem muito insolente, não se pode confiar nele. Fiz o design das suas roupas e do acessório no seu ombro usando motivos ursinos. Ele também tem uma tatuagem no rosto, o que visualmente o conecta com os Terrapardenses. – STATO, DESIGNER DE PERSONAGENS ORIGINAIS

Ao mesmo tempo em que demonstra raiva por ter que dividir suas terras com os Rohirrim, que não fazem parte de sua cultura, Freca também se veste de modo a imitá-los. Seu orgulho o faz desejar que a realeza de Rohan o reconheça como par. Vestimos os Terrapardenses com matizes mais escuros. Também há elementos mais selvagens nos seus trajes, como peles e garras, mas, em Freca, há uma mistura de componentes mais refinados que, segundo ele pensa, o fazem parecer régio. – KENJI KAMIYAMA, DIRETOR

Kamiyama-san sabia exatamente o que queria na aparência de Freca e isso foi ótimo. Eu amei o jeito com que ele deslizava ao andar. Ele é um baita fanfarrão. – PHILIPPA BOYENS, PRODUTORA

A zombaria de Helm quanto ao peso de Freca vem diretamente do texto de Tolkien. Por isso, nosso personagem tinha de ser um sujeito corpulento. Shaun Dooley não chega nem perto de ter o cinto desse tamanho, mas sua voz caiu como uma luva para o personagem. De fato, nós ouvimos Freca antes de vê-lo, e a voz de Shaun assume o comando do paço inteiro sem esforço algum logo que ele entra — nós amamos como ele conseguia impor uma ameaça real, mesmo para o grande Helm Mão-de-Martelo.

E estar na mesma sala que Shaun foi, honestamente, um grande privilégio: o método dele é fascinante de observar. Ele leva quanto tempo for necessário para absorver tudo, conversa consigo mesmo sobre o que está fazendo e depois vai; o resultado é sempre impressionante! – PHOEBE GITTINS, ROTEIRISTA

Em uma das cenas mais importantes no começo do filme, a expressividade peculiar de Freca é algo para prestar atenção. Geralmente adotamos expressões faciais mais controladas e realistas para os personagens no decorrer do filme, mas Freca foi uma das exceções. Ele tem um ar intenso e sarcástico, e acho que deu muito certo. Acho que é um dos personagens mais fascinantes. – MIYAKO TAKASU, DESIGNER DE PERSONAGENS E SUPERVISORA DE ANIMAÇÕES-CHAVE

WULF, FILHO DE FRECA

❖ ◄◄◄✦►►► ❖

Wulf participa de boa vontade do plano do pai para casá-lo com sua amiga de infância, Héra, embora não fique claro quão ciente ele está desse plano. Conhecendo-se desde muito jovens, Héra e Wulf têm quase a mesma idade e um carinho genuíno um pelo outro; mas, pelo menos para Héra, não passa de amizade. Wulf deseja mais e por baixo disso jaz um sentimento de injustiça por ser desprezado pela família de Héra. Assim, casar-se com a princesa de Rohan o legitimaria aos olhos de seus pares. A rejeição que sofre tanto de Helm quanto de Héra deixa Wulf empedernido, mas, quando Freca é morto, ele passa a ser movido pela ira e revida. Atacado e banido, foge de Edoras encolerizado.

"NÓS ÉRAMOS INSEPARÁVEIS."
"NÓS ÉRAMOS CRIANÇAS."

Wulf é o personagem mais complexo do filme o que também o tornou um dos mais difíceis. Não podia ser um simples vilão. Ele passa pela transformação mais profunda no decorrer do filme, e era importante que houvesse profundidade real nas suas motivações.

Vemos isso no design de Wulf, que começa como o pai, demonstrando certo anseio por aceitação dentro da cultura cortês dos Rohirrim. Ele pode até ser filho de um senhor terrapardense, mas apresenta-se em Edoras quase como um aspirante a cidadão de Rohan. Contudo, isso muda com a morte do pai. Colocando da maneira mais simplista, ele vai de um garoto apaixonado a um personagem muito vingativo, mas o motivo para ele querer iniciar uma guerra não podia ser unicamente a morte do pai. Ele sente que seu povo foi marginalizado e rejeitado, e canaliza sua raiva contra Rohan, mas também carrega uma ferida pessoal, a qual canaliza contra Héra. – KENJI KAMIYAMA, DIRETOR

Wulf se torna o vilão principal, mas, após conversar com o diretor, eu também queria que ele fosse amável, especialmente no começo. A história o apresenta como alguém cuja personalidade é perversa, então foi difícil descobrir como mostrá-lo numa luz mais atraente. Ele é bonito no início e mesmo depois acaba restando bastante disso, mas sua beleza é maculada pela loucura. – MIYAKO TAKASU, DESIGNER DE PERSONAGENS E SUPERVISORA DE ANIMAÇÕES-CHAVE

Originalmente uma espada curta, ou uma adaga longa, a lâmina de Wulf acabou se tornando uma espada de verdade. O cabo é descentralizado, alinhado com a parte de trás da lâmina, talvez feito de chifre negro, esculpido para lembrar o perfil dos *crebain*. A lâmina tem um só gume do punho até a metade e dois gumes do meio até a ponta. O tema do corvo parecia associar-se espontaneamente a Wulf. – JOHN HOWE, DESIGNER CONCEITUAL

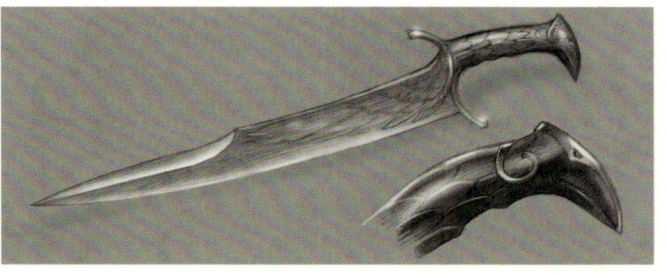

1: Arte referencial de personagens e expressões: Wulf, MT. 2: Artes conceituais de Wulf, S. 3: Quadro final do filme. 4: Arte referencial de acessórios: a espada de Wulf, KM. 5: Artes conceituais da espada de Wulf, JH. 6: Quadro-chave da animação, MT.

"EU PENSAVA QUE SÓ O REI PODIA CONVOCAR OS SENHORES PARA O CONSELHO."
"É O COSTUME. MAS NÃO A LEI."

OS SENHORES DE ROHAN

Tanto Fréaláf quanto Thorne são senhores de feudos menores dentro de Rohan, enquanto Helm tem o mando de rei, mas também há outros senhores. Cada um representa uma região diferente, mas todos respondem ao chamado quando um witan, um conselho dos senhores, é convocado em Meduseld. Os Senhores Pryme e Fryght são nomeados no roteiro, mas todos os senhores têm designs diferentes para que sejam reconhecidos na tela.

Diferentemente de Gondor, em Rohan os reis não tinham um direito divino. O senhor mais poderoso é que governava. O povo era leal àquela família enquanto ela fosse poderosa. É por isso que Freca convoca um witan *e está no seu direito. "Eu pensava que só o rei podia fazer isso", diz Héra e Olwyn responde "É o costume, mas não a lei".* – PHILIPPA BOYENS, PRODUTORA

No início, os senhores de Rohan não tinham nomes, mas, conforme sua importância aumentou na história, sentimos que precisávamos nomeá-los. Em alguns casos, são bem literais. "Fryght", por exemplo, era simplesmente chamado de "Senhor Ansioso", um reflexo do seu personagem que sempre se preocupa com tudo. – PHOEBE GITTINS, ROTEIRISTA

1: Artes conceituais dos Senhores Rohirrim (da esquerda para a direita, Fryght, Pryme, Everbrand, Gramhere), S. 2: Arte referencial de personagens e expressões: os Senhores Rohirrim, AT.

OS HOMENS DE FRECA

Eu amei o design dos lugares-tenentes de Freca, que acabam se tornando lugares-tenentes de Wulf. Sua aparência é muito interessante. O cara de um olho só tem bastante tempo de tela, mas nunca se ouve ele falando, nem mesmo o seu nome. Eu sempre quis saber qual é a dele. – JASON DEMARCO, PRODUTOR

Arte referencial de personagens e expressões: os homens de Freca, MT.

O PORTÃO INTERNO
DE EDORAS

O design do portão principal de Edoras foi alterado significativamente em relação aos filmes originais, então o portão interno que protege as construções no topo também foi reimaginado. Acabou ficando bem mais parecido com o que na trilogia era o portão principal. Para demonstrar prosperidade aqui também, desenhamos um portal fechado por duas portas e decoramos com o símbolo do sol. – TAMIKO KANAMORI, DIRETORA DE ARTE

1: Quadro final do filme. 2: Artes conceituais do portão no topo de Edoras, TK 3: Arte de cenário do portão no topo de Edoras.

1: Arte referencial de cenários: o pátio de Edoras, TK. 2: Quadro final do filme. 3: Quadros-chave da animação, MT.

A MORTE DE FRECA

A morte de Freca foi descrita pelo próprio Tolkien e é provavelmente uma das cenas mais importantes no conto. Os fãs do livro vão querer ver como isso foi retratado nas telas, mas, para a maior parte do público que não tem familiaridade com o texto, a morte de Freca precisava ser chocante. Era necessário que tivesse os ares de uma disputa entre pessoas relativamente iguais, para preservar esse choque, mas, quando acontecesse, precisava ser crível e compreensível: "Sim, essa é a mão-de-martelo". Quando o punho chega voando, você sente! A equipe de sonoplastia também ajudou a dar certo. A instrução de Kamiyama para eles era "Mais!".

Houve muita discussão quanto a esse golpe: seria um tapa com as costas da mão, um soco, ou um gancho? Todo mundo tinha uma imagem mental de como deveria ser. – JOSEPH CHOU, PRODUTOR

Encenamos a briga de Helm e Freca entre o portão interno e Meduseld. Acontece à noite, em meio a tochas, mas o diretor pediu que aumentássemos a luz das tochas para que não ficasse parecendo muito desolado ou vazio. Acho que o fogo iluminando aumenta a agitação e a tensão da batalha. – TAMIKO KANAMORI, DIRETORA DE ARTE

Foi muito memorável desenhar a cena em que Wulf chora após a morte do pai. Mesmo sendo um anime, creio que esse estado emotivo o faz parecer muito humano. – MIYAKO TAKASU, DESIGNER DE PERSONAGENS E SUPERVISORA DE ANIMAÇÕES-CHAVE

"VOCÊ O MATOU!"

- 3 -

A GRANDE ESTRADA OESTE

Passam-se anos e, enquanto Héra procura Wulf, ele e seus homens parecem ter desaparecido de Rohan. A ameaça da guerra avança à medida que chegam notícias de ataques a Gondor, aliada de Rohan, no Leste e no Sul. Héra não tem mais autorização para cavalgar sozinha pelos campos e precisa ser escoltada aonde quer que vá.

Em uma dessas cavalgadas com sua aia, Olwyn, o criado real Lief e seu primo, Fréaláf, Héra encontra um guerreiro morto no gramado, sendo bicado por corvos. Concluem que é um mercenário Sulista, e sua presença em Rohan é preocupante, mas, antes que eles possam agir, o grupo é atacado por uma fera enorme e raivosa.

Héra logo avalia o monstro, um mûmak gigantesco das terras quentes do Sul. Ela sabe que não podem derrotá-lo e desvia a fera para longe dos seus amigos. O mûmak a persegue e Héra o leva pela mata densa até a beirada de uma lagoa estagnada. O animal ataca, mas da água esverdeada irrompem braços se contorcendo que o enre-dam, puxando o mûmak num abraço mortal à medida que uma criatura de muitos tentáculos se ergue da sombra para consumi-lo.

Héra se salva, mas por pouco tempo, pois o General Targg da Marca-ocidental, que certa vez serviu o Senhor Freca, aparece e rapta a princesa.

OS JOVENS HÉRA E WULF

Em uma memória dourada de infância, Héra e Wulf estão praticando suas habilidades na luta com espadas, mas, na afobação, Héra corta Wulf, deixando-lhe uma cicatriz que ele carregará para o resto da vida.

O flashback da infância de Wulf e Héra não estava originalmente no roteiro. Mostrava que tinham sido amigos antigamente e que ambos cresceram empunhando espadas, mas eu achei importante construir um elemento de amor não correspondido. A humilhação que advém daí também impulsiona a fúria de Wulf. Junto com Héra, Wulf carrega o maior peso no filme. Sua complexidade precisava se refletir na aparência e é por isso que ele tem a cicatriz de uma luta amistosa na infância com Héra.

Embora não seja retratado no filme, algo que imaginei foi que Héra não só deixou uma cicatriz em Wulf, mas que esse golpe também custou a visão daquele olho. Sua história com ela literalmente afetou o modo como ele enxerga o mundo e ele escondeu isso de todos. Mais tarde, quando ele a aprisiona, Wulf segura sua própria adaga no rosto de Héra, justamente naquele olho, dizendo: "Foi esse o tanto que pensei em você, e você me rejeitou completamente". Eu adoraria ter explorado Wulf mais a fundo no filme, mas em algum momento nós precisamos parar. São tantos personagens e o tempo é limitado!
– KENJI KAMIYAMA, DIRETOR

A cena de flashback com Wulf e Héra passou por algumas alterações na construção. Não foi possível finalizar o design dos personagens com antecedência, então acabamos finalizando-os diretamente na etapa de animações-chave. Fico contente que essa cena foi incluída, já que oferece uma visão sensível do relacionamento deles. O filme se passa na época do Rei Helm, mas também é uma história sobre Héra e Wulf.
– MIYAKO TAKASU, DESIGNER DE PERSONAGENS E SUPERVISORA DE ANIMAÇÕES-CHAVE

Baseei a ambientação e a luz da cena de flashback em fotografias que o diretor providenciou. Não era um local específico, mas eu inicialmente fiz um esboço baseado na imagem de um riacho que vi na França. Na tomada final, a imagem foi enriquecida com elementos compostos.
– YASUHIRO YAMANE, DIRETOR DE ARTE

P.A.: Arte referencial de cenários: a Grande Estrada Oeste, YY. 1: Artes conceituais da cena de flashback, YY. 2: Arte de cenário da Grande Estrada Oeste. 3: Arte de personagens e acessórios: os jovens Wulf e Héra, MT.

A GRANDE ESTRADA OESTE

A Grande Estrada Oeste é um caminho bastante usado que atravessa as terras de Rohan, conectando Eriador e Anórien. Anos após a morte de Freca e o desaparecimento do seu filho, o grupo de Héra explorava as campinas ondulantes a norte e sul da estrada. Podia não haver nenhuma notícia de Wulf, mas rumores de outras coisas estranhas sendo avistadas chegaram aos seus ouvidos.

O mar de grama de Rohan — a ambientação do confronto de Héra com um mûmak descontrolado — tomou forma como uma série de pinturas retratando o cenário. Os artistas se inspiraram nas campinas de Otago e Canterbury em Aotearoa, Nova Zelândia — onde aconteceram as filmagens das sequências de Rohan na trilogia —, e em outros lugares do mundo, incluindo a Estepe Euroasiática.

1: Arte referencial de cenários: a Grande Estrada Oeste, YY. 2: Arte de cenário da Grande Estrada Oeste. 3: Quadros-chave da animação, MT.

"O DESTINO DE WULF AFLIGIA MUITO A MENTE DE HÉRA."

HÉRA, A AMAZONA

Imaginou-se a roupa de cavalgada de Héra como sendo de fibras naturais e camurça, com um sobretudo pesado de lã. No esboço inicial, usava espartilho, mas o design evoluiu para uma túnica com cordões, de matiz claro, seguindo a preferência do diretor de reservar para Héra uma paleta branca ou quase branca. Para que ela se destacasse, Héra foi uma das únicas personagens dos Rohirrim a ganhar roupas com tons de azul, incluindo couro azul-água nas grevas.

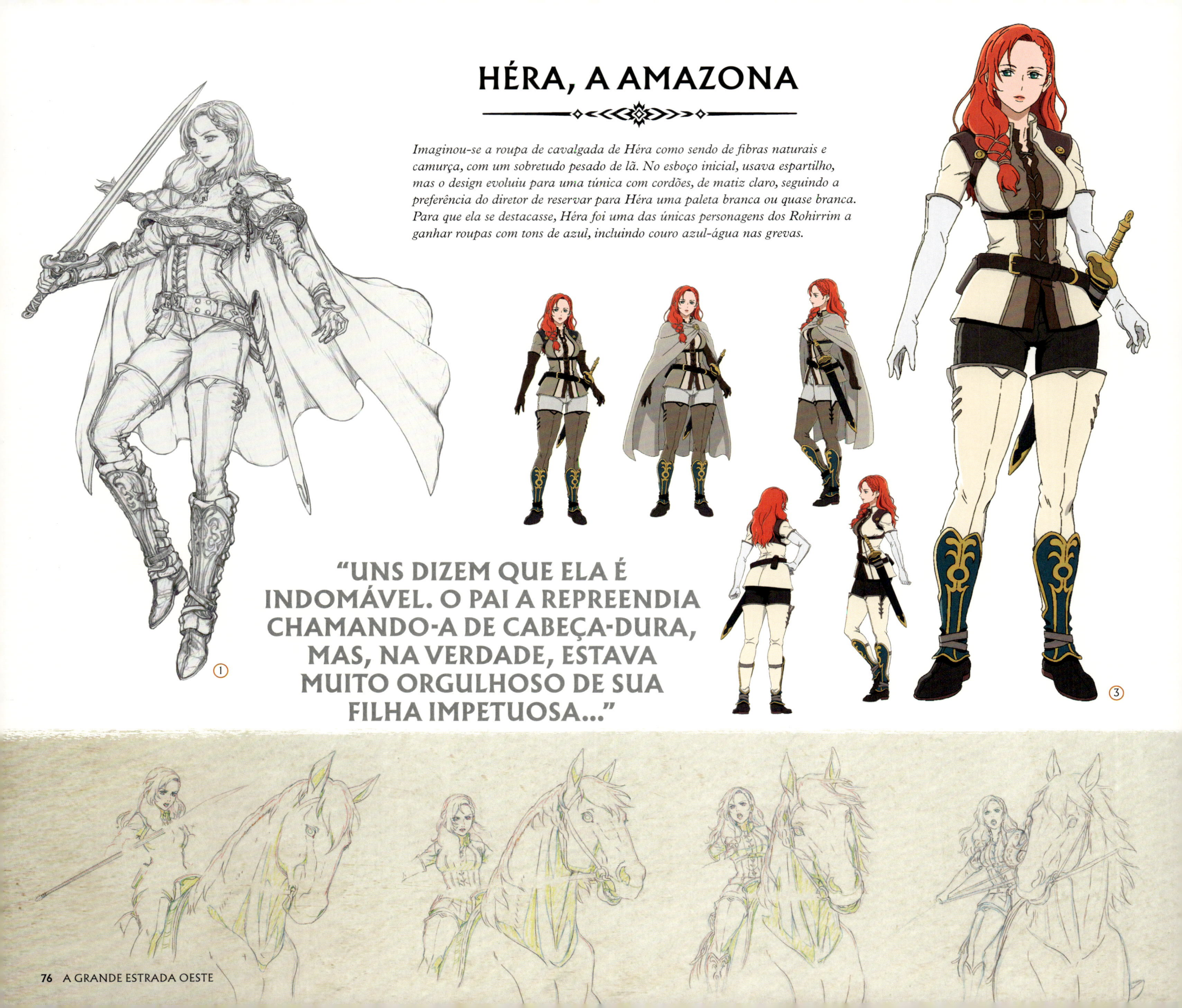

"UNS DIZEM QUE ELA É INDOMÁVEL. O PAI A REPREENDIA CHAMANDO-A DE CABEÇA-DURA, MAS, NA VERDADE, ESTAVA MUITO ORGULHOSO DE SUA FILHA IMPETUOSA..."

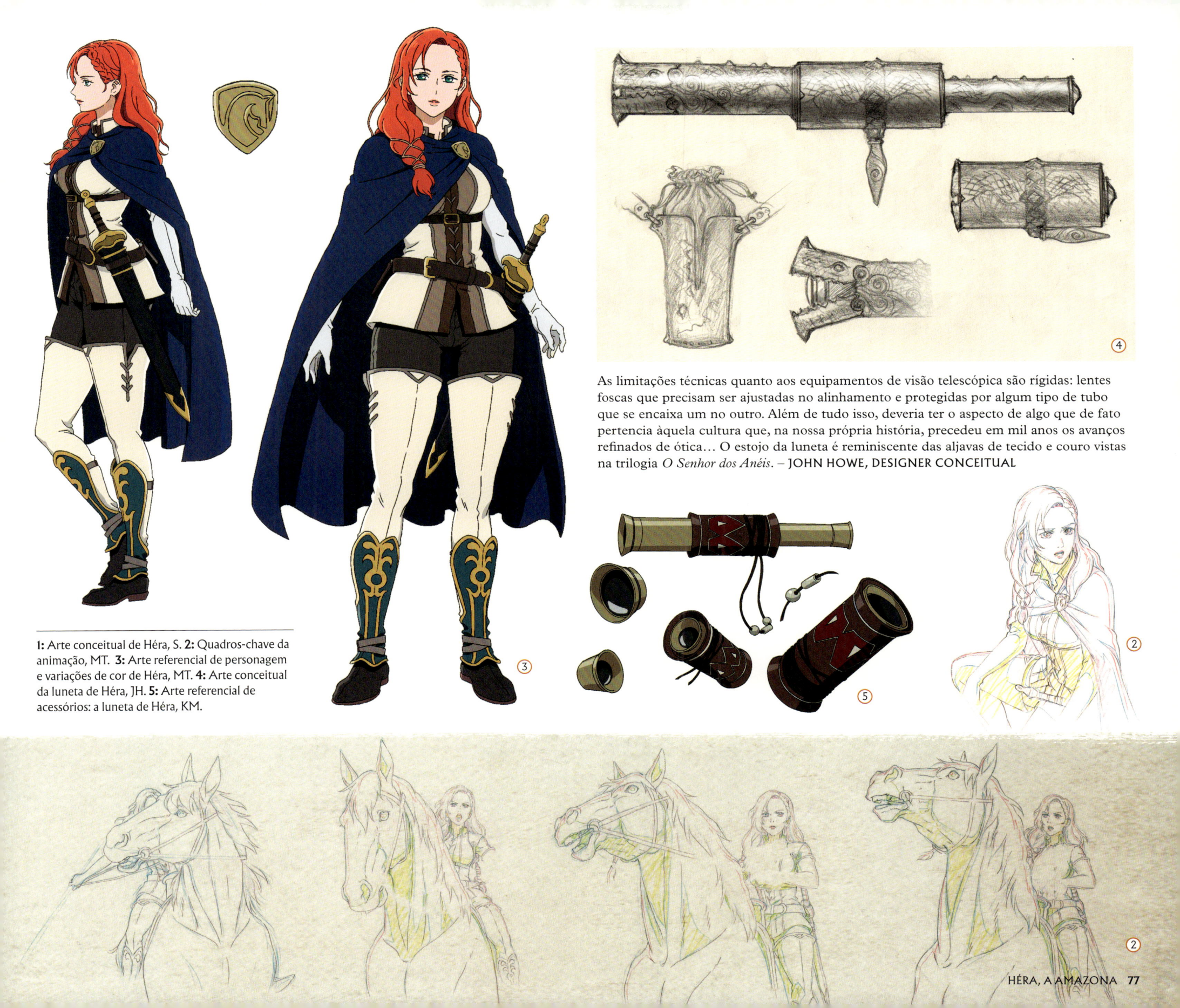

As limitações técnicas quanto aos equipamentos de visão telescópica são rígidas: lentes foscas que precisam ser ajustadas no alinhamento e protegidas por algum tipo de tubo que se encaixa um no outro. Além de tudo isso, deveria ter o aspecto de algo que de fato pertencia àquela cultura que, na nossa própria história, precedeu em mil anos os avanços refinados de ótica... O estojo da luneta é reminiscente das aljavas de tecido e couro vistas na trilogia *O Senhor dos Anéis*. – JOHN HOWE, DESIGNER CONCEITUAL

1: Arte conceitual de Héra, S. 2: Quadros-chave da animação, MT. 3: Arte referencial de personagem e variações de cor de Héra, MT. 4: Arte conceitual da luneta de Héra, JH. 5: Arte referencial de acessórios: a luneta de Héra, KM.

OLWYN, DONZELA-DO-ESCUDO

Para os trajes de Olwyn quando estava cavalgando e, mais tarde, quando resgata Héra, nosso objetivo era retratá-la como uma personagem com poder e agilidade surpreendentes. — MIYAKO TAKASU, DESIGNER DE PERSONAGENS E SUPERVISORA DE ANIMAÇÕES-CHAVE

Por várias razões, Olwyn foi provavelmente a personagem mais difícil de desenhar, principalmente porque ela precisava ao mesmo tempo revelar e esconder suas habilidades de guerreira. Olwyn encarna o legado das donzelas-do-escudo, mas seu passado precisava ficar oculto do público. Não podia ser óbvio logo no começo, ou estragaria algo que deveria ser uma revelação mais tarde. Mas, ainda assim, ela precisava parecer forte e capaz, para que fosse crível quando seu momento chegasse. A progressão de suas vestimentas no decorrer do filme também ajuda a revelar as camadas do seu caráter. Testamos muitos modelos de design até chegar à sua aparência final. — KENJI KAMIYAMA, DIRETOR

A babá de Héra, como descobrimos no decorrer do filme, era uma donzela-do-escudo e sabe empunhar uma espada. – PHILIPPA BOYENS, PRODUTORA

Olwyn lutou ao lado de Helm. Ela era das terras fronteiriças e sua aldeia foi devastada. Esta era a ideia: quando a mãe de Héra morreu, Helm sabia que precisava de ajuda para criar a filha. Ele se lembrou dessa jovem e corajosa donzela-do-escudo, de sua força e sua bravura. Olwyn ficou muito feliz em deixar para trás seus dias de batalha para cuidar de Héra, na esperança de um dia passar adiante as habilidades e os traços que Helm tanto valorizava. Mas, com o espírito aventureiro de Héra, Olwyn logo percebeu que, no fim das contas, precisaria manter o escudo por perto. – PHOEBE GITTINS, ROTEIRISTA

O design final da espada de Olwyn mescla elementos das armas tradicionais do Rohirrim com algumas formas inspiradas na espada de Frodo, Ferroada, ainda que, dentro desse mundo, as semelhanças sejam por coincidência, não houve a intenção de deixar implícita qualquer ligação direta entre as armas.

1: Arte conceitual de Olwyn, S. 2: Arte referencial de personagens e expressões: Olwyn, MT. 3: Arte conceitual da espada de Olwyn, JH e DF. 4: Arte referencial de acessórios: a espada de Olwyn, KM.

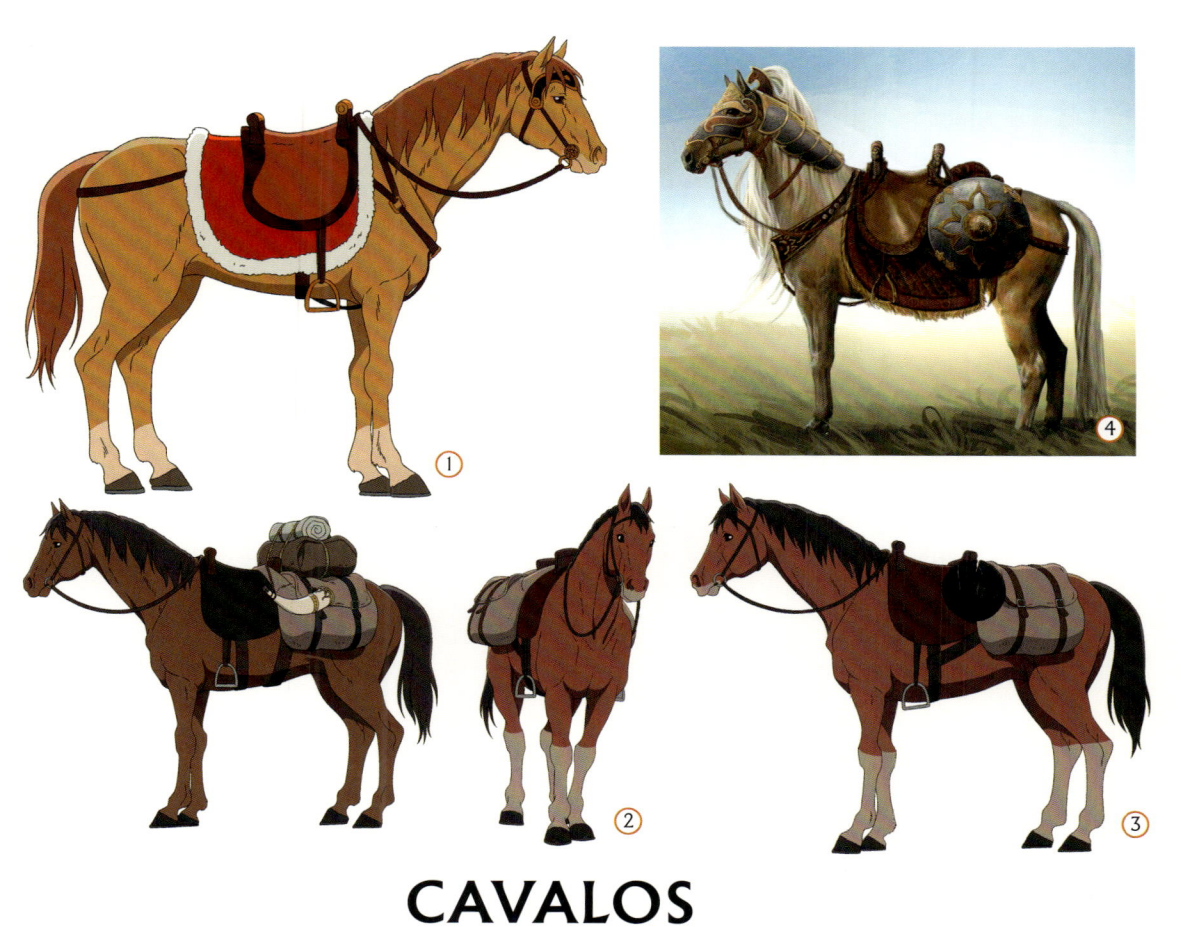

CAVALOS

Olwyn, Lief e Fréaláf acompanham Héra na cavalgada. O cavalo de cada personagem foi desenhado para que correspondesse à personalidade do cavaleiro e teria a selaria e a saca apropriada ao seu cargo. Fréaláf, sendo um Senhor, tem um cavalo grande e impressionante, cor de mel, com uma manta de sela ricamente decorada, ao passo que as montarias de Lief e Olwyn são mais simples.

1: Arte referencial do cavalo de Fréaláf, MT.
2: Arte referencial do cavalo de Lief. MT.
3: Arte referencial do cavalo de Olwyn, MT.
4: Arte conceitual do cavalo de Fréaláf, DF.
5: Quadro-chave da animação, MT.

LIEF, GUARDA DE HÉRA

Talvez Lief não seja o personagem mais coordenado, é um pouco gordinho e se preocupa demais com as coisas, mas é gentil e bondoso. – STATO, DESIGNER DE PERSONAGENS ORIGINAIS

Como parte de suas obrigações, Lief faz as proclamações reais, por isso carrega uma trompa. É possível ver a seriedade com que leva suas responsabilidades pelo fato de ter a trompa sempre consigo, até mesmo quando sai para cavalgar com Héra, a quem adora e serve com extrema lealdade. Várias artes conceituais para a espada curta de Lief foram produzidas na Wētā Workshop logo no início do projeto. O design que prevaleceu foi inspirado na pequena espada empunhada por Merry como escudeiro de Rohan em O Retorno do Rei. No fim, contudo, a espada acabou não aparecendo no filme.

1: 1: Arte conceitual de Lief, S. **2:** Arte referencial de personagens e expressões: Lief, MT. **3:** Artes conceituais da espada de Lief, WW. **4:** Arte referencial de acessórios: a espada de Lief, KM.

CREBAIN DA TERRA PARDA

Os crebain *eram uma variedade de corvídeos negros comuns na Terra Parda, mas também avistados nas terras adjacentes. Séculos mais tarde, Saruman, o Branco, aliciaria essas aves para serem suas espiãs.*

Os *crebain* foram as primeiras criaturas em que me pediram para trabalhar. O diretor queria que fossem diferentes de pássaros normais. Eles aparecem nos filmes originais, mas, no início, eu só sabia que eram uma espécie de corvo. Ouvi dizer que essas criaturas eram frequentemente vistas perto de cadáveres, então as desenhei no intuito de misturar abutres, corvos e zumbis para dar um ar meio arrepiante, e alonguei o pescoço e deixei as penas bem ásperas.

A referência que achei mais útil foram os monstros voadores em jogos de terror como *Resident Evil*. Quando fazemos designs para animações, o excesso de detalhes pode deixar difícil para os animadores desenharem a criatura e a fazerem se mexer, então me esforcei para limitar a quantidade de informação sem perder a essência.
– AISHA ARI HAGIWARA, DESIGNER DE ANIMAÇÃO DE CRIATURAS

1: Arte referencial de criaturas: Crebain, AAH.
2: Quadro final do filme.

SULISTA MERCENÁRIO

Descobriremos que Wulf contratou mercenários do Sul. Haleth mais tarde os chamará de "variags". Isso se deve à ideia de que eles são mercenários, e é isso que a palavra significa para Haleth, da mesma forma que chamaríamos alguém de "vândalo". Para os Rohirrim, "variag" significa mercenário, mas existe um povo chamado de Variags em outro lugar da Terra-média. Eles não lutam por acreditarem na causa de Wulf; lutam porque ele está pagando. – PHILIPPA BOYENS, PRODUTORA

Como mencionado por Tolkien nos Apêndices de O Senhor dos Anéis, *os inimigos de Gondor entraram em Rohan pelo Leste e Sudoeste, aparentemente ao mesmo tempo em que aquele reino também estava sendo atacado. Héra encontra um mercenário morto nos prados. Nas primeiras versões do roteiro, explorou-se a ideia de que os contratados de Wulf no Sul eram meio-orques. Segundo essa visão, em algumas das primeiras artes conceituais tinham orelhas pontudas, dentes afiados e olhos coléricos. A ideia foi abandonada, mas elementos dos trajes e das pinturas de guerra sobreviveram nos designs finais.*

"É UM SULISTA. A ARMADURA MOSTRA QUE É UM MERCENÁRIO."

Nos meus designs de lanças predominam motivos em espirais e serpentinas, com ornamentos vazados de algum metal diferente. Há até mesmo motivos númenóreanos que permaneceram de outra Era.

Quanto às trompas de guerra ou trombetas de batalha, poderiam ser feitas com chifres de alguma fera gigantesca desconhecida no oeste da Terra-média. – JOHN HOWE, DESIGNER CONCEITUAL

A trompa do Sulista tinha um design único. Essas formas singulares não são problema em *live actions*, mas em uma animação elas podem ser viáveis ou não em alguns ângulos e exigem cuidadosa consideração. No fim, foi usada para uma cena em uma sequência com giro de 360 graus. – KENJI KAMIYAMA, DIRETOR

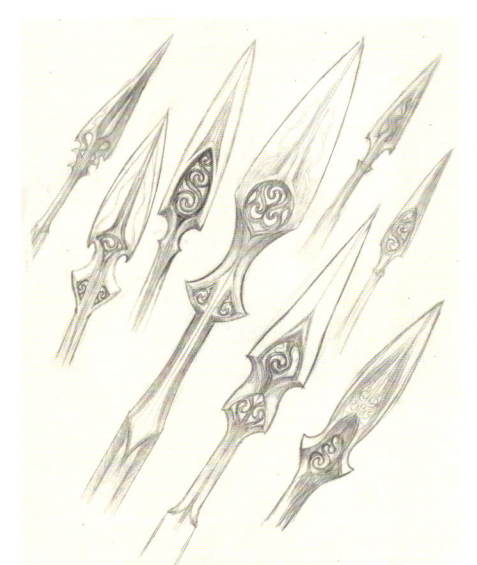

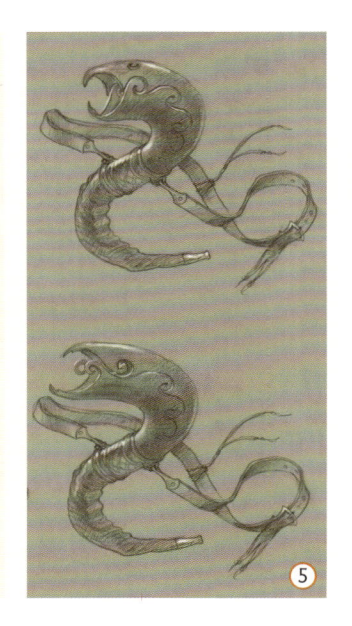

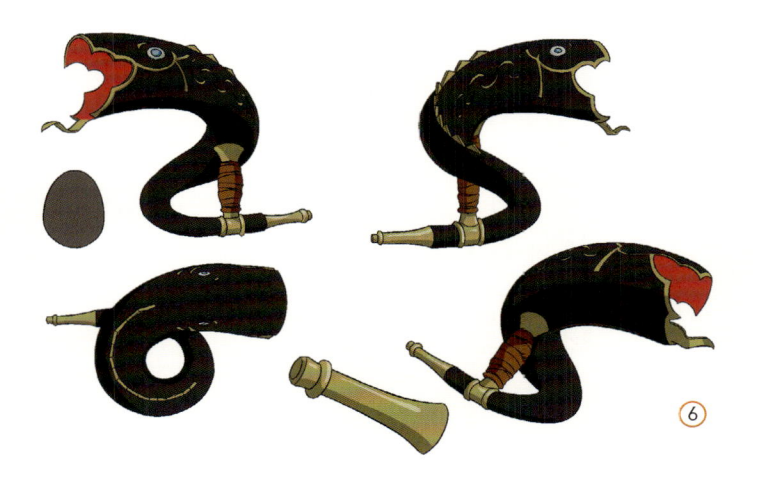

1: I: Artes conceituais do Sulista mercenário, GH. **2:** Arte referencial de personagens: Sulista mercenário, SH. **3:** Arte referencial de acessórios: lança sulista, KM. **4:** Quadros finais do filme. **5:** Artes conceituais da trompa e da lança sulista, JH. **6:** Arte referencial de acessórios: trompa sulista, KM.

"COMO ERA AQUELE POEMA QUE VOCÊ RECITAVA PARA MIM QUANDO EU ERA CRIANÇA? ALGUMA COISA SOBRE FAZER O CAMINHO TREMER?"

O MÛMAK DESCONTROLADO

Há uma menção em *O Senhor dos Anéis* a Rohan sendo atacada pelo Leste. Queríamos utilizar essa ideia de que havia forças se movendo ao longo das fronteiras orientais e meridionais de Rohan. Também sabíamos que precisávamos de um momento "monstro *versus* monstro". Seria honrar a tradição do anime, o que era importante para nós. Como fazer isso usando monstros estabelecidos no saber da Terra-média, sem inventar nada de novo?

O estado raivoso e descontrolado do *mûmak* fez dele mais monstruoso e diferente do que tínhamos visto nos outros filmes, e ainda mais assustador. Ele rompeu as correntes e se voltou contra seus mestres. Foi assim que o Vigia apareceu no filme também, para lutar contra o *mûmak*. – PHILIPPA BOYENS, PRODUTORA

A ideia de o *mûmak* raivoso ser uma perversão do seu estado natural me atraía, pois Wulf também tinha sido corrompido até se tornar uma versão distorcida de si mesmo. A vida de Wulf é desviada do caminho natural, da jornada na qual deveria estar. Portanto, é apropriado que, antes de revermos Wulf, o primeiro indício do que ele se tornou e do exército que reuniu venha dessa fera depravada e mortal. – ARTY PAPAGEORGIOU, ROTEIRISTA

Os artistas da Wētā Workshop lideraram o design do mûmak, *imaginando uma raça relacionada que, à primeira vista, era igual à concebida para a trilogia, mas com algumas diferenças importantes, como a quantidade e a disposição das presas, e o seu tamanho. Assim como há vinte anos, a inspiração veio de parentes pré-históricos dos elefantes modernos.*

Comparado à versão *live action*, nosso *mûmak* era um pouco menor. Notamos que precisaria ser de um tamanho que os soldados Rohirrim pudessem potencialmente enfrentar. Os da trilogia eram simplesmente grandes demais para o propósito da nossa ação, em especial o *mûmak* raivoso que atacou o grupo de Héra. Sendo um pouco menor do que os enormes *mûmakil* da trilogia, também poderíamos fazê-lo se mover de um modo interessante, para ajudar a mostrar que estava enlouquecido.

A criatura foi desenhada inteiramente em 2D e o processo exigiu bastante! Tínhamos alguns dos melhores animadores trabalhando nele. – KENJI KAMIYAMA, DIRETORDIRECTOR

1: Artes conceituais do mûmak, WW. 2: Quadro final do filme (trilogia SdA). 3: Arte conceitual do mûmak, JH. 4: Arte referencial de criaturas: o mûmak raivoso, IM.

A PERSEGUIÇÃO DO *MÛMAK*

À primeira vista, parece que Héra está agindo precipitadamente para salvar Fréaláf, mas longe disso. Mais tarde, Olwyn diz que ela sabia exatamente o que estava fazendo naquela hora. Héra sabe que não é capaz de perfurar o couro do *mûmak*, então é inútil lutar contra a criatura. Em vez disso, ela faz uma análise rápida com base no seu conhecimento profundo da natureza e da terra, e traça um plano completamente louco, mas calculado.
– PHOEBE GITTINS, ROTEIRISTA

Esse momento tem por base a isca que Héra usa na abertura do filme, com a Águia Filhote. Mostrar como Héra utiliza iscas com essas criaturas ferozes e selvagens não apenas realça sua bravura e sua profunda compreensão da natureza, mas também é uma prova de sua inspiração no plano ousado e desesperado para salvar seu povo. Nós testemunhamos Héra disposta a se sacrificar, tornando-se a isca que acaba desbaratando o ataque final de Wulf. – ARTY PAPAGEORGIOU, ROTEIRISTA

1: 1: Quadros-chave da animação, MT. 2: Artes conceituais de cena-chave: a perseguição do mûmak, GH. 3: Arte de cenário das planícies de Rohan. 4: Quadro final do filme.

A arte nas cenas de resolução de problemas depende completamente de fazer uma composição que pareça legal e dramática, tentando capturar uma fotografia concentrada da cena inteira em apenas uma imagem. Nessa sequência, Héra está acelerando em direção à câmera, perseguida pelo *mûmak*. Eles são o foco, mas os outros elementos na tomada, incluindo a ambientação, as montanhas, a trompa, tudo complementa a ação devido ao posicionamento e à composição, ajudando a contar a história. O escuro fica iluminado e depois volta a ficar escuro, criando uma sensação de profundidade. – GUS HUNTER, ARTISTA CONCEITUAL SÊNIOR DA WĒTĀ WORKSHOP

WEALD SE WITEGA

Rohan é uma região de campinas ondulantes, mas meandrando pela relva dourada há riachos e rios, e pontilhando essas regiões há pequenos lagos e trechos de mata. Os dias em que passou cavalgando longe de casa e as noites em que dormiu sob as estrelas revelaram para Héra muitos dos lugares secretos de Rohan. Entre eles está a Weald se Witega, uma pequena porção de mata densa que tem fama de ser assombrada por alguma criatura desagradável. Héra sabe o que espreita as águas no meio da mata e conta com isso para salvá-la da fera que a persegue.

O cartógrafo Daniel Reeve estava conversando comigo sobre que nome dar à floresta. Estávamos procurando algo que daria uma pista sobre a criatura escondida ali, mas sem revelar muito. *Weald se Witega*, a Floresta do Guardião em inglês antigo; sendo que "guardião" é uma referência ao Vigia. – PHILIPPA BOYENS, PRODUTORA

"ELA SABE QUE TIPO DE CRIATURA VIVE NESSAS MATAS?!"

1: Quadro final do filme. 2: Arte referencial de cenários: a beira da mata, KS. 3: Arte referencial de cenários: Weald se Witega, YY. 4: Arte de cenário da Weald se Witega.

Os artistas da Wētā Workshop tinham produzido algumas imagens do Vigia e do *mûmak* lutando cujo esquema de cores era cinza indistinto. Esse foi nosso ponto de referência quando começamos a desenhar o aspecto da floresta lúgubre. A sombra das árvores densas deixava a floresta em tons escuros, mas, quando Héra chega na beirada do lago, fica mais claro e o céu aparece. – YASUHIRO YAMANE, DIRETOR DE ARTE

Em *A Sociedade do Anel*, o Vigia surge à noite, então o público não tem uma boa visão dele. Em *A Guerra dos Rohirrim*, a cena com o Vigia se dá durante o dia e é um dos espetáculos do filme. Quando Héra chega, é um laguinho lindo. A intenção foi sugerir que aquele era um lugar muito aprazível e bonito. Por que ela iria até lá? Estávamos tentando enganar os espectadores e depois surpreendê-los quando a criatura aparecesse, então o ponto para Kamiyama era criar um local sereno, e não horripilante ou escuro. – JOSEPH CHOU, PRODUTOR

A cena da floresta é a única no filme inteiro em que há árvores. Primeiro, eu fui no sentido de criar uma floresta mais outonal, ressequida, mas isso acabou ficando um tanto assustador. Achamos que seria melhor sossegar os espectadores com uma quietude falsa, fazendo o estranho lago no meio da floresta parecer bem bonito, preparando-os para se surpreender quando uma criatura cheia de tentáculos subitamente irrompesse dele.

Espero que a cena com a exuberante floresta seja um realce para o filme. O fato de que muitos artistas diferentes contribuíram para a cena justifica alguma variação no estilo. De todas as ambientações do filme, essa paisagem é a mais familiar para mim. Eu me inspirei na vegetação local, então provavelmente ela tem um ar vagamente asiático. – YASUHIRO YAMANE, DIRETOR DE ARTE

1: Arte referencial de cenários: Weald se Witega, TK. **2:** Arte de cenário da Weald se Witega.

O VIGIA NA MATA

O lago escuro no meio da velha floresta esconde um segredo que Héra espera poder usar a seu favor. Ainda que o roteiro sempre tenha identificado um Vigia, ou guardião, assim como o que é visto do lado de fora do Portão Oeste de Moria, nós brevemente cogitamos a ideia de que a criatura à espreita fosse algo jamais visto. Tínhamos reservas quanto a inventar monstros. As criaturas de Tolkien geralmente lembram as do nosso próprio mundo, mas com um quê peculiar à Terra-média ou agigantadas.

Em um de seus poemas, Tolkien descreve uma criatura gigante semelhante a uma tartaruga marinha, então eu achava que algo parecido com uma grande tartaruga de água doce não seria um salto conceitual muito grande. Evocaria algo antigo e esquecido da Primeira Era e, em nível de praticidade, imaginei que seria significativamente mais fácil de animar do que uma criatura com vários tentáculos! Gus Hunter ilustrou o conceito e fez um trabalho incrível nos designs inspirados em matamatás e tartarugas-mordedoras! – DANIEL FALCONER, DESIGNER DE CONCEITOS ADICIONAIS

1: Artes conceituais da criatura do pântano, GH. **2:** Arte conceitual da criatura do pântano, DF. **3:** Arte conceitual do Vigia, AL.

"CUIDADO COM ÁGUAS SOMBRIAS QUE ESCONDEM SEGREDOS ANTIGOS..."

Há muitos precedentes de árvores malignas e perigosas nos escritos de Tolkien. Estávamos imaginando o que poderia espreitar na floresta se não fosse o Vigia como aquele do lado de fora de Moria. E se fosse uma criatura com raízes como tentáculos — uma espécie de criatura vegetal do pântano — que enlaça o *mûmak* e o arrasta para baixo? Achei que poderia ser uma sequência de animação espantosa. – ALAN LEE, DESIGNER CONCEITUAL

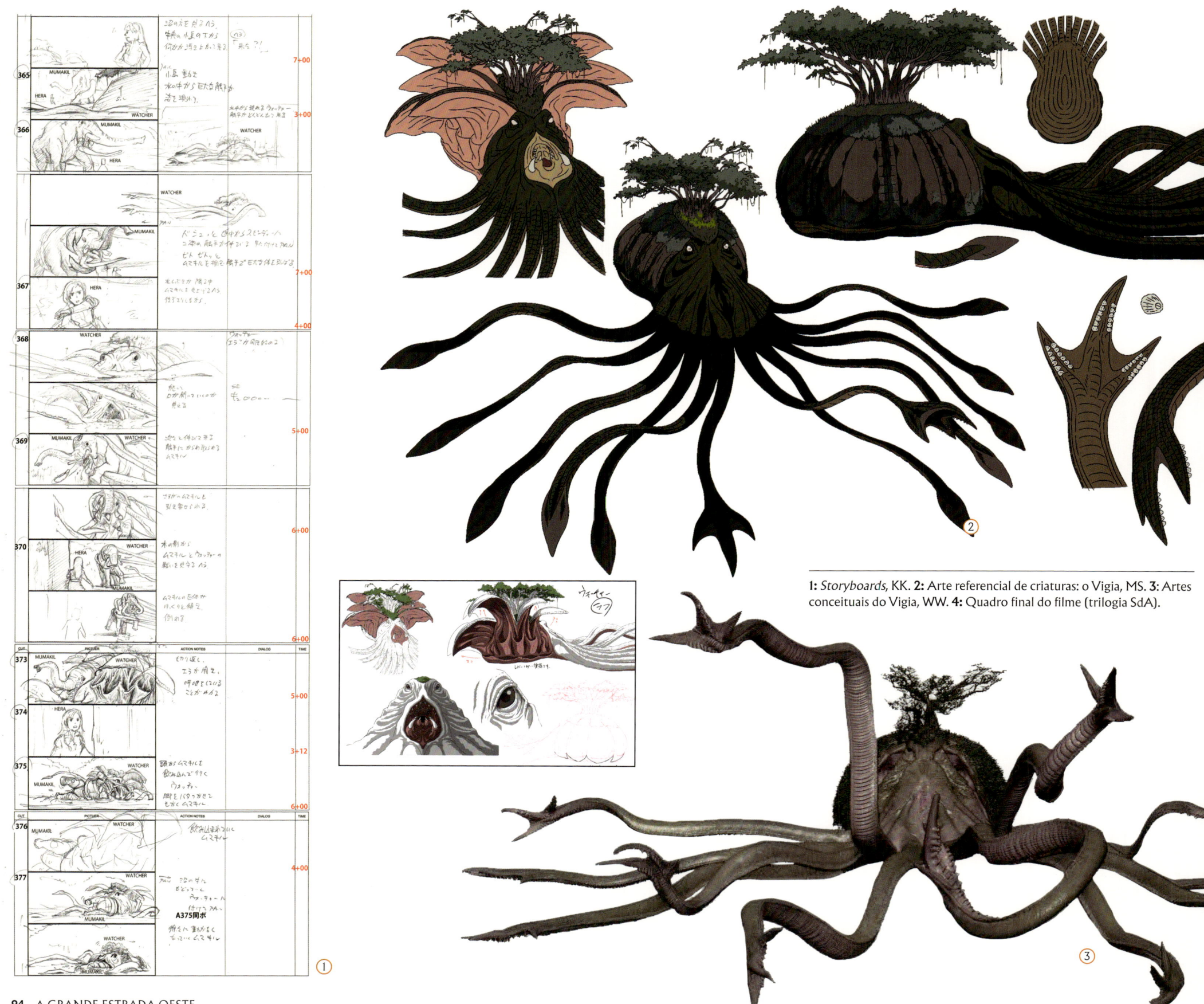

1: *Storyboards*, KK. **2:** Arte referencial de criaturas: o Vigia, MS. **3:** Artes conceituais do Vigia, WW. **4:** Quadro final do filme (trilogia SdA).

No fim, nosso Vigia acabou sendo uma grande criatura parecida com uma lula que remonta àquela sem nome junto ao Portão Oeste de Moria. Era o que os roteiristas tinham em mente e a que estavam fazendo jus quando escreveram a cena. O legal é como o novo contexto em que aparece mudou a criatura e fez com que ganhasse frescor. Foi daí que surgiu a ideia de colocar uma árvore nas costas dela. É uma criatura que sobreviveu de outros tempos. Eu imaginava que o lamaçal estagnado onde ela vivia estava encolhendo. Não conseguia mais nem submergir por completo, então havia coisas crescendo nela. No fim, conforme o mundo muda, ela perecerá e tudo o que restará dessa fera é o mito sobre ela e a árvore. – DANIEL FALCONER, DESIGNER DE CONCEITOS ADICIONAIS

Eu amei o design do Vigia com a árvore em cima. Achei muito interessante e divertido. Gostei da ideia de a árvore ser um modo de atrair e confundir as presas. Cria um ambiente interessante para nós porque ela realmente não se mexe até que alguma coisa se aproxime o bastante para ser apanhada. Dá a impressão de estar lá há muito, muito tempo. – KENJI KAMIYAMA, DIRETOR

Fiquei muito feliz de termos o Vigia no nosso filme. Era tremendamente importante para mim que houvesse mais elementos fantásticos como a briga entre o *mûmak* e o Vigia nessa que é, de outra forma, a história de duas tribos dos Senhores-de-cavalos guerreando. Houve alguma conversa sobre cortar a cena, mas eu bati o pé. Sentia que precisávamos dar ouvidos às expectativas do público de ver criaturas num filme de fantasia. Podíamos não ter Elfos ou Hobbits, mas essas nós poderíamos.

Tolkien nunca explicou com detalhes a presença dessa criatura em *A Sociedade do Anel*, então tivemos a liberdade de colocar outra dela vivendo em um lugar diferente da Terra-média. Provavelmente não eram comuns, mas quem sabe não há mais por aí? – JASON DEMARCO, PRODUTOR

"EU SIRVO UM NOVO COMANDANTE."

GENERAL TARGG

—◆—‹‹◆››—◆—

Visto pela primeira vez acompanhando Freca a Edoras e defendendo seu senhor tombado, Targg ganha proeminência quando rapta Héra de maneira oportunista na Weald se Witega e a entrega a Wulf. No período após a morte de Freca, Targg se tornou o confidente mais próximo e conselheiro militar de Wulf. Targg é da geração de Freca, leal e honrado, e é incumbido de ordenar as tropas reunidas conforme as ordens do seu Senhor.

Apesar da bravata e de ser um forasteiro entre a elite de Rohan, sabemos que Freca foi astuto o bastante para acumular grande fortuna e influência. Então fazia sentido que Freca fosse perspicaz na escolha do seu conselheiro militar, buscando e assegurando a lealdade de um comandante com a experiência, compostura e respeito que o General Targg traz.

Embora Wulf tenha herdado Targg, tendo-o visto sempre como subordinado do seu pai, ele o trata como um megafone glorificado, mais do que um genuíno confidente. Wulf não dá valor às características de Targg que Freca via e conseguia explorar. – ARTY PAPAGEORGIOU, ROTEIRISTA

1: 1: Artes conceituais de Targg, S. **2:** Arte referencial de personagens e expressões: Targg, MT. **3:** Artes conceituais da espada de Targg, JD. **4:** Arte referencial de acessórios: a espada de Targg, KM. **5:** Artes conceituais do cavalo de Targg, DF. **6:** Arte do cavalo de Targg, MT.

③

A ideia que eu tinha para o cavalo de Targg era que fosse o exato oposto das montarias lustrosas e velozes dos Rohirrim. Eu adorei a ideia dele escarrapachado num cavalo Shire gigante e negro, poderoso e imponente. Na tentativa de fazê-lo mais ameaçador, meu conceito incluía um capuz, para lembrar a máscara de um algoz, e bordas denteadas para evocar as penas negras das asas dos *crebain*. – DANIEL FALCONER, DESIGNER DE CONCEITOS ADICIONAIS

④

⑤

Targg é um personagem interessante, pois ele serve Freca e Wulf, os quais agem de modo desonroso no filme, mas Targg em si é honrado. Ao desenhar seu rosto, tentei mostrar que há um senso de justiça nele, e que ele tem princípios. Sua capa é uma mescla de tecido escuro e pele branca de animal, uma representação visual do seu conflito interno entre bem e mal, dever e honra. – STATO, DESIGNER DE PERSONAGENS ORIGINAIS

Com base na ideia de que os Terrapardenses talvez tenham composto sua armadura com elementos de fontes diferentes, imaginei que talvez a espada de Targg poderia ter sido forjada com duas lâminas fundidas. Imaginei que esses caras não tinham tantos recursos quanto os Rohirrim, então talvez não tivessem forjas da mesma qualidade para fazer armamentos. Eles esquentariam o fogo da melhor maneira possível e simplesmente fariam o que conseguissem para confeccionar armas funcionais rapidamente.

Embora de natureza rude, e fazendo só o que fosse necessário, os Terrapardenses eram eficientes e criativos. Então, para a arma de Targg, apesar de serem duas espadas forjadas em uma, ainda há filigranas aparecendo em uma lâmina; embora as pontas não se alinhem, há beleza e originalidade que advêm dessa combinação incomum.

A forma das lâminas combinadas também faz lembrar a galhada de um cervo, pois esse motivo estava surgindo nos designs dos Terrapardenses, e achei que criaria um efeito. – JOSHUA DAMIAN, ARTISTA CONCEITUAL JÚNIOR DA WĒTĀ WORKSHOP

⑥

- 4 -

ISENGARD

Héra acorda à noite em uma estrutura caindo aos pedaços onde Wulf passou a morar; mas ela é convidada ou prisioneira? O edifício é uma antiga torre-de-guarda no terreno da fortaleza abandonada de Isengard. Aqui, Wulf reuniu um tipo de exército, e Héra vê os planos e os pergaminhos na mesa, inclusive um que tem o distinto selo de uma cabeça de carneiro com espinhos.

Wulf confronta Héra. Foram amigos na infância e Héra tentar despertar o garoto que ela conheceu um dia, mas Wulf está amargurado e vingativo. Ele a repreende pela arrogância de sua casa e, colocando-a contra a parede, faz um corte em sua bochecha, em retaliação ao ferimento que ela acidentalmente lhe causou quando eram crianças e brincavam de lutar.

Olwyn lidera um resgate e, pegando Wulf de surpresa, dá a Héra a chance de fugir. As duas recuperam os cavalos e fogem de Isengard com a ajuda de Lief e Fréaláf, voltando para casa com as notícias da invasão que está por vir.

P.A. e 1: Artes conceituais de Isengard, AM. 2: Arte conceitual de Isengard, TK. 3: Arte de cenário de Isengard. 4: Quadros finais do filme (trilogia SdA).

ISENGARD

Do centro da fortaleza circular de Isengard assoma Orthanc, a torre de pedra negra reluzente. Esculpida há séculos pelos Númenóreanos da Segunda Era, Orthanc agora está selada e vazia, testemunhando em silêncio as tropas que Wulf arregimentou por trás da decadente muralha circular de Isengard, com a intenção de fazer guerra contra Rohan. Sem ter a chave e incapaz de romper os cadeados da torre, ele se instalou relutante em uma estrutura secundária.

A torre de Orthanc está trancada. Wulf não consegue entrar e fica frustrado; um símbolo visual de sua situação, de alguém que foi deixado do lado de fora e privado daquilo que acredita ser seu por direito, talvez com justiça. No passado, o povo de Gondor teria enviado alguém para ali, desde então, Rohan assumiu a vigilância, mas, com o passar dos séculos, ela foi negligenciada. – PHILIPPA BOYENS, PRODUTORA

É perfeito que Wulf não consiga controlar Isengard como deseja. Ele está instalado ali como senhor do lugar, mas não tem a chave da torre. É uma excelente expressão da situação em que se encontra. – ARTY PAPAGEORGIOU, ROTEIRISTA

Nessa época, Isengard está abandonada, dilapidada. Ninguém toma conta das propriedades, então achei que era importante contrastar fortemente esse aspecto com o estado impecável que vimos em *A Sociedade do Anel*, com suas veredas conservadas, jardins bem cuidados, canteiros e árvores. Inspirando-me na ambientação épica ao fim de *As Duas Torres*, quando a represa foi rompida e o anel de Isengard foi inundado pelos Ents, minha escolha óbvia era colocar um rio ali, mas, em consonância com o estado de decadência, o curso d'água é sinuoso e entrelaçado. Eu imaginei que não haveria represa, então o rio correu para algumas das áreas onde antes havia estradas, criando um ambiente pantanoso, cheio de mato e arbustos. Gostei do aspecto da grande torre negra contrastando com a ambientação verde.

Ainda há indícios de estradas cruzando o terreno, criando um selo no formato de estrela, sugerindo que foi algo muito bonito no passado. Também passa a ideia de que esse lugar existia há muito tempo, antes mesmo da época em que esta prequela acontece. Passamos pouco tempo em Isengard, mas ela existiu e existirá por muito tempo em relação à época desta história. Orthanc está praticamente igual, mas todo o restante muda com o passar dos séculos. – ADAM MIDDLETON, DIRETOR DE ARTE DA WĒTĀ WORKSHOP & ARTISTA CONCEITUAL SÊNIOR

A complexidade no desafio de pintar a forma de Orthanc ficou ainda maior porque ela era negra e vista à noite. Felizmente não havia muitas sequências da torre, e as cenas dos filmes originais foram uma grande fonte de referência. – YASUHIRO YAMANE, DIRETOR DE ARTE

"QUEM OUSARIA OCUPAR ISENGARD?"

O ACAMPAMENTO DOS TERRAPARDENSES E HOMENS SELVAGENS

Estendendo-se ao redor de Orthanc está o exército de Wulf, uma força composta de guerreiros terrapardenses e homens das Tribos das Colinas, reforçada por Sulistas mercenários. Seus abrigos e tendas improvisados pontilham a paisagem quando se reúnem, aprontando-se para levar a guerra a Edoras.

Na verdade, foi assustador desenhar ideias para o acampamento dos Terrapardenses sabendo que Alan Lee estaria trabalhando nisso. Eu mal tinha começado minha carreira na área e aí estava uma lenda. Mas eu pensei: "Esse cara está se divertindo! Acho que eu estou me preocupando demais". Decidi abordar o projeto como uma oportunidade de brincar, sem ficar preciosista demais com tudo. Fez uma diferença enorme! – JOSHUA DAMIAN, ARTISTA CONCEITUAL JÚNIOR DA WĒTĀ WORKSHOP

Alguns dos abrigos talvez tivessem musgo em cima e alguns talvez fossem feitos de osso, ou couro, ou ficassem escorados em uma árvore; um traço meio pagão estava no cerne do que eu queria expressar. Isso pode abranger tantas coisas, mas o que quero dizer é "pagão" do ponto de vista dos Rohirrim, pois vemos os Terrapardenses da perspectiva deles no filme. Talvez não importe para os Rohirrim, mas a presença de galhadas em um abrigo poderia significar algo para os Terrapardenses. – JOSHUA DAMIAN, ARTISTA CONCEITUAL JÚNIOR DA WĒTĀ WORKSHOP

TORRE-DE-GUARDA

A torre em que Héra acorda representou um desafio conceitual para os designers. Além da própria Orthanc e algumas estruturas órquicas de madeira erguidas mais tarde, não havia construções à vista. Wulf se instalou em um tipo de estrutura secundária, descrita no roteiro inicial como "uma torre em ruínas". A ambiguidade e novidade de haver uma pequena ruína próxima a essa grande torre tornou-se um quebra-cabeças divertido de solucionar.

Embora seja posteriormente definida como uma torre-de-guarda, no início não tínhamos ideia do que poderia ser. Os primeiros conceitos partiram da ideia de que foi construída por alguma civilização transitória que talvez tivesse vivido naquelas terras brevemente, entre a construção de Isengard há muitos séculos pelos antigos Númenóreanos e a época de nossa história. Como não tinha sido feita pelos Númenóreanos, estaria sujeita ao rápido declínio. Então, a escolha consciente do design foi fazê-la inequivocamente diferente e inferior.

Qual teria sido sua função? Talvez um moinho? Um aspecto atraente dessa ideia é que poderíamos incluir as pás decadentes do moinho para Héra poder escorregar quando escapasse. – DANIEL FALCONER, DESIGNER DE CONCEITOS ADICIONAIS

Um aspecto que sempre gostei na Terra-média são os indícios de culturas e civilizações passadas. Vimos uma casa rural abandonada em *O Hobbit*, logo antes de os Anões encontrarem os Trols, e havia ruínas e estátuas quebradas no fundo de várias cenas em *O Senhor dos Anéis*. Quase não importa se sabemos algo sobre elas ou não, mas

sua presença molda a história e incrementa a construção de mundo.

O roteiro mencionava uma torre em ruínas onde Wulf manteria Héra em cativeiro. Eu imaginava que talvez fosse o que restou de um antigo assentamento humano erguido dentro dos muros de Isengard. Quem sabe eles tivessem cultivado a terra e usado o rio, mas foram expulsos há muito tempo e seu assentamento declinou. – ADAM MIDDLETON, DIRETOR DE ARTE DA WĒTĀ WORKSHOP E ARTISTA CONCEITUAL SÊNIOR

A ideia do moinho não pegou, então sugeri algo parecido com as estruturas reais da Idade do Ferro chamadas de *broch*. *Brochs* são construções largas e cônicas com escadas em espiral entre as paredes externa e interna. A função precisa delas parece não ser consenso entre os arqueólogos, mas, na Terra-média, podiam servir para uma série de coisas. O legal é que a construção era parecida com a Muralha de Isengard, então talvez os construtores tenham retirado rochas da muralha. Eu fiz um desenho bem apressado e o Adam Middleton da Wētā Workshop aprimorou em 3D e no Photoshop, transformando num conceito acabado. Amei que ele colocou uma árvore retorcida pelo vento crescendo nela. Para mim, deu um aspecto típico da Terra-média. – DANIEL FALCONER, DESIGNER DE CONCEITOS ADICIONAIS

1: Artes conceituais da torre broch, AM (inserido, DF).
2: Artes conceituais da torre de um moinho, AM.
3: Arte conceitual do interior da torre, AM.

O método que usamos para desenhar a torre arruinada é representativo de como o estúdio Wētā Workshop abordou o projeto. Disseram-nos para não anteciparmos a forma de anime, mas para que desenhássemos como se fosse para um filme em *live action* e deixássemos que o time do Japão se encarregasse do anime. Eles entendiam desse tipo de mídia melhor do que nós, então colocariam a sua interpretação no projeto e fariam um trabalho muito melhor do que se tentássemos imitar o estilo deles.

Quando desenhamos para os filmes em *live action*, com frequência incorporávamos a metodologia 3D para explorar a área em 360 graus, garantindo que estávamos entregando algo plausível, completamente pensado e que poderia existir. Aqui, fizemos da mesma maneira e foi particularmente apropriado porque a torre tinha um interior e um exterior que precisavam

se encaixar perfeitamente. Ao lidar com essa torre em 3D, conseguimos examinar os dois lados ao mesmo tempo. – ADAM MIDDLETON, DIRETOR DE ARTE DA WĒTĀ WORKSHOP E ARTISTA CONCEITUAL SÊNIOR

Isengard e a torre de Orthanc eram lugares que haviam aparecido nas minhas ilustrações do livro. Peter Jackson ficou satisfeito com o aspecto da torre e pediu que eu completasse o design no mesmo estilo para os filmes do *Senhor dos Anéis*. Também me pediu que fizesse o interior, os jardins e as muralhas, seguido de outra rodada de desenhos das cavernas e forjas industrializadas, e o aspecto final, inundada e arrasada.

A Guerra dos Rohirrim se passa antes de Saruman habitar ali, e era uma guarnição e acampamento de outros exércitos. Pediram-me desenhos de algumas estruturas

menos permanentes, que dessem a impressão de serem obras de uma cultura diferente, mas não dissonante da ambientação estabelecida. Amei os riachos e pântanos sinuosos que Adam Middleton incorporou, o que ajudou a dar ao lugar uma aparência de séculos de abandono, aumentando o ar de desolação. Quem sabe haveria algumas outras construções caindo aos pedaços espalhadas por perto e quem sabe até mesmo algumas anexadas ao lado de dentro da muralha. Se Isengard era essencialmente uma fortaleza e Orthanc era a torre de menagem, haveria quartéis, casernas, depósitos e outras instalações à disposição dos residentes. Basicamente, a ideia era de que houve certa vez um segundo portão mais perto da torre central e uma guarita adjacente com acesso ao que restou da torre do portão e dos muros. Wulf poderia ter instalado seu quartel-general ali.

"ELES A ESTÃO PRENDENDO EM UMA DAS TORRES-DE-GUARDA."

O acampamento terrapardense seria composto principalmente de tendas, ou talvez uma variedade híbrida de tenda/iurte/cabana, principalmente coberta de peles e apoiada por estacas amarradas. Elas dariam a Héra um suporte macio e elástico para quando ela pulasse da torre.
– ALAN LEE, DESIGNER CONCEITUAL

Eu criei um layout geral das construções e da torre arruinada, e depois o Estúdio Sankaku desenvolveu o espaço inteiro em 3D. Ao lado da torre-de-guarda há uma barraca para abrigar os *mûmakil* e só uma parte fica visível no filme. Há uma estrutura no estilo sulista, feita principalmente de bambu, que eles muito provavelmente trouxeram consigo. Usei edificações do sudeste asiático como referência para minhas ideias ao construir.
– YASUHIRO YAMANE, DIRETOR DE ARTE

1: Artes conceituais da torre, YY. 2: Artes conceituais da torre, AL.
3: Arte de cenário de Isengard.

Quando estava desenhando o interior da torre que Wulf usou como quartel-general e onde Héra estava aprisionada, eu me inspirei nas imagens do interior do moinho feitas por Adam Middleton e nos belos esboços de Alan Lee. O diretor explicou a ação que queria ver ali e eu estabeleci um espaço que permitiria isso, incorporando ideias dos designs de Middleton e Lee. Eu me senti honrado por Alan Lee ter feito suas próprias correções na estrutura da construção.

Um elemento único que incluímos no quartel-general de Wulf, por sugestão do diretor, foram lamparinas a óleo com chama verde. Vemos as mesmas chamas verdes carregadas pelas tropas de Wulf durante o ataque a Edoras e na tenda dele do lado de fora do Forte-da-Trombeta. Elas criam uma conexão visual com Wulf ao longo das cenas. – YASUHIRO YAMANE, DIRETOR DE ARTE

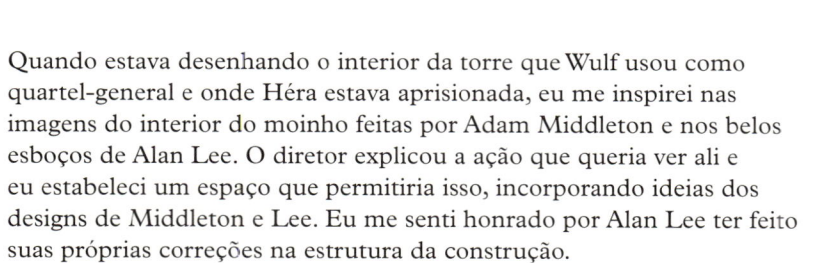

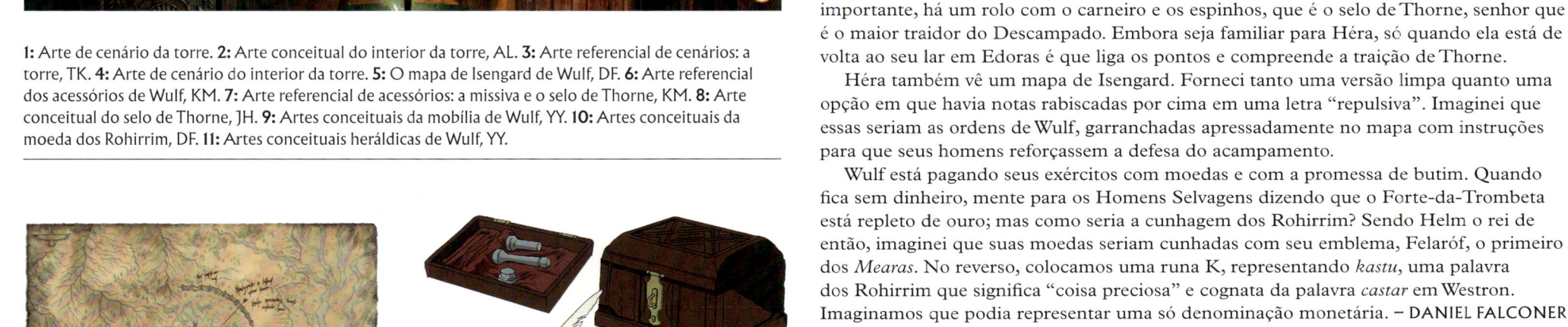

1: Arte de cenário da torre. 2: Arte conceitual do interior da torre, AL. 3: Arte referencial de cenários: a torre, TK. 4: Arte de cenário do interior da torre. 5: O mapa de Isengard de Wulf, DF. 6: Arte referencial dos acessórios de Wulf, KM. 7: Arte referencial de acessórios: a missiva e o selo de Thorne, KM. 8: Arte conceitual do selo de Thorne, JH. 9: Artes conceituais da mobília de Wulf, YY. 10: Artes conceituais da moeda dos Rohirrim, DF. 11: Artes conceituais heráldicas de Wulf, YY.

No quartel-general de Wulf há uma bandeira pendendo com o emblema de Freca. Se as imagens primárias de animais em Rohan tinham inspiração nos cavalos, então era apropriado que o timbre de Freca pudesse fazer referência às origens terrapardenses do seu clã. Não há criatura da Terra Parda mais famosa do que os *crebain* e eles foram adotados nos conceitos heráldicos.

Na mesa de Wulf estão indicações dos seus planos para conquistar Rohan. Mais importante, há um rolo com o carneiro e os espinhos, que é o selo de Thorne, senhor que é o maior traidor do Descampado. Embora seja familiar para Héra, só quando ela está de volta ao seu lar em Edoras é que liga os pontos e compreende a traição de Thorne.

Héra também vê um mapa de Isengard. Forneci tanto uma versão limpa quanto uma opção em que havia notas rabiscadas por cima em uma letra "repulsiva". Imaginei que essas seriam as ordens de Wulf, garranchadas apressadamente no mapa com instruções para que seus homens reforçassem a defesa do acampamento.

Wulf está pagando seus exércitos com moedas e com a promessa de butim. Quando fica sem dinheiro, mente para os Homens Selvagens dizendo que o Forte-da-Trombeta está repleto de ouro; mas como seria a cunhagem dos Rohirrim? Sendo Helm o rei de então, imaginei que suas moedas seriam cunhadas com seu emblema, Felaróf, o primeiro dos *Mearas*. No reverso, colocamos uma runa K, representando *kastu*, uma palavra dos Rohirrim que significa "coisa preciosa" e cognata da palavra *castar* em Westron. Imaginamos que podia representar uma só denominação monetária. – DANIEL FALCONER, DESIGNER DE CONCEITOS ADICIONAIS

WULF, ALTO SENHOR DAS TRIBOS DAS COLINAS

Wulf é um personagem interessante e trágico. Ele começa sua jornada num curso que é possivelmente justificável, mas chega a um ponto sem volta e continua prosseguindo. Tanto Héra quanto Wulf herdam esses desarranjos dos seus pais, mas escolhem caminhos muito diferentes. Wulf se empenha na sua vingança.

Héra é genuinamente afeita a Wulf. Guarda com carinho as lembranças de sua infância. Eles se preocupavam um com o outro, mas, para ela, nunca foi um romance. Na sua narração, Éowyn diz que "Ele afligia muito a mente dela". Há momentos fugazes de vulnerabilidade na cena de Wulf com Héra em Isengard — há um momento de hesitação porque ela diz "eu tentei de verdade encontrá-lo", e isso é genuíno. Isso detém a mão dele por um instante, enquanto luta contra suas emoções, e é disso que se trata essa cena. Ela tenta trazê-lo de volta, alcançar o garoto que conhecia. Para nós, era importante ele dizer "Eu sou o homem que seu pai fez de mim". É isso que o puxa de volta à sua determinação. Ele deixa para trás o garoto sofrido. – PHOEBE GITTINS, ROTEIRISTA

1: Artes conceituais de Wulf, S. 2: Arte referencial de personagens e expressões: Wulf, MT.

Para mim, há algo horripilante na maneira como Wulf marca Héra. A ferida da adaga não é só violenta e chocante, mas há também algo especialmente vulgar quando se marca uma pessoa, deixando implícito um sentimento de propriedade. – ARTY PAPAGEORGIOU, ROTEIRISTA

Creio que Wulf a amou certa vez, mas depois passa a ser algo possessivo. Acho que o maior erro de Freca foi colocar na cabeça de Wulf que ele podia ter Héra e que tinha o direito de possuí-la. A rejeição pública dela é humilhante. Além disso, se seu pai não tivesse sido morto por Helm, quem sabe ele teria superado com o tempo, mas tinha sentimentos verdadeiros por ela. E é por isso que tudo fica complicado. Poderia tê-la matado quando a capturou. Ele diz: "Será que a arrogância da sua casa não tem fim?". Eles sempre o desprezaram por seu sangue terrapardense. Héra realmente gosta de Wulf, mas não de modo romântico. – PHILIPPA BOYENS, PRODUTORA

Diante da bagunça que seus pais causaram, são as escolhas feitas por nossos jovens personagens que os definem e, em última análise, decidem com quem devemos simpatizar. Os caminhos distintos de Wulf e Héra os levam a finais também distintos. Héra se torna uma obsessão para Wulf, especialmente depois de sua fuga. É uma questão sem resposta: o que ele teria feito com ela, depois de Targg capturá-la, se ela não tivesse fugido? Capturá-la não estava necessariamente nos planos dele e há alguma hesitação quando estão juntos. Nesse momento da sua jornada, ele ainda não tinha entrado num caminho sem volta. – PHOEBE GITTINS, ROTEIRISTA

Nossa história trata de escolhas, de quem tem o direito de fazê-las e de quem realmente precisa enfrentar as consequências uma vez que são feitas. Héra e Wulf herdam as consequências das péssimas decisões de seus pais. Apesar das circunstâncias parecidas, as escolhas de cada um fazem com que sigam percursos morais diferentes e que naturalmente colidem; a cena em Isengard é seu primeiro e mais emotivo duelo, antes de um segundo

duelo, totalmente combativo, no Forte-da-Trombeta. Naquele ponto, ambos estão tentando se libertar do cerco metafórico e físico que os mantém cativos e estão prestes a acertar as contas com suas escolhas. – ARTY PAPAGEORGIOU, ROTEIRISTA

O personagem de Wulf passa por dois estágios visuais: pureza e vingança. No seu modo vingança, ele veste a pele animal que pertencia ao pai. Inicialmente, eu também o imaginei carregando um machado, para ajudar a torná-lo mais agressivo. – STATO, DESIGNER DE PERSONAGENS ORIGINAIS

Wulf tinha uma vasta gama de expressões faciais para os momentos em que deixa suas emoções transparecerem. Acho que uma personalidade assim emotiva o torna mais humano, de maneira positiva. Definitivamente fez com que o processo de desenhá-lo valesse a pena. A expressão de amor perturbada que dirige a Héra também é parte de sua personalidade. – MIYAKO TAKASU, DESIGNER DE PERSONAGENS E SUPERVISORA DE ANIMAÇÕES-CHAVE

"O GAROTO QUE VOCÊ CONHECEU NÃO EXISTE MAIS, HÉRA. EU SOU O HOMEM QUE SEU PAI FEZ DE MIM."

Eu fiz muitas versões da adaga de Wulf, algumas lembrando o *Schweizerdolch* de lâmina reta, outras mais próximas do *pesh-kabz* persa, ou do *kukri* afegão. (Sua imaginação pode voar muito longe quando se faz esboços livres). A aljava foi feita para lembrar uma asa de corvo. – JOHN HOWE, DESIGNER CONCEITUAL

Diferentemente de Ashere, o corcel claro e esguio de Héra, Wulf monta um cavalo robusto, escuro, com uma crina negra e espessa, pelos desgrenhados nos jarretes e máscara. Wulf tem como marca os cabelos negros revoltos e o manto desalinhado. O cavalo tinha que combinar! – DANIEL FALCONER, DESIGNER DE CONCEITOS ADICIONAIS

"PRIMEIRO, VOU MATAR SEUS IRMÃOS. DEPOIS, VOU MATAR SEU PAI. E DEPOIS VOU TOMAR O TRONO."

1: Artes conceituais da adaga de Wulf, JH. 2: Arte referencial de acessórios: a adaga de Wulf, KM. 3: Arte referencial do cavalo de Wulf, MT. 4: Arte conceitual do cavalo de Wulf, DF.

O RESGATE DE HÉRA

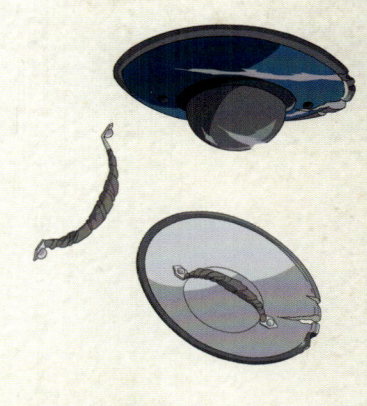

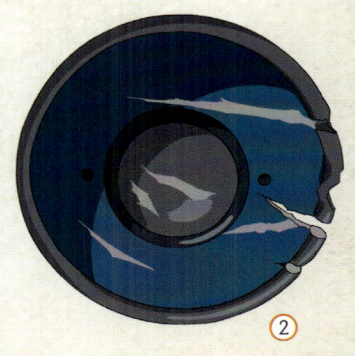

Olwyn invade a torre-de-guarda para resgatar Héra, espada em punho, revelando-se uma guerreira de habilidade considerável. Com um broquel que traz as marcas e a borda estilhaçada de uma antiga batalha, ela desvia os golpes de Wulf e o rechaça, dando a Héra a chance de fugir. Juntas, elas saltam da torre e se libertam.

As donzelas-do-escudo eram a última linha de defesa, como as mulheres foram com frequência na História. Veio da ideia de que, entre tribos britônicas primitivas, as mulheres incitavam os homens nas batalhas. A postos no perímetro do campo de batalha, elas empurravam qualquer um que estivesse fugindo de volta para a luta. Quando todos os homens morriam, as mulheres empunhavam as espadas e continuavam a luta. A natureza exata do que era uma donzela-do-escudo permanece sem definição nos escritos de Tolkien, então nossa ideia do que elas poderiam ser na Terra-média se baseou nessa lenda. O escudo também representa a ideia de proteção. Evidentemente, no fim Héra acaba matando Wulf com o escudo partido de Olwyn. Há camadas nesse simbolismo. – PHILIPPA BOYENS, PRODUTORA

Queríamos que o escudo de Olwyn fosse especial e diferente dos outros escudos que normalmente se vê em *O Senhor dos Anéis*. O diretor tinha como ideia esse tipo de escudo chamado de broquel, que usamos de referência. Inicialmente era vermelho, mas alteramos para azul, que é menos comum nos designs dos Rohirrim e o deixaria mais especial. O broquel tem fissuras grandes e pequenas que contam a história da vida pregressa de Olwyn como combatente. – KENJI MASUDA, DESIGNER DE ADEREÇOS

"O QUE TEMOS AQUI? UMA DONZELA-DO-ESCUDO. SEUS DIAS DE BATALHA ACABARAM, VELHA."

1: Quadros-chave da animação, MT. 2: Arte referencial de acessórios: o escudo de Olwyn, KM.

circular e da torre central, criando coesão. É possível ver até mesmo onde as dobradiças ficariam no arco original. – ADAM MIDDLETON, DIRETOR DE ARTE DA WĒTĀ WORKSHOP E ARTISTA CONCEITUAL SÊNIOR

O design final do portal em Isengard difere do que tinha sido estabelecido na trilogia O Senhor dos Anéis, *o que passa a ideia de que, em algum momento após Saruman tomar posse, ele foi reconstruído. Nos tempos de Helm, o portal era angular, e não arqueado, e estava quebrado. Apesar de a torre central de Orthanc permanecer imutável, os muros de Isengard estão decaindo após séculos de abandono.*

O topo do portal se rompeu, o que permite que os *mûmakil* entrem no pátio. Empilhamos terra do lado de fora para que Fréaláf pudesse escorregar na ação de resgate e fuga. – TAMIKO KANAMORI, DIRETORA DE ARTE

A MURALHA E O PORTÃO DE ISENGARD

Na busca por ideias para o portão de Isengard, peguei o portal vazio que vimos na trilogia e fui retrocedendo, imaginando o que poderia se encaixar ali. As tiras de metal reforçando a estrutura formam uma estrela que é repetida nas estradas da propriedade — conforme se constataria numa visão aérea —, desenhadas originalmente por Alan Lee para a trilogia. Essas formas parecem horripilantes e agressivas com a madeira erodida, denteada e quebrada, e esse é o aspecto que eu queria passar com o portão. Em outros filmes, um motivo muito semelhante foi esculpido no chão do topo da torre de Orthanc e no pedestal onde Saruman deixa a palantír. É um pequeno aceno aos elementos do design da muralha

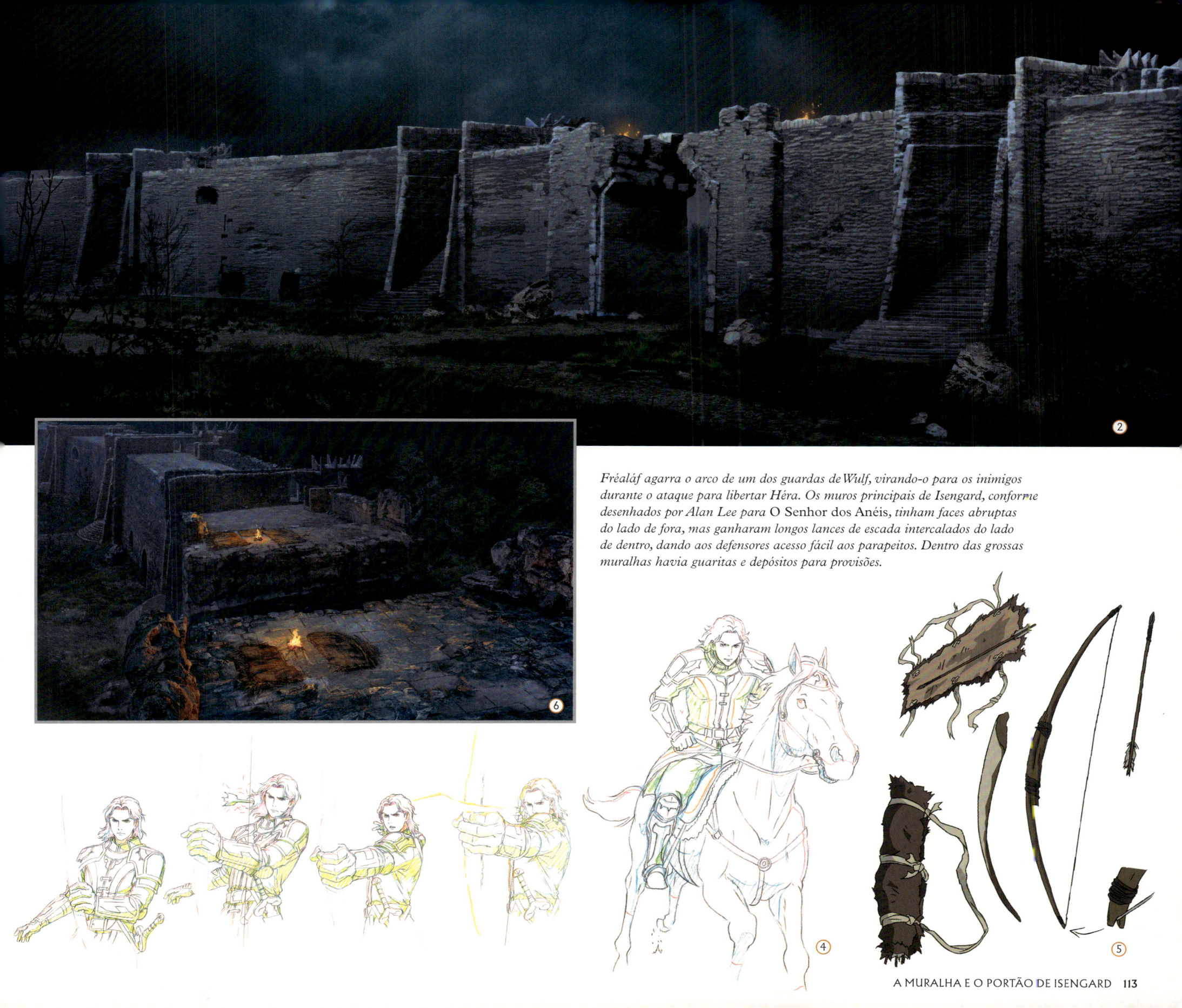

Fréaláf agarra o arco de um dos guardas de Wulf, virando-o para os inimigos durante o ataque para libertar Héra. Os muros principais de Isengard, conforme desenhados por Alan Lee para O Senhor dos Anéis, tinham faces abruptas do lado de fora, mas ganharam longos lances de escada intercalados do lado de dentro, dando aos defensores acesso fácil aos parapeitos. Dentro das grossas muralhas havia guaritas e depósitos para provisões.

- 5 -

A BATALHA DE EDORAS

Um conselho de guerra é convocado enquanto os Rohirrim se preparam para confrontar a invasão de Wulf. Fréaláf aconselha uma retirada, mas é repreendido por Helm, que o culpa pelo sequestro de Héra. Helm encontrará os exércitos de Wulf cavalgando para atacá-los no vale do rio entrelaçado diante de Edoras. Héra é obrigada a permanecer na cidade, mas ela se dá conta da traição, reconhecendo o selo que viu em um rolo que estava com Wulf como sendo do Senhor Thorne, com quem Helm contava para defender a cidade.

Na planície, Helm ataca as tropas de Wulf — um exército misto de Terrapardenses da Marca-ocidental, Homens Selvagens das Tribos das Colinas, e Sulistas mercenários comandando três grandes mûmakil com armadura de guerra. A armadilha é acionada e Thorne trai o rei. Nos estábulos reais, ele atocaia Héra, mas é escoiceado por Ashere e morto. O fogo irrompe conforme a cidade é invadida e Héra usa isso a seu favor para derrubar um dos mûmakil no portão, embora os invasores estejam agora atravessando Edoras, em direção ao cume. Héra incita seu povo a fugir para as montanhas.

Diante das portas de Meduseld, Haleth, irmão de Héra, tomba, morto por uma flecha de Wulf após derrubar outro mûmak. Helm é tomado pela visão do filho morrendo conforme o fogo consome sua casa. Os Rohirrim são desbaratados e fogem de Edoras. Háma, o irmão de Héra que sobreviveu, protege a retaguarda, mas gradualmente vai ficando para trás em sua velha égua cinzenta e cansada.

HELM NA GUERRA

Helm se prepara para encontrar Wulf na batalha, optando por lutar em cima do cavalo. Os senhores e guerreiros de Rohan usam armadura, mas nenhuma é tão impressionante quanto o traje dourado do próprio Helm. Desenhado com o Rei Théoden em mente, a armadura de Helm também mescla metal brilhante e couro, ricamente adornada com imagens equinas e solares. Seu manto é decorado com ouro nas bordas, como é digno de um rei.

O elmo do rei é único entre os designs dos Rohirrim, com asas laminadas que lhe dão uma silhueta imponente e poderosa. Ele também ecoa alguns elementos vistos no elmo de Théoden, incluindo um timbre do sol raiado acima do nariz, colorido com uma incrustação esmaltada. Era importante que o elmo tivesse um design memorável, dada a sua importância conforme o filme avança.

Eu tentei simplificar um pouco o conceito da armadura de Helm para que se alinhasse mais à de Théoden, inclusive alterando para couro algumas das formas moldadas em metal. – DANIEL FALCONER, DESIGNER DE CONCEITOS ADICIONAIS

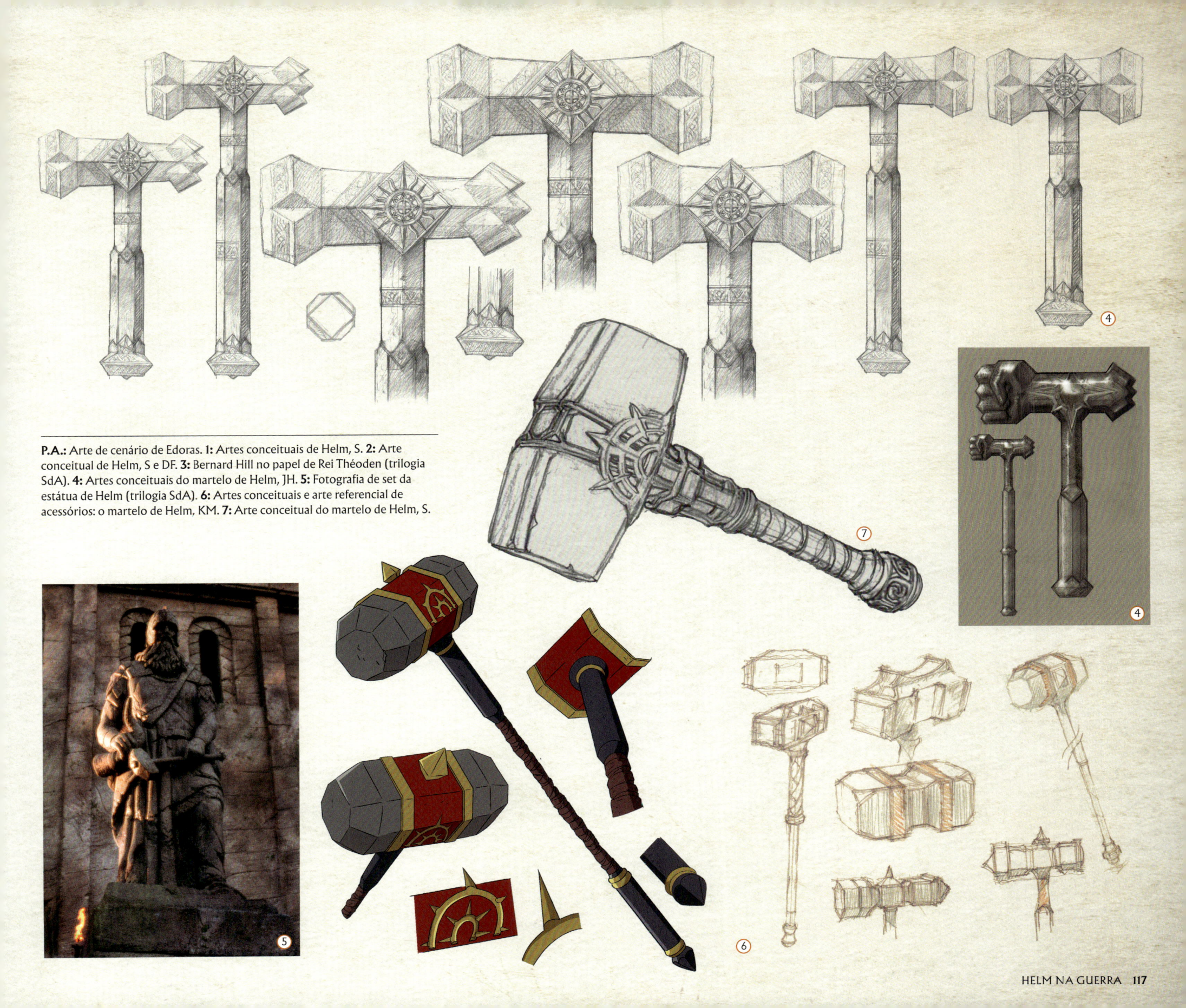

P.A.: Arte de cenário de Edoras. **1:** Artes conceituais de Helm, S. **2:** Arte conceitual de Helm, S e DF. **3:** Bernard Hill no papel de Rei Théoden (trilogia SdA). **4:** Artes conceituais do martelo de Helm, JH. **5:** Fotografia de set da estátua de Helm (trilogia SdA). **6:** Artes conceituais e arte referencial de acessórios: o martelo de Helm, KM. **7:** Arte conceitual do martelo de Helm, S.

Um dos aspectos mais desafiadores do projeto para os animadores foram o padrão decorativo e a complexidade das armaduras dos personagens. Essa quantidade de traços é incrivelmente difícil para animações feitas à mão, e tínhamos muitos personagens se movendo e lutando ao mesmo tempo. Reduzimos em relação ao conceito inicial, mas, mesmo assim, os animadores nos perguntavam se íamos mesmo desenhar tudo isso.

Helm, por exemplo, tinha uma das armaduras mais complexas. Conseguimos usar CGI para ajudar no processo. Construímos um modelo detalhado que usamos para preparar uma sequência, fornecendo um esquema para os animadores usarem de referência quando desenhassem a ação. Não era algo que eles poderiam simplesmente traçar, porque a armadura se move e interage com o corpo, então eles precisavam interpretá-la, mas, ainda assim, foi um guia útil. Esse trabalho continuou até o fim da produção do filme.

Cavalgar, lutar, fluir! A única alternativa seria redesenhar a armadura completamente para simplificá-la, mas se fizéssemos isso perderíamos parte quintessencial do visual único de *O Senhor dos Anéis*. A armadura dos Rohirrim é recoberta de motivos equinos intrincados. Se retirássemos esses elementos, não pareceria o mundo que conhecíamos. Não seria fiel. Era um sacrifício que não estávamos dispostos a fazer. É um daqueles momentos de diretor em que você precisa dizer "Não, nós vamos fazer."
– JOSEPH CHOU, PRODUTOR

"VOCÊ QUERIA QUE EU ABANDONASSE EDORAS?"

"AVANTE, EORLINGAS!"

Conforme Wulf avança sobre Edoras, Fréaláf insta Helm a acender os faróis e pedir a ajuda de Gondor, mas Helm não quer. É orgulhoso demais. É o oposto do que vimos com Théoden. – PHILIPPA BOYENS, PRODUTORA

Uma das minhas cenas favoritas entre Héra e Helm se dá antes da batalha, nos estábulos. Héra pergunta ao pai se ele ficaria contente caso ela se retirasse. Héra é o calcanhar de Aquiles de Helm; "Sim, eu ficaria contente, porque você estaria segura". Por amor, ele tira dela a chance de escolher. Ele entendeu tudo errado, mas mostra o que é mais importante para ele, que é a segurança dela. – PHOEBE GITTINS, ROTEIRISTA

O martelo de Helm foi concebido como uma arma grande, mas acabou ficando menor em conformidade com o design do martelo que a estátua de Helm segura em *As Duas Torres*. O cabo foi alongado para permitir uma empunhadura mais eficiente como arma. – STATO, DESIGNER DE PERSONAGENS ORIGINAIS

Tendo em vista a força lendária de Helm, um martelo mais pesado parecia possível. Fiz artes conceituais em que a cabeça de ferro era deslocada em 45 graus, para deixar a silhueta mais interessante; em que o martelo inteiro, cabo e tudo, era forjado como uma peça única, e não montado, com o cabo envolto em couro e incrustado com latão.

A espada de Helm tinha um design Rohirrim mais tradicional, embora mais robusta, com maior poder de estocada. – JOHN HOWE, DESIGNER CONCEITUAL

1: Arte referencial de personagens e expressões: Helm, MT. 2: Quadro final do filme. 3: Arte referencial de acessórios: a espada de Helm, KM. 4: Arte conceitual da espada de Helm, JH e DF. 5: Arte conceitual do cabo da espada de Helm, JH.

1: Artes conceituais do cavalo de Helm, WW. 2: Artes conceituais do cavalo de Helm, JD.
3: Arte referencial do cavalo de Helm e arte conceitual colorida, MT.

"O QUE ME DIZ, MEU VELHO AMIGO? VAI ME LEVAR MAIS UMA VEZ?"

No estúdio de design da Wētā Workshop, o trabalho com a arte conceitual para o cavalo de Helm começou com os artistas olhando o cavalo de guerra do Rei Théoden, Snawmana. Embora não seja afirmado nos filmes, Snawmana era um dos Mearas, os grandes cavalos da Terra-média, cuja linhagem ia fundo no passado. Assim também era Scadufax, que Gandalf cavalgava, descrito como o Senhor de todos os Cavalos. Tal poder régio e inteligência alçavam os Mearas acima dos cavalos comuns e, pela lenda, permitiam que apenas os reis de Rohan os montassem. Gandalf era a exceção.

O cavalo de Helm, embora não receba nome, quase certamente era da mesma linhagem, então foi uma escolha consciente manter o esquema de cores cinzenta ou branca estabelecido nos filmes. Os designers também encontraram em Snawmana a inspiração para a armadura e selaria do cavalo de Helm. Sendo maior do que um homem comum, seu cavalo também foi pensado com uma constituição física poderosa. Os designers procuraram ligar visualmente o grande cavalo a Helm pela cor e pelas formas, incorporando elementos da armadura e do elmo dele nos conceitos da testeira e do capuz do cavalo.

HALETH NA GUERRA

O esquema de cores da armadura de Haleth foi inicialmente concebido para lembrar o vermelho de suas vestes corteses, e com formas largas para realçar seu físico. A capa curta acentuava a parte superior do seu corpo.

A arte conceitual de STATO para Haleth trouxe tanta presença e majestade. Meu trabalho era sugerir modos de alinhar isso com a estética única dos Rohirrim estabelecida em *O Senhor dos Anéis*. Procurei dar os retoques mais leves possíveis, preservando a intenção e integridade do design de STATO. Trocar a armadura de metal mais pesada e escultural por uma mistura de aço e couro foi um dos jeitos de conseguir isso. O metal revestido com couro decorativo era uma das características mais icônicas da armadura que havíamos criado vinte anos atrás. Ao trocar as cores, alinhamos a armadura de Haleth com a de Éomer, o que também a deixou mais leve, dando uma impressão menor de sobrecarga. Eu coloquei uma cota de malha e recomendei que a capa fosse alongada ao máximo para que tivesse proteção prática contra intempéries. – DANIEL FALCONER, DESIGNER DE CONCEITOS ADICIONAIS

1: I: Arte conceitual de Haleth, S. 2: Artes conceituais de Haleth, S e DF. 3: Karl Urban no papel de Éomer (trilogia SdA). 4: Arte conceitual do elmo de Haleth, S. 5: Arte referencial de expressões: Haleth, MT.

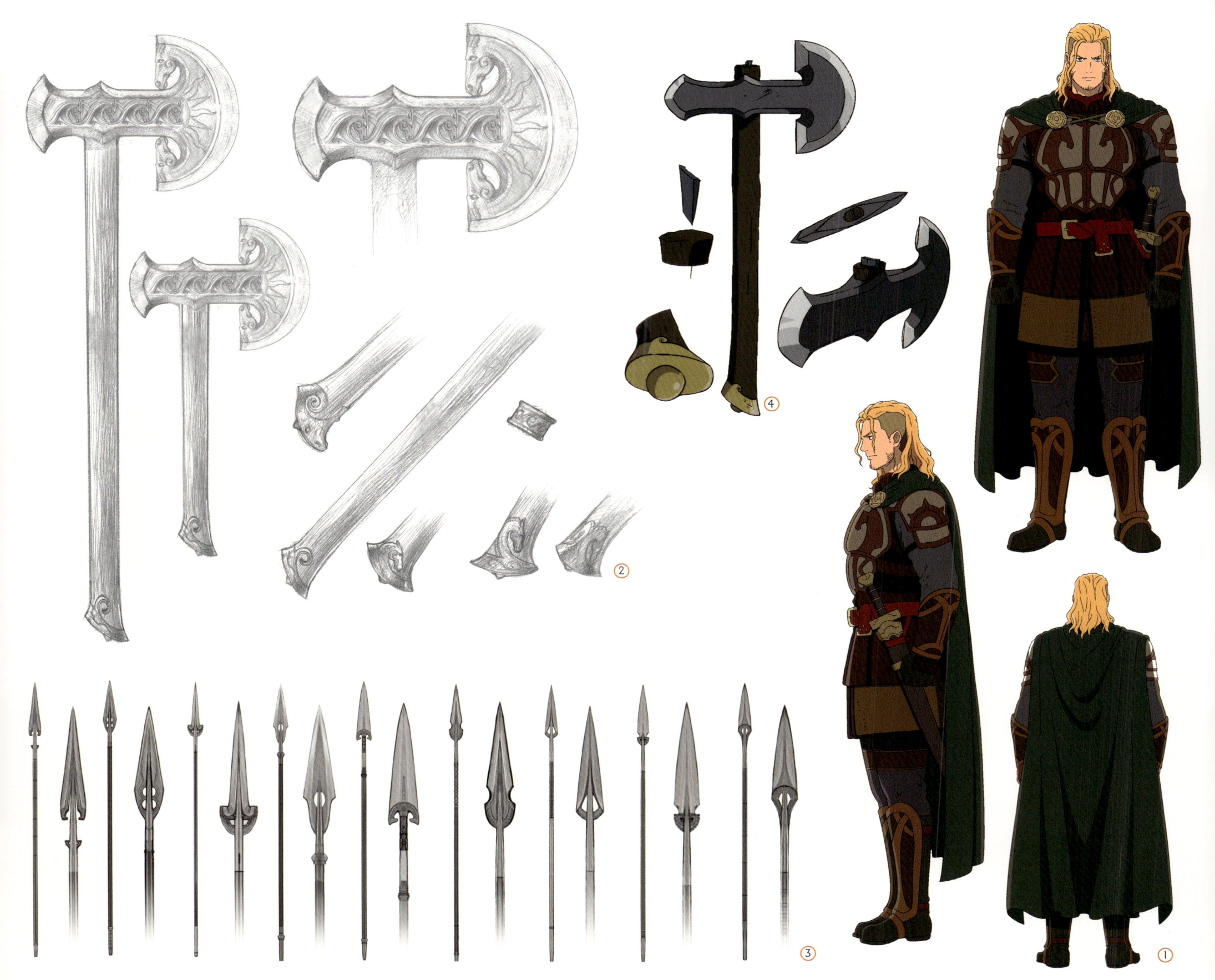

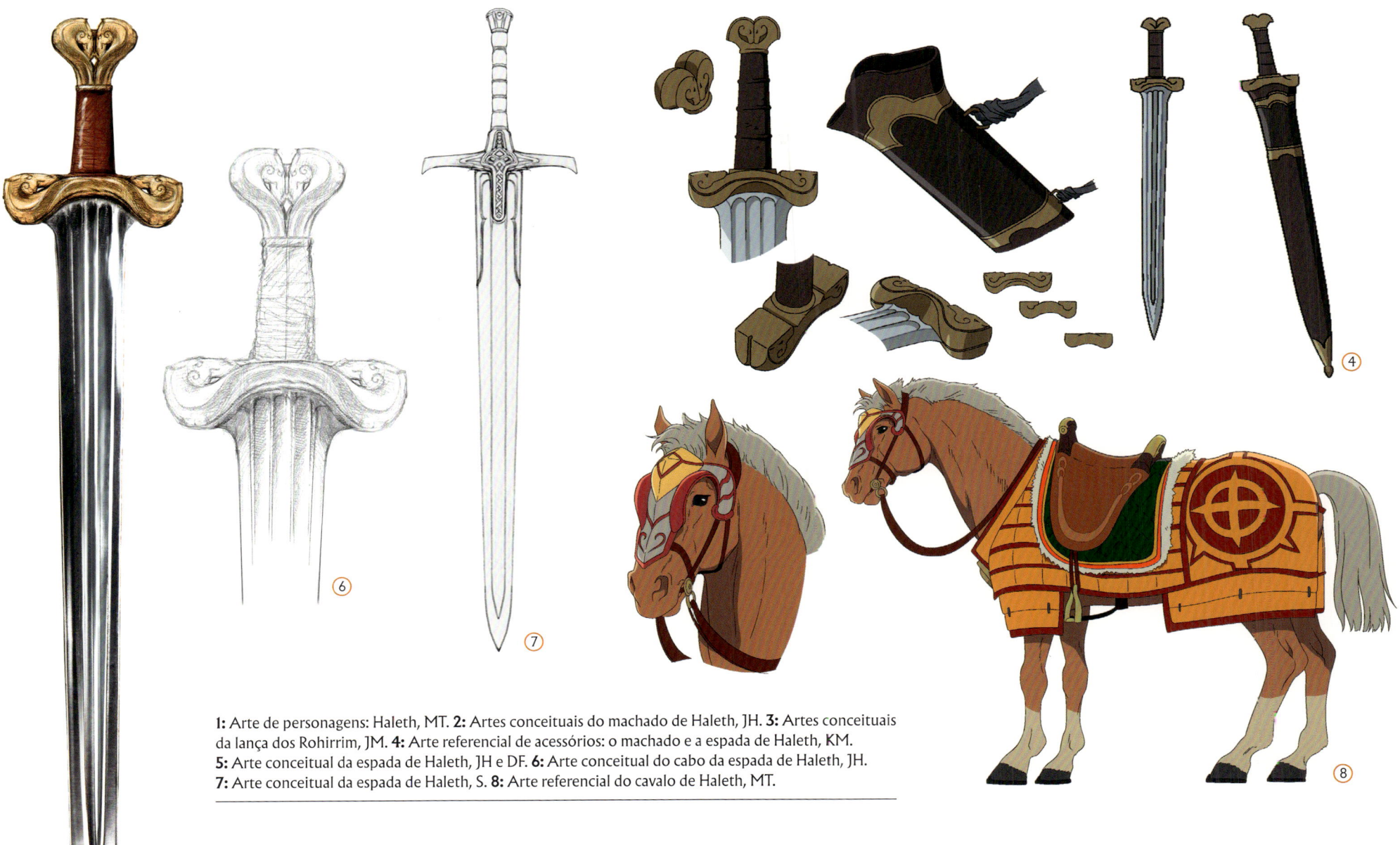

1: Arte de personagens: Haleth, MT. **2:** Artes conceituais do machado de Haleth, JH. **3:** Artes conceituais da lança dos Rohirrim, JM. **4:** Arte referencial de acessórios: o machado e a espada de Haleth, KM.
5: Arte conceitual da espada de Haleth, JH e DF. **6:** Arte conceitual do cabo da espada de Haleth, JH.
7: Arte conceitual da espada de Haleth, S. **8:** Arte referencial do cavalo de Haleth, MT.

Distanciando-me do formato dos machados vikings geralmente associados com os Rohirrim, meus conceitos para o machado de Haleth favoreciam uma cabeça mais tradicional, afixada a um cabo que ia se afinando e terminava em uma ponteira decorativa. Eu imaginei o motivo do sol feito com latão ou cobre incrustado. – JOHN HOWE, DESIGNER CONCEITUAL

Eu havia desenhado uma espada com a lâmina mais larga e ela foi escolhida para Haleth. Lembrava uma *cinquedea* italiana, com pomo de latão e guarnição, e um cabo revestido de cordel e couro. – JOHN HOWE, DESIGNER CONCEITUAL

A espada de Haleth é muito próxima da arte conceitual de John Howe, com seus três sulcos distintivos, os canais que descem do meio da lâmina. O guarda-mão é o mais largo dentre todas as espadas dos Rohirrim. Conforme estabelecido na trilogia, as espadas dos Rohirrim eram semelhantes às lâminas dos vikings ou dos romanos, sem o formato em cruz e os largos guarda-mãos de muitas icônicas espadas medievais tardias.

O cavalo de Haleth combina com ele no físico e na cor, uma pista visual que não apenas une personagem e cavalo, mas também deixa os dois proporcionais na tela, uma consideração importante, já que personagens como Helm e Haleth são retratados como sendo fisicamente grandes. Se os cavalos não fossem igualmente poderosos, poderiam parecer canhestros, ou mesmo cômicos quando desenhados em montarias pequenas demais. Em destaque no flanco do cavalo está o emblema do sol raiado de Rohan invertido, nos mesmos tons com que aparece no ombro da capa de Haleth.

Assim como todos os Rohirrim cuidam de suas montarias, eu imaginava Haleth cuidando do seu cavalo grande. A crina foi aparada curta em um estilo rústico, e gosto de pensar que foi o próprio Haleth que fez isso.
– MIYAKO TAKASU, DESIGNER DE PERSONAGENS E SUPERVISORA DE ANIMAÇÕES-CHAVE

1: Arte conceitual de Háma, S. 2: Artes conceituais de Háma, S & DF. 3: Arte referencial de personagens e expressões: Háma, MT. 4: Artes conceituais do arco de Háma, WW. 5: Arte referencial de acessórios: lanças dos Rohirrim, KM. 6: Arte referencial de acessórios: a espada e o arco de Háma, KM. 7: Arte conceitual do cabo da espada de Háma, JH. 8: Arte conceitual da espada de Háma, JH e DF.

HÁMA NA GUERRA

Alguns dos elementos na arte conceitual para a armadura de Háma inclinavam-se mais para a alta fantasia do que para um aspecto estabelecido dos Rohirrim, mas era inegavelmente bonita. Precisávamos de um pouco mais do DNA do filme clássico dos *Anéis*, então sugeri algumas alterações sutis para colocá-la de volta ao mundo dos Rohirrim, mantendo, espero, a integridade do conceito original de STATO. – DANIEL FALCONER, DESIGNER DE CONCEITOS ADICIONAIS

Em contraste com o irmão Haleth, Háma projeta uma suavidade e serenidade que é incomum para um guerreiro. Pensei inicialmente que ele tinha uma personalidade mais afeminada, mas passei a compreender o personagem muito melhor quando o desenhei na fase de produção do filme. Ele pode não ser tão grande e forte quanto Haleth, mas nas veias de Háma também corre o sangue de um guerreiro de Rohan. Ele se expressa em canções, mas tem grande respeito pela tradição guerreira do seu povo e uma maneira respeitável de apoiá-los que complementa o estilo de liderança do seu pai. – MIYAKO TAKASU, DESIGNER DE PERSONAGENS E SUPERVISORA DE ANIMAÇÕES-CHAVE

As armas de Háma eram originais, mas fortemente baseadas na estética dos Rohirrim já estabelecida. A espada, que começou como um esboço de John Howe, foi embelezada na cor e simplificada para a animação. O cabo de couro vermelho seguia o tema das lâminas reais visto nas espadas do Rei Théoden, Éomer e Éowyn.

A espada escolhida para Háma era de uma mão. Eu sugeri múltiplos sulcos no meu desenho, afinando-se em uma ponta longa. – JOHN HOWE, DESIGNER CONCEITUAL

O arco, as flechas e a aljava de Háma foram concebidos como variações ligeiramente mais decoradas das versões padronizadas dos Rohirrim vistas nos filmes anteriores, que tinham aljavas de tecido em tubos de couro.

"TALVEZ AINDA VÃO CANTAR SOBRE A SUA BRAVURA, IRMÃOZINHO."

FRÉALÁF NA GUERRA

Wulf e seu exército avançam em Edoras, movendo-se para o Sul ao longo do Riacho-de-Neve. No conselho de guerra de Helm, Fréaláf é contrário ao plano do tio de cavalgar e atacar frontalmente as forças de Wulf. O rei o repreende e o manda embora.

Helm deposita muita confiança em Fréaláf. Na narração de Éowyn, descobrimos que, após a morte de Freca, o rei não permitiu mais que Héra cavalgasse sozinha. Fréaláf era seu guardião. Assim, quando Héra é sequestrada por Wulf, Helm o culpa e acho que Fréaláf também se culpava. – PHILIPPA BOYENS, PRODUTORA

Fréaláf é quem traz ponderação à impetuosidade de Helm, ele é sempre sensato. Vemos isso aqui. Fréaláf conhece bem o tio, sabe que suas palavras e escolhas apressadas são um impulso diante da ameaça a Héra: "Ela poderia ter morrido!". Apesar dessa mágoa, ele consegue agir de maneira racional em face da ira de Helm; no seu lugar, um homem mais mesquinho romperia laços, mas Fréaláf não é dissuadido com tanta facilidade. – PHOEBE GITTINS, ROTEIRISTA

Fréaláf teria sido um lugar-tenente leal ao seu senhor pelo resto da vida, então a censura de Helm o fere profundamente. – PHILIPPA BOYENS, PRODUTORA

Todas as espadas que os Rohirrim empunham são designs novos, com uma exceção: a espada de Fréaláf tem uma semelhança incrível com a de Éowyn. Apesar de o funeral de Théodred na trilogia ter estabelecido o precedente de que a realeza de Rohan era enterrada com as espadas, também é possível que, às vezes, elas fossem passadas para a geração seguinte. A afinidade intencional entre as armas de Fréaláf e Éowyn destaca o parentesco dos dois, quer as espadas sejam a mesma, quer uma tenha sido feita a partir da outra ou à sua semelhança.

"VOCÊ SEMPRE PODERÁ CONTAR COM MINHA ESPADA, TIO, VALORIZANDO-A OU NÃO."

1: Mapa do vale do Riacho-de-Neve, DF. 2: Arte conceitual de Fréaláf, S. 3: Arte de personagens: Fréaláf, MT. 4: Arte referencial de acessórios: a espada de Fréaláf, KM.

THORNE NA GUERRA

Thorne usa armadura e uma espada, juntando-se ao restante dos Senhores de Rohan, embora em segredo ele tenha feito um pacto com Wulf para trair Helm. As primeiras artes conceituais da espada de Thorne mantinham-se dentro do limite da estética estabelecida para os Rohirrim, mas incorporando a iconografia baseada nos ramos espinhosos e na cabeça de carneiro, que era o selo do personagem. O design final da espada inclinou-se mais para o motivo do carneiro, deixando de lado os espinhos em favor de uma silhueta mais propícia à animação. Em vez deles, os carneiros nos guarda-mãos parecem devorar o emblema solar de Rohan, sutilmente prenunciando a traição de Thorne.

1: Arte conceitual de Thorne, S. 2: Artes conceituais da espada de Thorne, TO. 3: Artes conceituais da espada de Thorne, GH. 4: Arte referencial de personagens: Thorne, MT. 5: Arte referencial de acessórios: a espada de Thorne, KM.

①

②

OS SENHORES ROHIRRIM NA GUERRA

—◆≺≺≺◈≻≻≻◆—

Os Senhores Fryght, Pryme e os outros atendem ao chamado do rei, pegando em armas para lutar juntamente com seu séquito. Cada senhor tem sua própria paleta de cores, que se reflete na armadura e nos trajes dos seus seguidores.

A instrução para as espadas dos vários senhores Rohirrim era de que precisavam incorporar alguns elementos heráldicos zoomórficos. De modo geral, deveria haver uma semelhança na aparência, então todas têm uma boa lâmina básica em comum, mas diferem nos motivos, os quais se relacionam aos brasões heráldicos. – GUS HUNTER, ARTISTA CONCEITUAL SÊNIOR DA WĒTĀ WORKSHOP

1: Artes conceituais dos Senhores Rohirrim (do alto à esquerda, Fryght, Everbrand, Pryme e Gramhere), S. **2:** Arte referencial de personagens: os Senhores Rohirrim e seu séquito, AT. **3:** Artes conceituais das espadas dos Senhores Rohirrim, GH. **4:** Arte referencial de personagens: o séquito dos Senhores Rohirrim, AS. **5:** Arte referencial de acessórios: as espadas dos Senhores Rohirrim, KM.

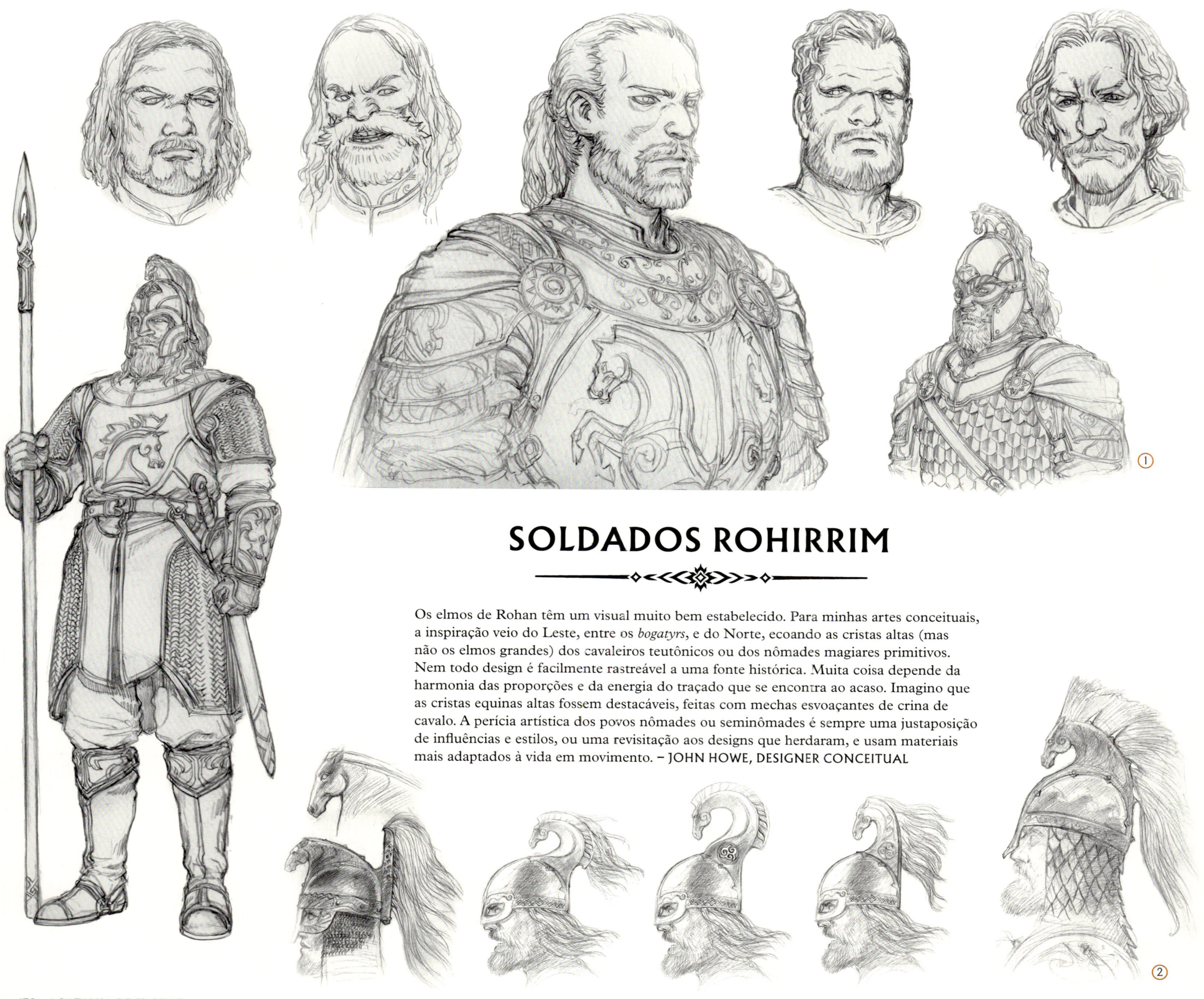

SOLDADOS ROHIRRIM

<<<◇<<<◇❖◇>>>◇>>>

Os elmos de Rohan têm um visual muito bem estabelecido. Para minhas artes conceituais, a inspiração veio do Leste, entre os *bogatyrs*, e do Norte, ecoando as cristas altas (mas não os elmos grandes) dos cavaleiros teutônicos ou dos nômades magiares primitivos. Nem todo design é facilmente rastreável a uma fonte histórica. Muita coisa depende da harmonia das proporções e da energia do traçado que se encontra ao acaso. Imagino que as cristas equinas altas fossem destacáveis, feitas com mechas esvoaçantes de crina de cavalo. A perícia artística dos povos nômades ou seminômades é sempre uma justaposição de influências e estilos, ou uma revisitação aos designs que herdaram, e usam materiais mais adaptados à vida em movimento. – JOHN HOWE, DESIGNER CONCEITUAL

Edoras se prepara para a batalha. Helm chama seu povo para a luta. Soldados profissionais e civis que estão prontos para pegar em armas e defender sua terra se unem sob seu estandarte. STATO, designer de personagens originais, enraizou firmemente suas artes conceituais dos guerreiros de Rohan na linguagem visual estabelecida pelos filmes anteriores, mas também introduziu capas relativamente simples para cobrir parte das armaduras, que são mais complexas, e isso ajudaria a tornar a animação de centenas delas muito mais factível.

A designer de animação de personagens, Miyako Takasu, simplificou ainda mais os designs para a produção. Quando os vemos em movimento e na confusão da batalha, não é perceptível que alguns detalhes foram retirados.

1: 1: Artes conceituais de um soldado rohirrim, S. 2: Artes conceituais de um elmo dos Rohirrim, JH. 3: Fotografia de set da guarda real dos Rohirrim (trilogia SdA). 4: Arte referencial de personagens: soldados rohirrim, AS.

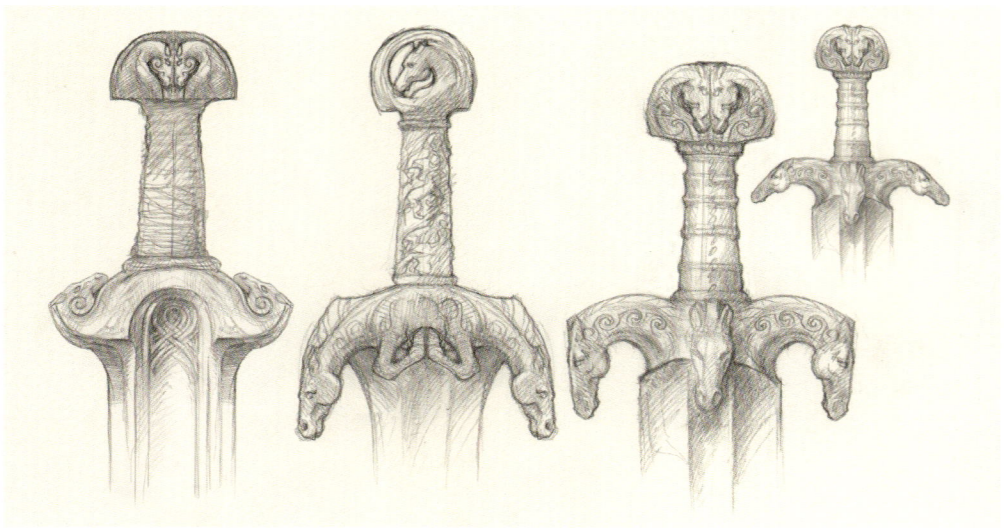

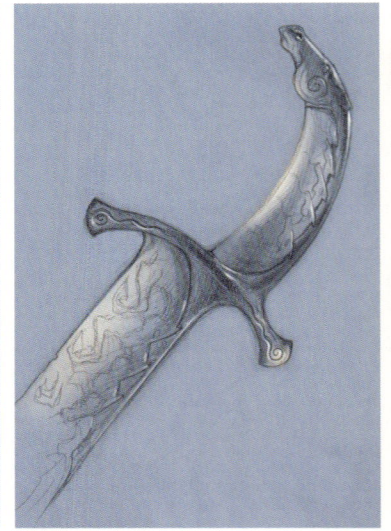

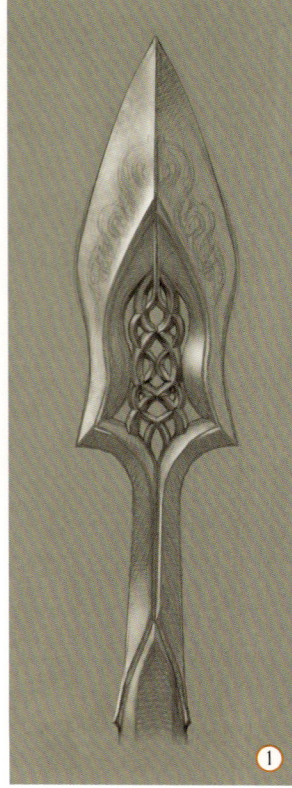

1: Artes conceituais do armamento rohirrim, JH. **2:** Artes conceituais de um arco dos Rohirrim, AA.
3: Quadro final do filme.

Forma e função, combinadas com preferências culturais e com a escolha dos materiais, determinam a natureza das armas em uma sociedade pré-industrial. Os materiais e as técnicas usados para confeccioná-las determinarão as formas, guiadas pelas necessidades de ataque e defesa; o elemento puramente decorativo pode predominar ou pode ser mínimo, dependendo em grande medida da posição hierárquica e de quão prática a arma precisa ser.

É claro que essas considerações não são uma receita infalível para o design de armamentos, mas servem de lembretes na busca pelo elemento mais importante: a energia dos traços e a harmonia das proporções, algo que você descobre quando simplesmente não pensa demais e apenas deixa o lápis desenhar livremente. – JOHN HOWE, DESIGNER CONCEITUAL

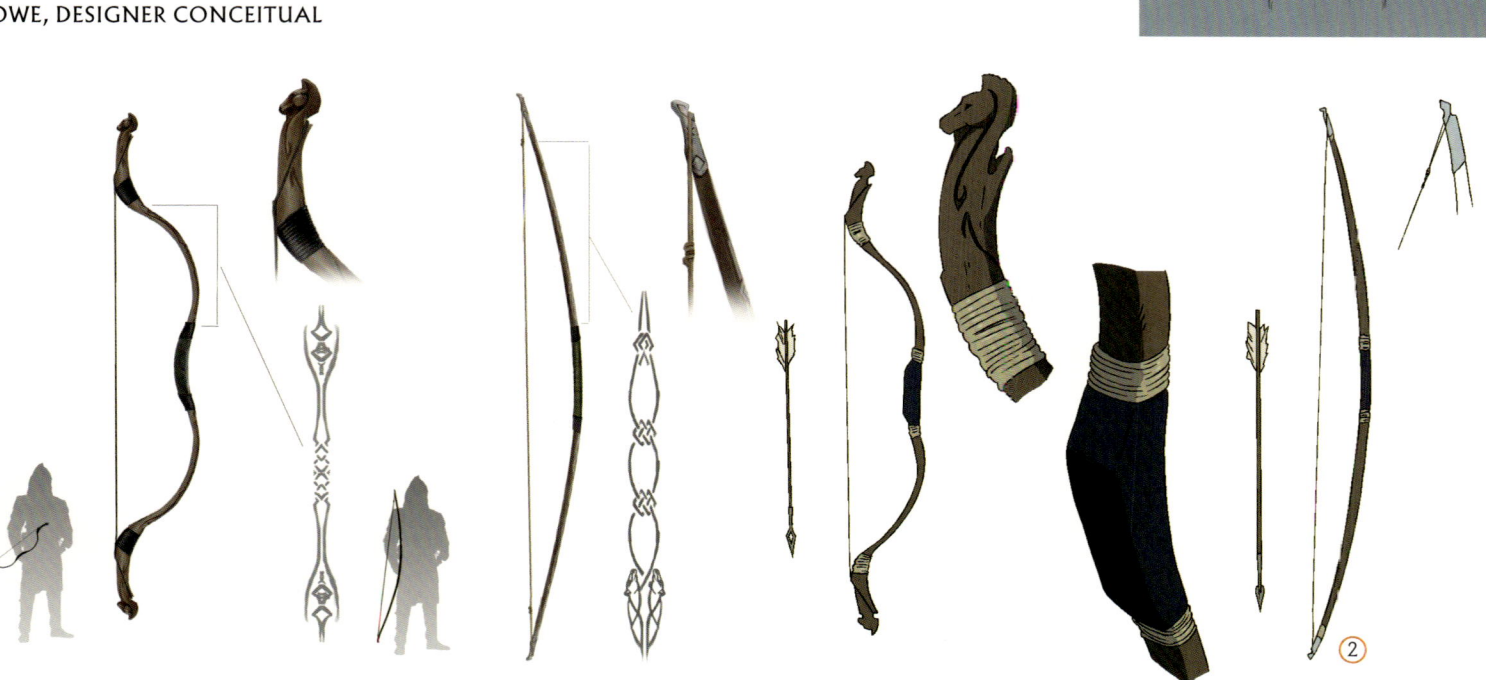

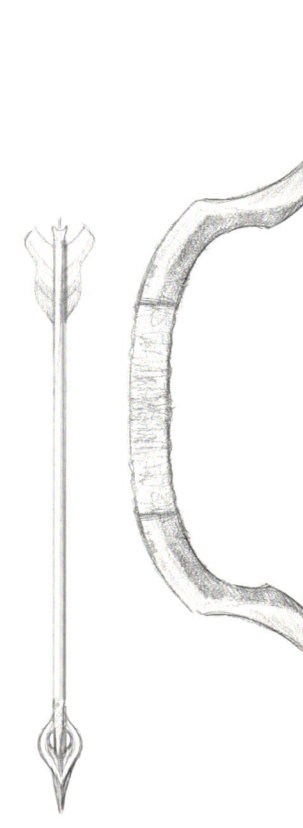

"CAVALEIROS DA MARCA! IRMÃOS DE ROHAN! À CARGA! À CARGA AGORA! TINGIREMOS A AURORA DE VERMELHO COM O SANGUE DOS NOSSOS INIMIGOS!"

Seguindo a convenção estabelecida na trilogia O Senhor dos Anéis, *os Rohirrim são retratados com escudos redondos de tamanho médio, com bossas circulares de aço. A maioria é de madeira, reforçada com bordas de aço, alguns revestidos de couro. Cavalos estilizados e o sol raiado, emblema de Rohan, formam o brasão desses artigos sobre superfícies de matizes terrosos.*

Para as lanças dos Rohirrim, dei uma olhada nas que foram feitas para os filmes em *live action*, e tentei simplificá-las tanto quanto foi possível, reduzindo até que tivéssemos um formato simples, mas ainda reconhecível como sendo de Rohan. Embora pudéssemos colocar muitos detalhes, não faria sentido, porque isso é a primeira coisa que se perde quando o desenho é animado.

Eu amo anime, então foi maravilhoso saber que aquilo que estávamos produzindo seria traduzido para esse estilo. – JOSHUA DAMIAN, ARTISTA CONCEITUAL JÚNIOR DA WĒTĀ WORKSHOP

1: I: Arte referencial de acessórios: escudos dos Rohirrim, KM.
2: Artes conceituais de lança e heráldica dos Rohirrim, JD.

OS CAVALOS DOS ROHIRRIM

É muito difícil desenhar um cavalo do zero, que dirá animar, e teríamos cenas com centenas deles em movimento.

Uma das coisas que fizemos logo no início foi mandar nossa equipe de animadores visitar um estábulo. Muitos nunca haviam tido a chance de ver ou interagir com um cavalo. Poder observá-los tão de perto deu uma compreensão melhor do movimento dos músculos e do esqueleto, e também de qual é a sensação de cavalgar. Isso incluía entender a relação de tamanho entre o cavalo e o cavaleiro, e como os seus movimentos se interconectam. Foi valioso ver e experimentar tudo isso, observar uma demonstração de cavalaria profissional e ter uma gravação que poderíamos usar como referência.

Também geramos cavalos digitalmente para fornecer uma base para a animação. Múltiplas tentativas são possíveis com CGI; podemos testar opções diferentes e aprimorar por tentativa e erro. A animação tradicional em 2D não permite isso de fato. Refazer animações é caro e trabalhoso. Para as sequências com centenas de cavalos e cavaleiros, a computação gráfica teve uma eficácia clara. – JOSEPH CHOU, PRODUTOR

1: Artes conceituais de um cavalo rohirrim, CG. **2:** Artes conceituais de um cavalo rohirrim, JD. **3:** Arte referencial de um cavalo rohirrim, MT.

①

②

TERRAPARDENSES

Há muita história entre os Terrapardenses e os Rohirrim. Os Rohirrim certamente não são perfeitos, sua arrogância pode dominá-los e Helm de fato despreza os Terrapardenses. Para mim, parecia outra bifurcação no caminho. Héra e Wulf eram amigos de verdade, sua ancestralidade nunca fez diferença quando eram crianças. Se as coisas tivessem sido diferentes, eles poderiam ter sido a ponte natural que repararia algo desse sangue prejudicial nas gerações futuras. Mas, devido ao abuso e a perversão na relação dos dois, inicialmente por Freca, ela se tornou uma fenda que acaba por separar ainda mais os dois e o povo deles. – PHOEBE GITTINS, ROTEIRISTA

Os Terrapardenses e as tribos das colinas foram maltratados por tanto tempo que, quando Wulf os conclama, eles não precisam de muita persuasão para pegar em armas. As injúrias atravessam gerações e, portanto, mesmo com a promessa de dinheiro e riquezas, é uma velha inimizade que Wulf está explorando. Há um motivo que explica o período de relativa paz em Rohan e nas terras adjacentes: a força. Helm e seus antepassados usaram todos os meios necessários para garantir um *status quo* que os beneficiava. Então, era questão de tempo até alguém dizer

"Quer saber? Não precisa ser desse jeito. Lembre-se de que houve um tempo em que não era assim!". A diferença é que, para Wulf, trata-se mais de vingança do que de ideologia. Para ele, tudo é profundamente pessoal e ele usa a ideologia para arregimentar um exército que lute sua guerra particular. – ARTY PAPAGEORGIOU, ROTEIRISTA

Os primeiros conceitos para os Terrapardenses tinham um aspecto bem ordenado, mas o comentário que recebemos foi de que eles estavam parecidos demais com os Rohirrim, então as cores e a quantidade de armadura que colocamos neles foram alteradas para dar mais contraste. É sempre importante criar uma silhueta interessante, então as rebarbas no armamento, os chifres e os mantos desgrenhados de pele animal vão nesse sentido. A ideia para o escudo, incorporando a face de um cervo, era um contraste aos cavalos dos Rohirrim e sugeria algo um pouco mais selvagem. – GUS HUNTER, ARTISTA CONCEITUAL SÊNIOR DA WĒTĀ WORKSHOP

Por ser o único povo inteiramente novo apresentado no filme, eu queria que tivéssemos tido mais tempo de mergulhar de fato a fundo na cultura terrapardense, mas, mesmo assim, foi divertido tentar defini-los. Os primeiros conceitos sugeriam um parentesco histórico com os traidores da

③

1: Artes conceituais dos Terrapardenses, AL. 2: Artes conceituais dos Terrapardenses, JH.
3: Artes conceituais dos Terrapardenses, JD. 4: Artes conceituais dos Terrapardenses, GH.
5: Artes conceituais dos Terrapardenses, IB.

Dimholt e tomavam emprestados elementos dos designs de figurino feitos para o Exército dos Mortos, mas o esquema de cores e formas estava parecido demais com os Rohirrim, então mudamos de direção. Em busca de inspiração, pesquisamos os antigos vikings e pictos, os celtas, os ainus do Japão, e muitos outros, tentando compreender como os estilos de vida e os ambientes moldavam as vestimentas e os artefatos dessas culturas. Eu queria muitíssimo que os Terrapardenses vestissem uma espécie de tartã na versão da Terra-média, mas, no fim, não é algo que transfere bem para a animação desenhada à mão! Os designs finais foram uma mistura de ideias e fontes que se juntaram para formar algo novo.
– DANIEL FALCONER, DESIGNER DE CONCEITOS ADICIONAIS

Eu amo fantasia e pesquisar sobre o assunto, então foi divertido mergulhar fundo nas tradições e descobrir quem eram esses personagens. A arte do ilustrador histórico Angus McBride me ajudou a entender como se faziam armaduras e aqui estava a oportunidade perfeita para colocar isso em prática.

Tive muita inspiração da cultura nômade indo-trácia e vi semelhanças com os Terrapardenses. Expulsos de suas terras natais, eles pegavam as armaduras dos campos de batalha, consertavam-nas e modificavam-nas conforme a necessidade. Os mongóis foram outra inspiração. Tudo isso se fundiu e passou pelas lentes da Terra-média na minha cabeça.

Eu imaginei que os Terrapardenses poderiam ser um povo altivo e vigoroso. O modo de vida deles estaria muito ligado ao terreno áspero em que vivem. Talvez cada tribo tivesse suas próprias tradições e idiomas. Suas vestimentas poderiam ser uma mistura de fibras fortes e peles, com trabalhos intrincados em couro e adornadas com símbolos que representariam seus clãs e suas conquistas. – JOSHUA DAMIAN, ARTISTA CONCEITUAL JÚNIOR DA WĒTĀ WORKSHOP

Era inverno na história, então eu incluí muitas camadas e muitas peles. O esquema de cor era terroso, com a ideia de que isso poderia ajudar a camuflar os Terrapardenses no ambiente invernal, mas com alguns lampejos de cor aparecendo, para deixar interessante. Olhamos diferentes estilos de cabelo com partes raspadas e tatuagens. Desenhei tanto guerreiros quanto guerreiras, pois achei que seria interessante e criaria um contraste no exército se tivesse ambos. – IONA BRINCH, ARTISTA CONCEITUAL DA WĒTĀ WORKSHOP

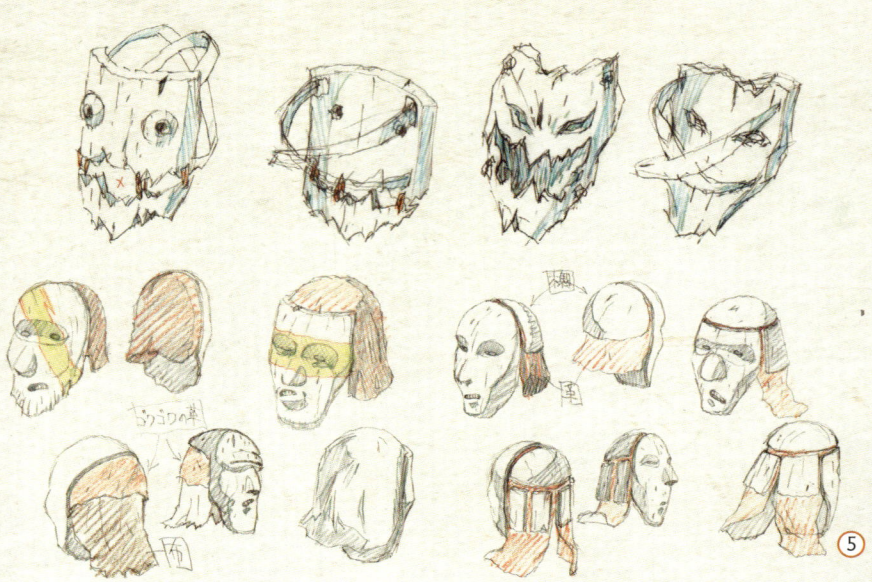

A ideia de tatuagens nos rostos dos Terrapardenses surgiu de maneira independente nas equipes do Japão e da Nova Zelândia. Também apareceram símbolos brancos espiralados repetindo-se nos seus trajes escuros. Conforme o design foi sendo refinado, ficou claro que os guerreiros de Wulf seriam menos uniformes na aparência do que os soldados Rohirrim, exigindo mais variação nas fileiras.

Em contraste com os Rohirrim, imaginamos que os Terrapardenses viviam em condições mais frias. Nós os vemos com camadas de roupas e peles, todas mais escuras, por padrão. No terreno mais montanhoso, isso talvez servisse até de camuflagem. – JOSEPH CHOU, PRODUTOR

Sabendo que veríamos nossos heróis abrindo caminho em meio a fileiras de guerreiros terrapardenses, pensei que seria útil colocar elmos em algumas das tropas de Wulf. Quando estão mascarados, os capangas malvados despertam menos empatia, então o público talvez se sentisse menos hesitante quando eles fossem mortos pelos mocinhos. Imaginei que elmos simples talvez fossem menos trabalhosos para animar do que rostos humanos expressivos, mas também pensei que elmos diferentes dariam ao público uma maneira rápida e fácil de distinguir os exércitos. Cada um dos povos vistos em *O Senhor dos Anéis* é facilmente identificado pelos formatos e cores do elmo. Até então, não tinha havido tanto desenvolvimento visual nos Terrapardenses, então me inspirei em algumas formas tiradas do figurino escolhidas para eles e das armas escolhidas para eles e tentei criar um conjunto de conceitos para elmos que fossem diferentes de todos os que tínhamos visto na Terra-média. – DANIEL FALCONER, DESIGNER DE CONCEITOS ADICIONAIS

Por razões práticas, somente dois padrões foram usados para os elmos ou máscaras tanto dos Terrapardenses quanto dos Homens Selvagens, mas eles precisavam cobrir exércitos inteiros. Fiquei aliviado ao saber que, em ambos os pares de desenho, havia formas e silhuetas interessantes o suficiente para que não caíssemos na monotonia de um c"copia e cola". – KENJI MASUDA, DESIGNER DE ADEREÇOS

1: Artes conceituais dos Terrapardenses, S. 2: Artes conceituais dos Terrapardenses, S e DF. 3: Artes conceituais dos Terrapardenses, MT. 4: Arte referencial de personagens: Terrapardense, AS. 5: Artes conceituais de uma máscara terrapardense, KM. 6: Artes conceituais de um elmo terrapardense, DF. 7: Arte referencial de acessórios: máscara terrapardense, KM.

Em contraste com as formas retas e refinadas das espadas dos Rohirrim, as lâminas dos Terrapardenses foram imaginadas como armas de ponta mais pesada, semelhantes a cutelos ou machados e, em alguns casos, curvas. A inspiração veio de espadas reais, como a khopesh egípcia, ou a clava da tradição dos indígenas norte-americanos chamada de gunstock war club. Os escudos terrapardenses também foram concebidos para se diferenciar dos escudos dos Rohirrim, com formas alongadas em vez de circulares, e adornos de metal martelado e detalhes numa estrutura de madeira. Formas esculturais e totêmicas baseadas em corvos, cervos e lobos adornavam os pomos das lâminas e as faces dos escudos nas artes conceituais da Wētā Workshop, embora elas fossem detalhadas demais para serem incluídas nos designs finais da animação.

Se a linguagem no design dos Rohirrim era toda baseada em cavalos, então talvez pudéssemos associar os Terrapardenses a outros animais. Eu gostava da ideia de nos voltarmos para as garras e penas de corvos ou, mais especificamente, dos *crebain*. Os conceitos que desenvolvi para as armas dos Terrapardenses eram totalmente inspirados por formas de asas e garras, mas eu também gostava da noção de que suas armas eram de bronze, ainda que apenas para contrastar com a cor das lâminas de aço dos Rohirrim. – DANIEL FALCONER, DESIGNER DE CONCEITOS ADICIONAIS

Ao desenhar os arcos, eu pensei em termos de silhueta, porque é capaz que você não veja muito mais do que isso em uma cena. Eles são bem simples, em vez de ricamente decorados como algo que os Elfos poderiam ter feito. No que se refere aos materiais, imaginei que madeira, ossos de animais, chifres e talvez um pouco de metal é o que eles teriam à disposição para trabalhar. Também olhei os figurinos que estávamos

1: Artes conceituais de uma alabarda e um machado terrapardenses, GH. 2: Artes conceituais de uma alabarda terrapardense, DF. 3: Artes conceituais de uma lança terrapardense, JM. 4: Artes conceituais de um arco terrapardense, IB. 5: Artes conceituais de um escudo e uma espada terrapardenses, WW. 6: Arte referencial de acessórios: armamento terrapardense, AAH. 7: Arte referencial de acessórios: armamento terrapardense, KM.

desenvolvendo e tentei imaginar o que combinaria. – IONA BRINCH, ARTISTA CONCEITUAL DA WĒTĀ WORKSHOP

Como este filme tinha precedentes em *live action*, meu objetivo visual como designer de adereços era bem claro desde o início. O diretor queria ver armas e acessórios que poderiam existir no mundo real, com veracidade e peso. Era um mundo fantástico, mas os artefatos dentro dele precisavam dar a impressão de que seriam factíveis em civilizações mais ou menos análogas às da nossa própria Idade Média.

Os artefatos de madeira eram nosso foco, mas consideramos com cuidado até que ponto o metal e outros materiais como o vidro poderiam ser usados, de acordo com nossa visão de mundo. Algumas tribos, como os Terrapardenses e os Homens Selvagens, incluíam elementos simbólicos de osso e marfim, o que ajudou a ilustrar diferenças no nível e no foco das suas civilizações.

Uma das partes mais difíceis do trabalho era a quantidade de coisas que eu tinha de desenhar. Por exemplo, uma única espada para determinada tribo precisava ter muitas variações. Fiquei surpreso ao saber quantas seriam no total e tive que me esforçar, mas, olhando para trás, também foi bem divertido.

Das artes conceituais produzidas, fiquei particularmente impressionado com as espadas dos Terrapardenses e as armas dos Sulistas. Foi interessante ver armas únicas com formas que eu nunca tinha visto. – KENJI MASUDA, DESIGNER DE ADEREÇOS

①

Ao pensar em como os Terrapardenses tratavam seus cavalos, eu me inspirei na cultura mongol tradicional e na relação que tinham com seus próprios cavalos, mas reinterpretei pela lente do filme e das referências que me passaram. Imaginei que talvez eles penteassem as crinas dos cavalos e também usassem mechas para entrelaçar e consertar as armaduras.

Construir uma cultura é tão divertido. Minha ideia era de que talvez os cavalos da Terra Parda vivessem em locais mais inóspitos e frios do que os cavalos dos Rohirrim nas campinas. Talvez os machos fossem maiores e bem desgrenhados, mais difíceis de domar e vivessem mais alto, nas montanhas? Talvez os Terrapardenses preferissem em geral as éguas como montarias, por serem mais práticas? Os cavaleiros podiam ordenhá-las para seu sustento; talvez elas fossem mais bem cuidadas, e eu gostava de pensar que talvez os cavaleiros terrapardenses bebessem o sangue das suas éguas para ganhar foça ou para se conectar a elas, e quem sabe o sangue das fêmeas fosse tido como mais puro.

Talvez víssemos um garanhão que pertencesse ao chefe, de *status* quase lendário, mas com vinte éguas seguindo. Poderia ser um vislumbre da sua cultura e de como eles também reverenciavam os cavalos, mas de modo diferente dos Rohirrim. Eu também simplesmente amei desenhar cavalos. Existe algo de romântico e mágico neles. São seres espirituais e, se você cuidar deles, eles cuidarão de você. – JOSHUA DAMIAN, ARTISTA CONCEITUAL JÚNIOR DA WĒTĀ WORKSHOP

Fiquei animado ao receber as sugestões de cavalos terrapardenses da Wētā Workshop. Tínhamos imaginado que os Terrapardenses talvez percorressem uma paisagem mais gelada do que os Rohirrim, e é por isso que eles usam mais peles e se vestem com camadas de roupas mais escuras, então fazia sentido para nós os cavalos serem mais pesados, mais fortes, com pernas mais robustas e mais desgrenhados, e prestamos atenção nisso. – KENJI KAMIYAMA, DIRETOR

②

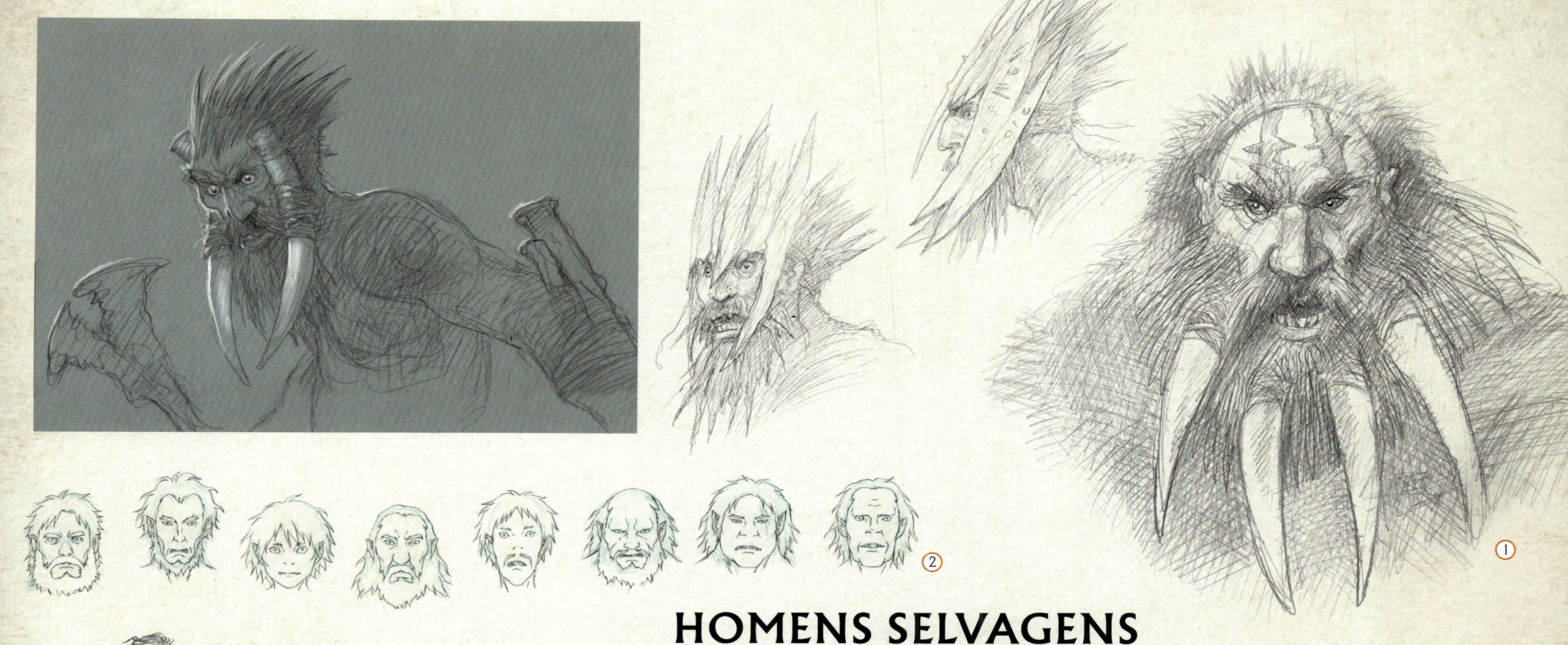

HOMENS SELVAGENS

Os Homens Selvagens da trilogia O Senhor dos Anéis retornam em A Guerra dos Rohirrim, *aliciados por Wulf para incrementar suas fileiras na campanha contra Edoras. Assim como Saruman, o Branco, incitou os homens das Tribos das Colinas a fazerem guerra no Westfolde no seu ataque a Rohan, Wulf tira vantagem de antigas mágoas e da boa e velha cobiça para levar os Homens Selvagens a fazerem o que ele manda.*

Em A Guerra dos Rohirrim, fizemos a escolha de distinguir entre os Terrapardenses, culturalmente mais sofisticados, e o que os produtores estavam chamando de Homens Selvagens das Tribos das Colinas. Os Terrapardenses eram o povo de Freca e Wulf, oriundos da Terra Parda mas também habitantes da Marca-ocidental de Rohan, onde Freca reivindicava o mando. São retratados como equivalentes em tecnologia ao povo de Helm. Por outro lado, os Homens Selvagens eram um remanescente de um povo mais antigo que certa vez ocupou um território maior e que, durante o reinado de Helm, restringia-se às colinas estéreis da Terra Parda. São uma cultura primitiva, carente, pronta para Wulf explorar como soldados de infantaria. Os Homens Selvagens são vistos pela primeira vez em As Duas Torres. Para A Guerra dos Rohirrim, os designers procuraram manter a continuidade visual com os filmes anteriores, mas com uma paleta ligeiramente expandida de materiais e cores.

Os apetrechos dos Homens Selvagens evocam as feras com as quais têm familiaridade, lembrando presas e caninos, assim como composições protetivas de tiras de ferro ou fragmentos de osso trançadas nos cabelos e barbas. Talvez a intenção fosse conferir àqueles que as usam o poder e a ferocidade de javalis e até dos *mûmakil*. – JOHN HOWE, DESIGNER CONCEITUAL

"AS TRIBOS DAS COLINAS FIZERAM UM JURAMENTO PARA MIM, CADA UMA DELAS."

1: Artes conceituais dos Homens Selvagens, JH. 2: Artes conceituais dos Homens Selvagens, MT. 3: Arte conceitual de um Homem Selvagem, S e DF. 4: Fotografia de set de um Homem Selvagem (trilogia SdA).

Durante o trabalho nos filmes do *Senhor dos Anéis*, sabíamos que precisávamos superar certos preconceitos sobre a fantasia como gênero marginal. Conscientemente evitamos alguns motivos que talvez tenham se tornado clichês. Usamos com moderação ossos e crânios nas armaduras. Teria sido fácil vestir todos os Orques com caveiras fantásticas, mas fomos comedidos com esse tipo de extravagância.

À época de *O Hobbit*, essa consciência havia relaxado um tanto, em parte porque, depois de uma década, filmes de fantasia se tornaram mais comuns, mas também porque era um território novo para explorarmos.

Tínhamos visto muito pouco dos Homens Selvagens nos filmes de Jackson, então sua cultura permanecia relativamente indefinida. Os produtores de *A Guerra dos Rohirrim* estavam ansiosos para expandir a identidade visual das Tribos das Colinas, e empregar ossos para criar máscaras de guerra aterrorizantes foi algo que eles pediram especificamente. Ossos não fazem necessariamente armaduras boas, mas pode ser visualmente amedrontador ou intimidador, então eu brinquei com máscaras de guerra que incluíam elementos de animais a que os Homens Selvagens teriam fácil

acesso: bois, ovelhas, cabras, quem sabe até mesmo crânios de ursos e lobos. Galhadas e chifres poderiam dar aos Homens Selvagens silhuetas legais, mas evitei fazer crânios baseados em monstros até então desconhecidos. Essa não seria de fato a Terra-média que conhecemos.
– DANIEL FALCONER, DESIGNER DE CONCEITOS ADICIONAIS

Das culturas retratadas no filme, os Homens Selvagens têm o armamento mais simples. Nos filmes em live action, as armas dos Orques foram reaproveitadas, mas, para A Guerra dos

1: Artes conceituais alternativas coloridas dos Homens Selvagens, S e DF. 2: Quadro final do filme. 3: Arte referencial de personagens: Homens Selvagens, AS. 4: Artes conceituais de uma máscara dos Homens Selvagens, DF. 5: Arte conceitual de uma máscara dos Homens Selvagens, JH. 6: Arte referencial de acessórios: máscara dos Homens Selvagens, KM.

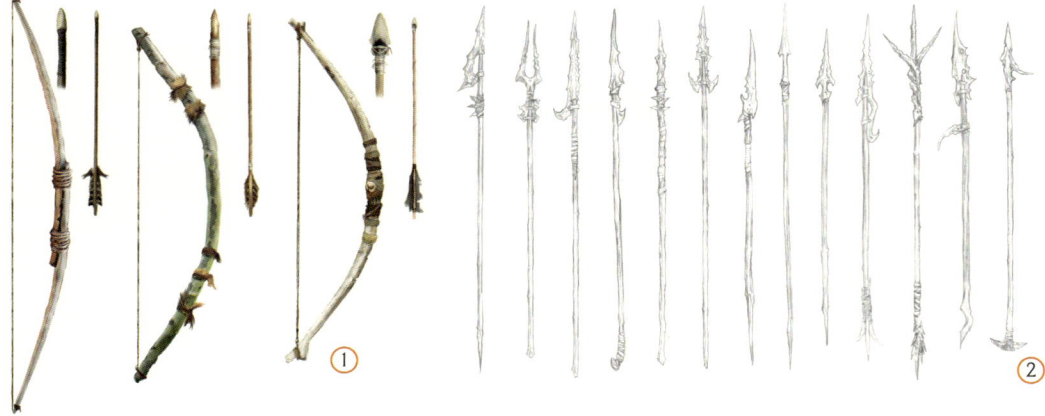

Rohirrim, *um conjunto único de armas foi desenhado para eles, feitas de modo relativamente tosco com madeira, osso ou objetos encontrados.*

Para os Homens Selvagens, providenciei artes conceituais de armas que lembravam as mandíbulas abertas de carnívoros, feitas com ferro bruto e rebitadas em cabos grossos de madeira. Somente as pontas dos "dentes" eram limadas e polidas. O restante permaneceria na cor sanguina (deixava-se enferrujar e depois se azeitava) ou preta por causa da forja. – JOHN HOWE, DESIGNER CONCEITUAL

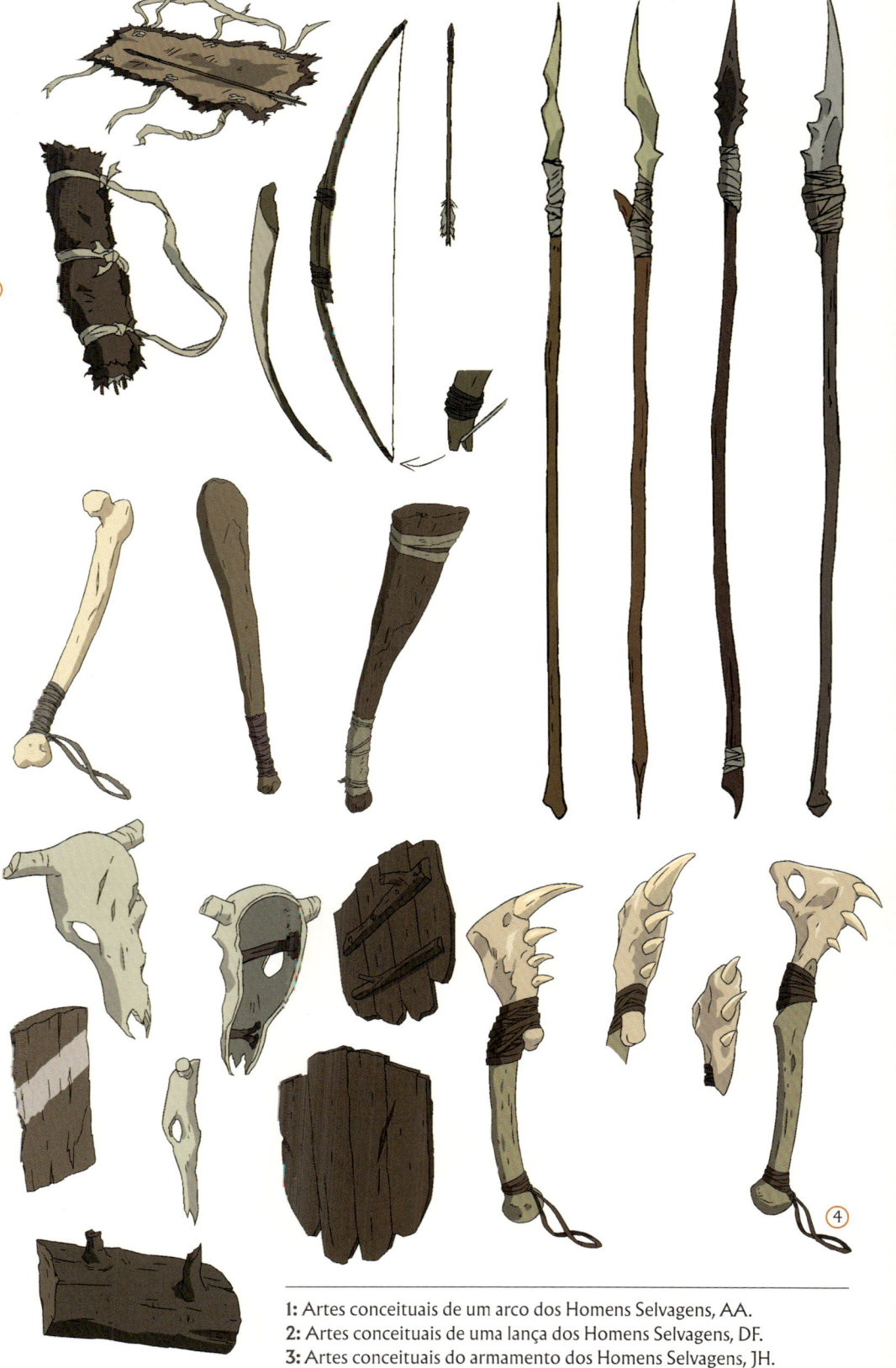

1: Artes conceituais de um arco dos Homens Selvagens, AA.
2: Artes conceituais de uma lança dos Homens Selvagens, DF.
3: Artes conceituais do armamento dos Homens Selvagens, JH.
4: Arte referencial de acessórios: armamento dos Homens Selvagens, KM.

MERCENÁRIOS SULISTAS

A guerra em Rohan não é um acontecimento isolado. Há um jogo maior em andamento na geopolítica da Terra-média, e temos vislumbres e indícios dele. No livro, Tolkien diz que corsários estavam atingindo alvos na costa sul de Gondor e é por isso que os aliados tradicionais de Rohan não são vistos. Wulf incrementou seu próprio exército contratando mercenários do sul. Tolkien descreve os inimigos de Gondor se juntando a ele, atracando nas fozes dos rios que correm pelas terras do seu pai. Embora não os vejamos aportando, esses são os Sulistas do nosso filme, os Haradrim, ou Variags, como Haleth os chama, montados em *mûmakil*, contratados (ou quem sabe enviados) para ajudar Wulf a destruir Rohan. – DANIEL FALCONER, DESIGNER DE CONCEITOS ADICIONAIS

Discutimos a possibilidade de mostrar na tela os corsários atacando Gondor, mas o diretor nos deu a opção de ver as batalhas no mar, ou de colocar exércitos lutando a cavalo. Ambos são incrivelmente difíceis de criar em anime e simplesmente não conseguiríamos tudo isso de maneira prática com nosso prazo e orçamento. Ficou claro que as batalhas com cavaleiros eram a prioridade de nossa história, então tivemos que desistir dos corsários. – JASON DEMARCO, PRODUTOR

Ao desenhar os Haradrim, tive flashbacks de quando estava trabalhando na sala de tecidos durante a trilogia do *Senhor dos Anéis* e vendo os materiais de que eram feitos os figurinos deles. Tentei descobrir uma nova "linguagem" para a forma, mas usando os mesmos materiais, pois os personagens do novo filme tinham de estar relacionados. São os caras do mal, então há algo "espinhoso" que parecia apropriado e lhes daria uma silhueta agressiva. As cores e texturas tinham a intenção de ajudar a distingui-los dos Rohirrim.

As artes conceituais dos elmos foram inspiradas em aves de rapina e até mesmo em Sauron, cujo elmo tinha um dos meus designs favoritos. A base da estética dos Rohirrim está nos cavalos, então eu tentei imaginar um animal diferente para esses caras; talvez algo cruel como uma ave predatória? – CHRIS GUISE, ARTISTA CONCEITUAL SÊNIOR DA WĒTĀ WORKSHOP

Ken Samonte fez alguns esboços conceituais que eu refinei e aos quais acrescentei mais detalhes. Nós nos inspiramos nos designs dos filmes originais, mas, para torná-los mais extravagantes, acrescentamos mais metais, pedras e joias. Também adicionamos peles como elemento novo. Algumas formas nos elmos e armaduras foram inspiradas pela arquitetura do Oriente Médio e das culturas do deserto. Isso nos ajudou a criar silhuetas distintas. – IONA BRINCH, ARTISTA CONCEITUAL DA WĒTĀ WORKSHOP

1: Artes conceituais de um Sulista mercenário, IB. 2: Artes conceituais de um Sulista mercenário, GH. 3: Artes conceituais de um Sulista mercenário, KS e IB. 4: Artes conceituais de um Sulista mercenário, CG.

"VARIAGS!
MERCENÁRIOS DO SUL!"

Seguindo a descrição de Tolkien no livro, os Sulistas são retratados portando cimitarras, e seu esquema de cores é dominado pelo vermelho, preto e dourado. A armadura exibe latão e outros metais, mas a maior parte é feita com peles costuradas, osso, lascas de marfim e junco, materiais aos quais eles teriam acesso devido ao lugar em que habitavam e aos mûmakil que criavam. Para deixar óbvio que eram inimigos, suas silhuetas são espinhosas e farpadas, com brafoneiras amplas e salientes.

1: Arte referencial de personagens: Sulistas mercenários, SH. **2:** Arte referencial de personagens: Sulistas mercenários, AS. **3:** Arte referencial de acessórios: armamentos sulistas, KM.

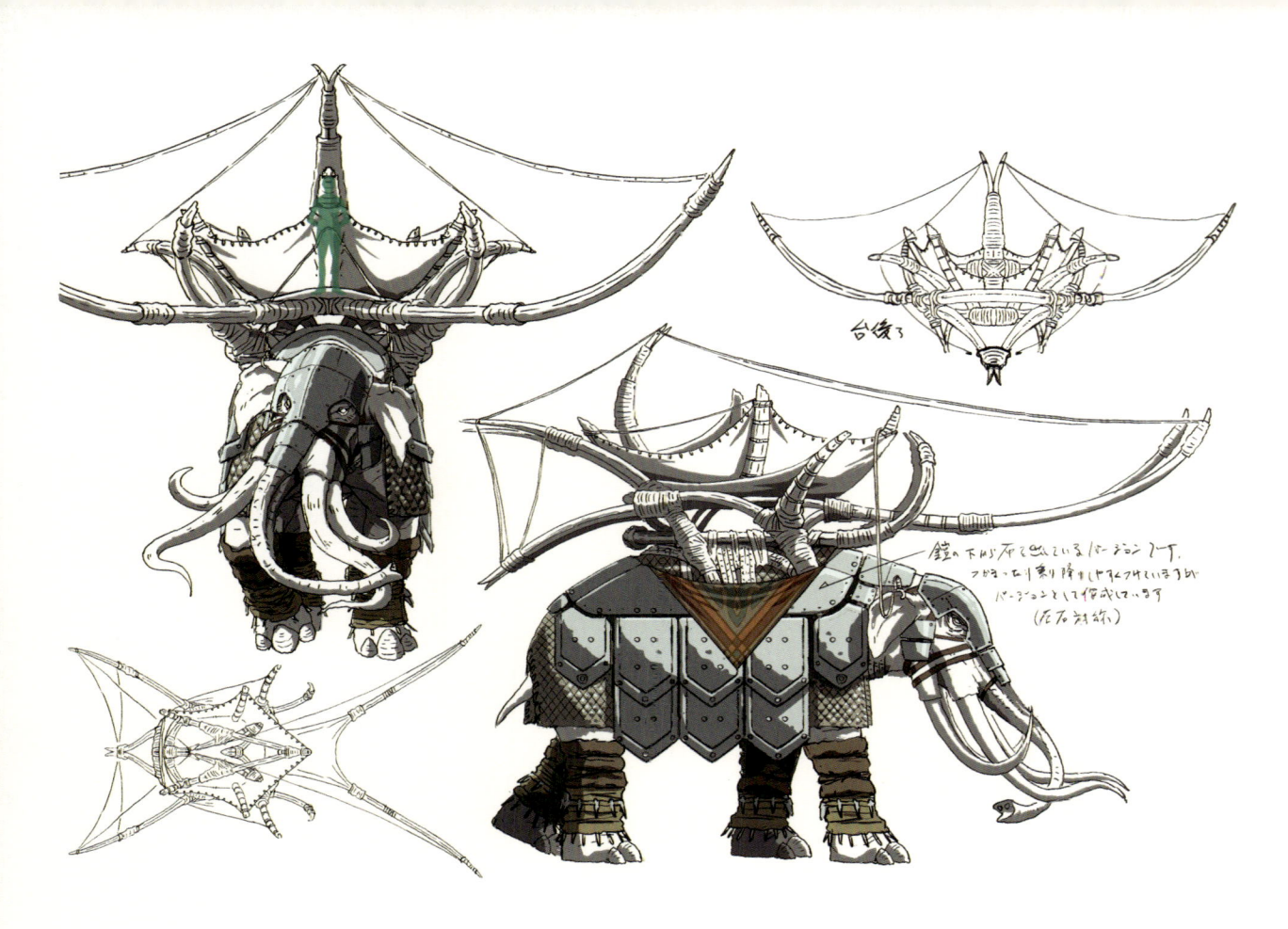

OS *MÛMAKIL* DE ARMADURA

◦—◦◦◦◦◦◦◦◦—◦

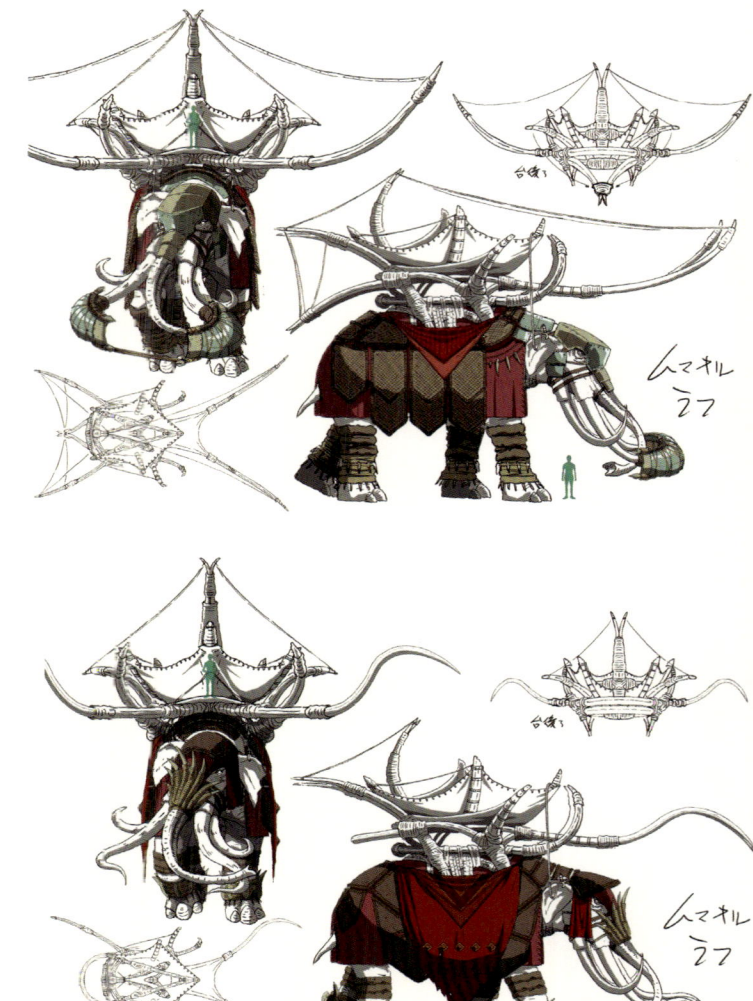
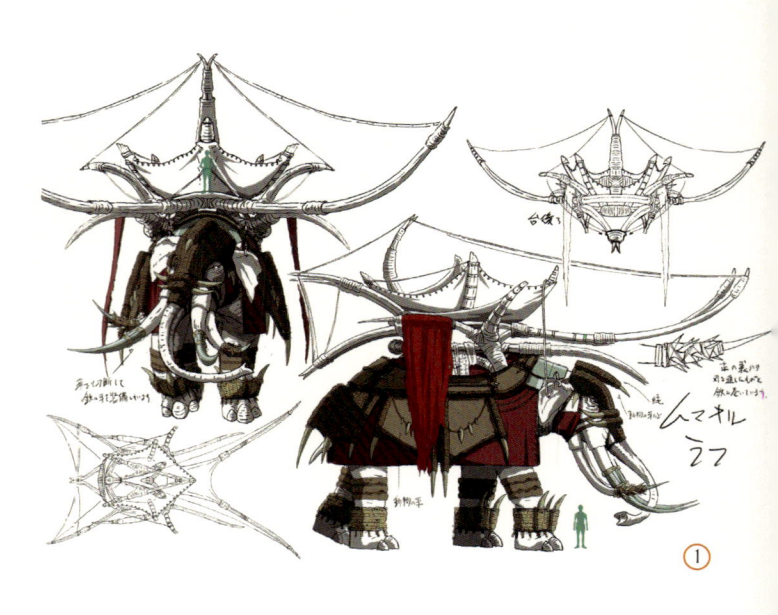

Os mûmakil *no exército de Wulf têm paramentos de guerra, equipados para levar guerreiros no dorso, com armaduras nos flancos e pernas, e armamento amarrado às presas. Entre os primeiros conceitos explorados havia algumas versões bem mais pesadas, encouraçadas, mas o acréscimo desses elementos afastaria muito os* mûmakil *daquilo que já tinha sido estabelecido para a cultura dos Sulistas. Em rodadas subsequentes, os conceitos exploraram ideias que permaneciam dentro dos limites materiais do que já havia sido feito, mas buscando novas combinações e configurações para ajudar a tornar esses* mûmakil *diferentes.*

Exibindo pinturas de guerra, imaginou-se que cada mûmak *pudesse pertencer a uma tribo ou destacamento diferentes e ser decorado de modo a refletir essa individualidade. Quanto mais único cada um deles fosse, mais fácil seria para o público localizar os originalmente seis animais lutando em diferentes frontes da guerra. No fim, esse número foi reduzido para três conforme a batalha foi sendo reescrita.*

Foi legal rever os *mûmakil* e fiquei entusiasmado por não serem os mesmos que tínhamos visto na trilogia. Parti do pressuposto que eram uma variedade relacionada, mas que seus mestres eram de clãs mercenários separados dos Haradrim que tínhamos visto antes. Os designs deveriam ter algo em comum e deveria ficar evidente que vinham da mesma região, mas tínhamos permissão para acrescentar coisas novas. Gostei muito que Joshua Damian da Wētā Workshop teve a ideia de colocar elementos em chamas. Quando estava colorindo as imagens da Wētā, me diverti muito ao inserir variações únicas no design dos apetrechos de guerra e armamentos já estabelecidos dos *mûmakil*, tendendo para um aspecto espinhoso e ameaçador. – DANIEL FALCONER, DESIGNER DE CONCEITOS ADICIONAIS

1: Artes conceituais dos mûmakil com armadura, MS. **2:** Artes conceituais dos mûmakil com armadura, JD. **3:** Artes conceituais dos mûmakil com armadura, JD e DF.

①

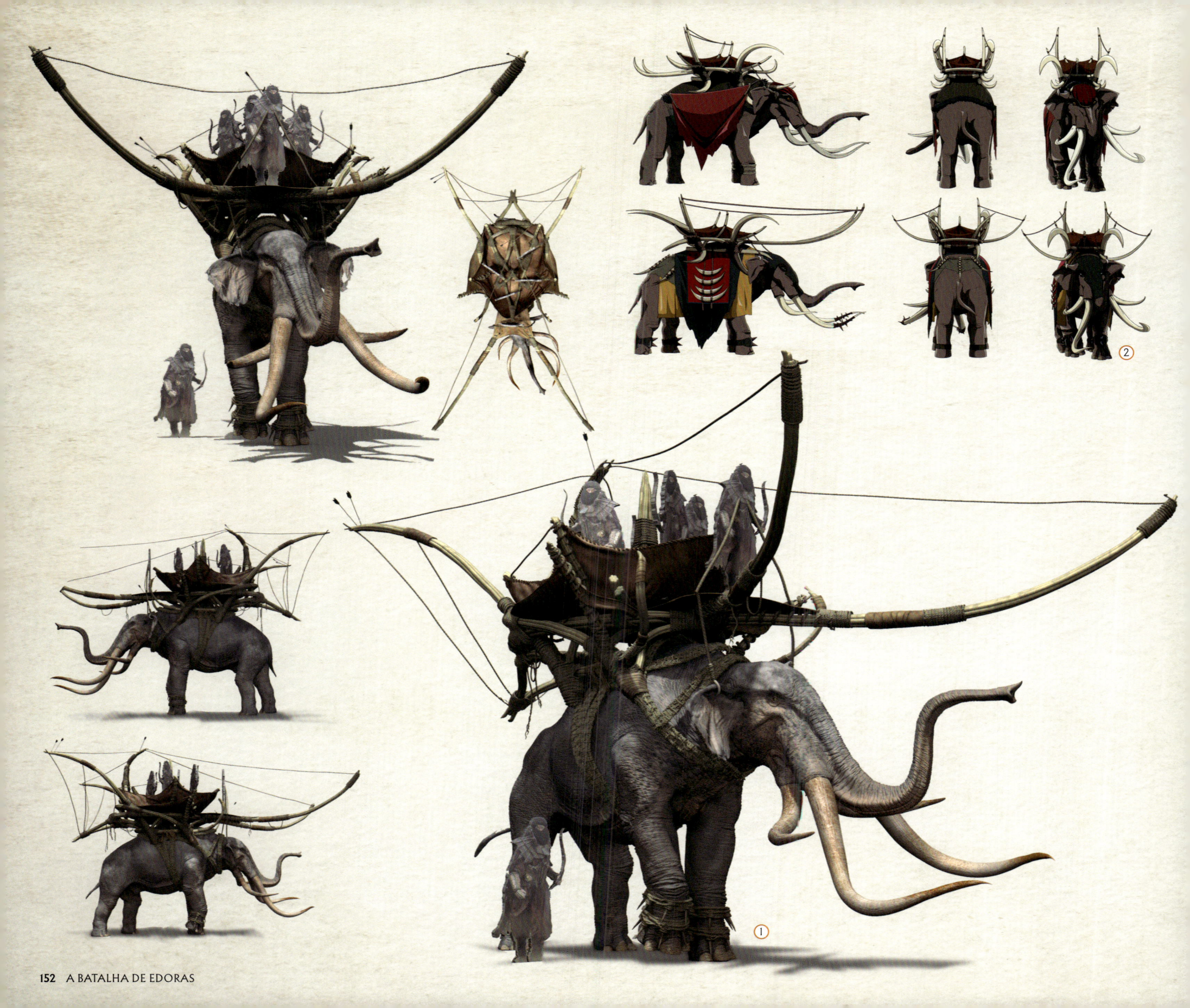

1: Artes conceituais dos mûmakil com armadura, WW. 2: Arte referencial de criaturas: mûmakil com armadura, YA. 3: Quadro final do filme.

A BATALHA DE EDORAS

Wulf traz suas tropas para Edoras, contando que Helm e seus cavaleiros virão atacá-lo, afastando-se, assim, da cidade. Além dos Terrapardenses e dos Homens Selvagens, o vingativo aspirante a conquistador contratou mercenários das terras quentes e distantes do Sul para inflar suas fileiras, trazendo consigo os enormes mûmakil, *um inimigo contra os quais os Rohirrim não têm nem experiência e nem fortificações.*

Os *mûmakil* entram pela cidade, destruindo todo o muro ao lado do Portão Leste, o que dá a Wulf a oportunidade de invadir e de se dirigir a Meduseld. Enquanto isso, o povo de Edoras secretamente escapa pelo Portão Sul. – TAMIKO KANAMORI, DIRETORA DE ARTE

A batalha começava de maneira muito mais intrincada. O diretor planejou o fluxo da ação usando um mapa de Edoras com o exército defensivo e vários exércitos atacando. Conforme o roteiro original, Wulf tinha dividido suas forças e tinha uma tropa menor que usaria de armadilha. Naquele plano, os *mûmakil* vinham de três direções: havia um com Wulf, um com Targg e um que Helm encontraria. Mas também atacariam partes diferentes de Edoras e entrariam na cidade. Tudo isso precisava fazer sentido, e foi meticulosamente planejado e cronometrado usando o mapa, mas a maneira como o público percebe depende inteiramente de como você enquadra isso. O que está na sequência ajuda a entender onde você está, mas nem todos os que estão assistindo sabem qual é o layout de Edoras e, mesmo se souberem, isso pode acabar ficando confuso. Qual nível de precisão você quer atingir e qual é a ordem? Nós planejamos a coisa toda, mas mesmo pessoas de dentro da produção poderiam achar confuso, então ficou claro que precisávamos fazer algo mais simples de acompanhar. Foi muito difícil

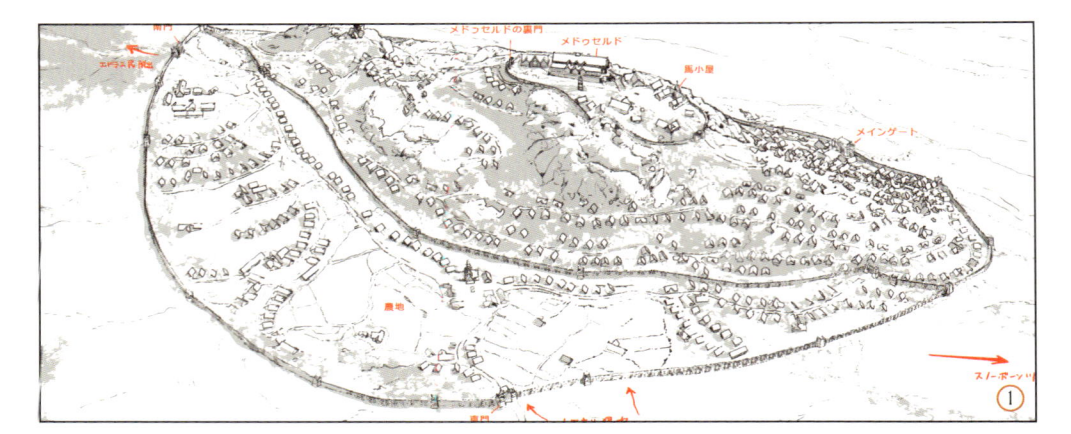

de fazer, especialmente porque o ataque acontece na escuridão da noite. – JOSEPH CHOU, PRODUTOR

Desmembramos a batalha para dar a cada personagem sua própria ação, inclusive dando a Héra a chance de mostrar que era capaz de lutar. Ela é a principal, então era importante ver que ela conseguia fazer isso, por ser inteligente e capaz. Todos estão tendo dificuldade para derrubar os *mûmakil*, mas Héra sabe o que está enfrentando e descobre um jeito de fazer isso usando fogo para amedrontar a fera. Ela o abate com um tiro de balista na paliçada de Edoras. Foi um momento criado para demonstrar as qualidades e capacidades

dela, porque elas viriam a se tornar mais importantes depois, quando ela tem que liderar seu povo. – KENJI KAMIYAMA, DIRETOR

O relato que Tolkien faz de Helm tem só algumas páginas. Ele não entrou em detalhes sobre a batalha, dizendo apenas que Rohan foi invadida e Wulf tomou Edoras, então precisávamos dizer como ele fez isso. Se estamos contando a história da derrota de um dos maiores reis de Rohan, até então invicto, precisávamos fazer um evento grande. Helm não teria negligenciado as defesas, mas ele perde a cidade, o reino e o filho, e ordena que seu povo fuja para o Forte-da-Trombeta. Seja lá que força Wulf tenha trazido, precisava ser significativa. Não podíamos retratar uma simples escaramuça; exigia uma batalha grande e precisávamos entregar isso.

Foi daí que veio a ideia dos *mûmakil* — uma carta na manga de Wulf — algo a que ninguém esperaria que ele tivesse acesso. Mesmo se Helm tivesse previsto esse movimento, suas defesas eram de madeira. O que ele poderia fazer?

Para nós, animar tudo isso foi uma tarefa enorme. A batalha foi, de longe, a sequência mais complexa no filme todo e a última a ser entregue, envolvendo múltiplos *mûmakil* atacando, exércitos de homens e animais se digladiando, Edoras em chamas, muros arrebentados, cavalos, cortes de cena entre o campo de batalha e Héra

1: 1: Mapa da batalha de Edoras, TK. 2: Arte de cena-chave: o Vau do Riacho-de-Neve, GH. 3: Arte referencial de cenários: a Batalha de Edoras, TK. 4: Arte de cena-chave: a Batalha de Edoras, TK. 5: Quadro-chave da animação, MT.

evacuando a cidade, e a geografia que precisava ser mostrada de maneira que os espectadores pudessem acompanhar.

Parte do peso da animação se devia à movimentação de todos: estavam lutando, correndo, gritando, colidindo um no outro, sangue voando; o caos em movimento. Todos usavam armaduras, muitas delas únicas. Até mesmo as fileiras dos inimigos tinham variações, inclusive com indivíduos reconhecíveis, lugares-tenentes, oficiais sêniores e juniores. Nada disso é fácil de fazer numa animação. – JASON DEMARCO, PRODUTOR

Conforme planejado originalmente, os exércitos de Wulf e Helm se enfrentariam no rio raso. Eu segui algumas tomadas familiares da trilogia como ponto de partida e criei uma composição semelhante com os elementos da nossa nova história na arte das cenas-chave. Parte do objetivo era colocar a ação dos exércitos diante da bela ambientação, com as montanhas, as nuvens agourentas no céu e a iluminação dramática. A cidade é discernível na luz. – GUS HUNTER, ARTISTA CONCEITUAL SÊNIOR DA WĒTĀ WORKSHOP

Tolkien diz que os Rohirrim cantavam quando cavalgavam para a batalha, o que nos levou a conversar sobre fazer todos os cavaleiros cantando conforme saem de Edoras. – PHOEBE GITTINS, ROTEIRISTA

Para imagens de batalha em cenas-chave, tentei capturar tudo o que estava acontecendo em uma única fotografia,

então há muitos elementos para equilibrar: o *mûmak* colidindo com a paliçada, os caras no lombo dele, o exército seguindo cidade adentro e, brilhando na colina, o Paço Dourado, onde eles estão tentando chegar. Havia alguns jeitos de fazer isso, então eu dei opções: ou olhando para o *mûmak* de dentro da cidade, com os defensores observando sua chegada no primeiro plano, ou de trás, do ponto de vista dos atacantes, o que para mim revelava mais a essência da cena toda e permitia a inserção de Meduseld.

"A GUERRA SE ABATEU SOBRE NÓS."

Há muita coisa para incluir em um único quadro ao mesmo tempo em que se captura o espírito da cena, com fogo e poses dinâmicas para todos os participantes. – GUS HUNTER, ARTISTA CONCEITUAL SÊNIOR DA WĒTĀ WORKSHOP

Mesmo que *A Guerra dos Rohirrim* seja um longa de animação feito à mão em 2D, as referências em CGI foram usadas em quase todas as etapas da produção. A computação gráfica teve um papel extremamente importante para esclarecer as intenções do diretor em cada tomada, incluindo os elementos do cenário, layout e iluminação.

Como diretor de CGI/Composição, eu me envolvi em tudo o que tinha a ver com o visual do filme. Isso incluiu as primeiras etapas de pré-visualização, que nos permitiu trabalhar para desenvolver o aspecto das imagens de CGI paralelamente à equipe de arte, para que qualquer imagem feita com essa técnica no filme tivesse a textura de uma animação desenhada à mão.

Igualmente, ao iluminar e compor materiais em CGI, pudemos trabalhar em tarefas criativas tais como

desenvolver o visual do filme desde as primeiras etapas, o que trouxe uma eficácia importante. Os resultados eram revistos e finalizados na presença dos diretores de animação e de arte, do designer de cores e do diretor.

Meu trabalho na Batalha de Edoras começou criando e iluminando os recursos do cenário em computação gráfica. Eram essenciais para mostrar o tamanho e o escopo da batalha, assim como a tática empregada pelos diversos combatentes. Também criamos cenários em computação gráfica para que dessem a impressão de que as vastas campinas de Rohan tinham sido desenhadas à mão, com mapeamento por vídeo para cada tomada.

Pedimos que os animadores de computação criassem animações-chave para os cavalos e exércitos que serviriam como referência. As equipes de desenhistas então traçaram à mão por cima, usando nossa animação em computação gráfica como base, mas corrigindo o figurino, as expressões e outras coisas sutis para trazer a batalha à vida.

O passo final na criação das cenas de batalha foi usar a cinematografia das animações-chave em computação gráfica para combinar efeitos visuais como fogo, fumaça

e faíscas. – SHUNSUKE WATANABE, DIRETOR DE CGI/COMPOSIÇÃO, ESTÚDIO SANKAKU

A batalha faz com que Helm perceba várias coisas simultaneamente: que os Homens Selvagens e Terrapardenses de Wulf não fogem ao ver a cavalaria de Helm avançando contra eles, que os homens do Senhor Thorne não estão no flanco ocidental como deveriam e que ele deveria ter escutado os avisos de Fréaláf quanto aos *mûmakil*, mas agora ele e suas tropas estão longe demais para ajudar. O inimigo fez uma armadilha para ele, e agora eles têm armas de destruição em massa no campo dirigindo-se para Edoras. Helm percebe que não tem homens o bastante para destacar forças e lidar com todas essas ameaças. Sua estratégia foi derrotada e ele vai perder o mando da cidade. É uma revelação chocante para o rei que nunca perdeu uma batalha. – JASON DEMARCO, PRODUTOR

Arte de cena-chave: a Batalha de Edoras, GH.

A TRAIÇÃO DE THORNE

Helm e seus filhos cavalgam para batalhar contra as tropas de Wulf, deixando Héra para trás em Edoras, mas ali ela descobre a traição de Thorne. Nós havíamos plantado essa semente em Isengard, quando ela viu pela primeira vez o timbre de Thorne em um pergaminho. Héra descobre a traição e age para retirar seu povo da cidade. Para ela, seu povo é sempre prioridade.

A traição de Thorne tem múltiplas funções na história — embora seja um momento crítico no arco de Helm, pois sua estratégia foi derrotada, também nos permitiu deixar a nossa heroína ativa na narração durante a batalha da qual ela não participa. Héra é quem percebe que Thorne está mancomunado com Wulf, o que lhe dá a chance de tomar atitudes decisivas — ela evacua a cidade sem hesitar. Em outra demonstração do vínculo estreito entre os Rohirrim e seus cavalos, Ashere luta para defender Héra quando Thorne a ataca nos estábulos. O fato de Ashere entrar em cena também nos permitiu fazer com que Héra lutasse defensivamente em vez de agressivamente e isso era uma parte importante do papel que imaginamos para ela. – PHOEBE GITTINS, ROTEIRISTA

O fogo nos estábulos começa quando o Senhor Thorne e Héra lutam, mas fiz questão de mostrar como e para onde ele estava se alastrando em vez de simplesmente atear fogo no espaço inteiro. – TAMIKO KANAMORI, DIRETORA DE ARTE

Ao criar os efeitos da luz emitida pelo fogo, usamos o motor de jogo *Unreal Engine* para checar a iluminação e o layout de cada cena. A quantidade de luz e a profundidade das sombras era sempre conferida para estar conforme a visão do diretor, e os resultados eram passados para os animadores e artistas de cenário. – SHUNSUKE WATANABE, DIRETOR DE CGI/COMPOSIÇÃO, ESTÚDIO SANKAKU

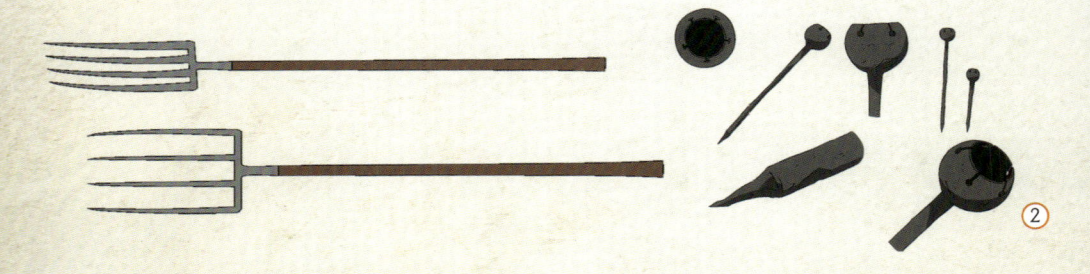

1: Arte referencial de cenários: os estábulos de Edoras, TK. 2: Arte referencial de acessórios: forcado e tocha, KM. 3: Quadro final do filme.

DEFENDENDO O PORTÃO LESTE

Achei que poderia acrescentar interesse ao visual da cidade se as fortificações não fossem exatamente iguais às que vimos nos filmes em *live action*. Acrescentar um fosso e um reparo ao muro externo na parte anteriormente inexplorada da cidade poderia tornar a batalha mais interessante. Quem sabe poderia haver um segundo portão, com design diferente, no lado recém-criado da cidade? As construções poderiam variar em design; algumas talvez fossem celeiros de armazenamento, ou casas maiores, mais estábulos, uma armaria, ou uma forja. – ALAN LEE, DESIGNER CONCEITUAL

Edoras tem diversos portões ao longo da muralha, com defesas diferentes. Héra identifica uma ameaça no portão oriental, que não tinha sido visto anteriormente, e monta uma defesa desesperada para protelar o avanço dos Sulista e seu mûmak. Parte do plano dela envolve usar uma balista de arremessar lanças: uma arma nova no arsenal dos Rohirrim.

Como a paliçada de Edoras era relativamente estreita, balistas móveis poderiam se mover entre os principais lugares de defesa ao longo da muralha, como as guaritas. Eu imaginei que o ângulo vertical poderia ser ajustado como num canhão medieval, embora o deslocamento lateral precisasse ser feito no braço. – JOHN HOWE, DESIGNER CONCEITUAL

Ainda não tínhamos visto nenhuma evidência dos Rohirrim usando armamento mecânico. Na verdade, foi uma opção de design dar bestas e balistas aos Uruk-hai, enquanto os Rohirrim eram mostrados com arcos curtos, sublinhando a natureza industrial do exército de Saruman; mas, nesse caso, a ação pedia que Héra usasse uma balista para empalar um *mûmak* com uma lança. Mesmo que não tivéssemos visto os Rohirrim usando esse armamento antes, havia outros exemplos desse uso nos filmes, então

não estava fora de questão. Então, como seria a balista dos Rohirrim? Ricamente entalhada ou ornamentada com imagens de cavalos, do sol ou de pássaros? Talvez não fosse originariamente de Rohan? Será que era anânica, ou de Vale, como a balista que vimos em *O Hobbit*? – DANIEL FALCONER, DESIGNER DE CONCEITOS ADICIONAIS

Para o design final da balista, criamos uma arma de aspecto realista com estrutura sólida, que desse a impressão de ser pesada e com um dispositivo poderoso o bastante para abater *mûmak* avançando. – KENJI MASUDA, DESIGNER DE ADEREÇOS

A QUEDA DE HALETH

Haleth abate o *mûmak* que avança rumo às portas de Meduseld e, tecnicamente, é um ato épico e heroico, mas assistir a essa fera majestosa sendo retalhada também é selvagem e brutal. A distinção entre o nobre príncipe e o guerreiro feroz se desfaz, e vemos o tipo de líder que Rohan teria na figura de Haleth após a passagem de Helm. – ARTY PAPAGEORGIOU, ROTEIRISTA

Haleth não aparece tanto no filme, então tínhamos pouquíssimas chances de demonstrar sua bravura. Era importante que ele tivesse um momento épico, então, em uma façanha heroica, Haleth defende Meduseld de um *mûmak* e mata a fera sozinho. Mas sua vitória dura pouco, pois Wulf armou uma emboscada. Ele quer destruir Meduseld — lar dos Rohirrim e símbolo do poder de Helm —, mas também quer apagar o legado de Helm, inclusive seus filhos. Tudo por sua necessidade de vingança. A flecha que mata o herdeiro de Helm vara a sua garganta. A vitória de Haleth e sua morte subsequente precisavam ser dramáticas, um momento que se inicia como triunfo, mas é, na verdade, o começo do fim. – KENJI KAMIYAMA, DIRETOR

1: I: Arte de cena-chave: a Batalha de Edoras, JH. 2: Arte de cena-chave: a Batalha de Edoras, TK. 3: Quadro final do filme.

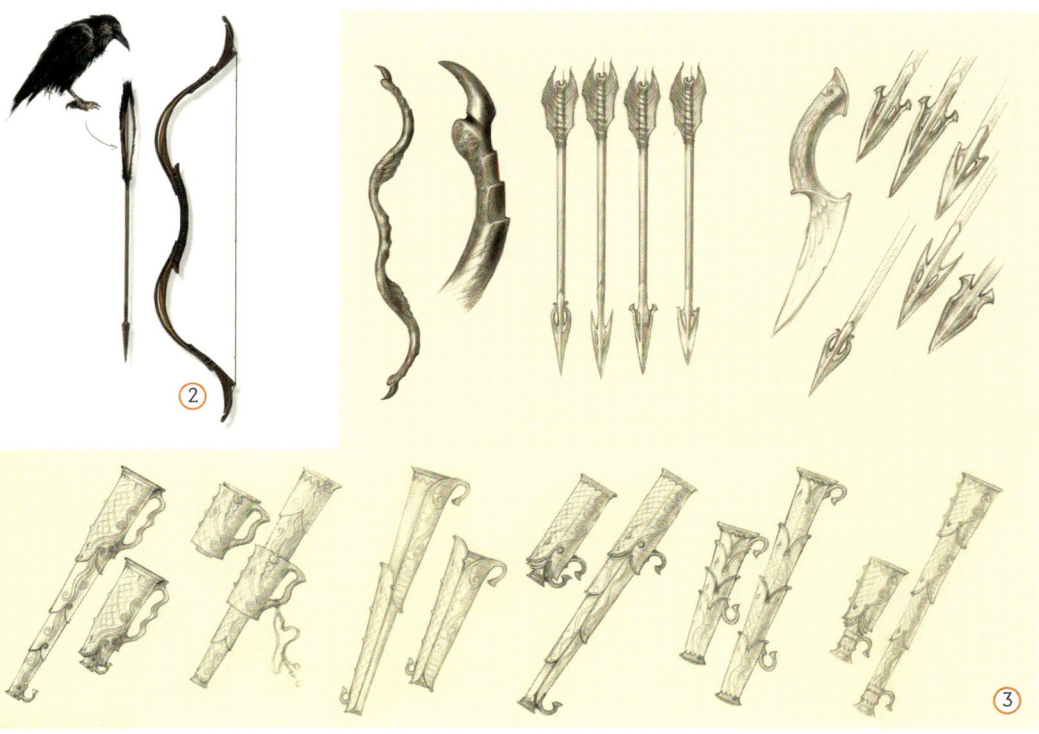

1: Arte de cena-chave: a Batalha de Edoras, TK. **2:** Arte conceitual do arco de Wulf, DF. **3:** Artes conceituais do arco e da luneta de Wulf, JH. **4:** Arte referencial de acessórios: o arco e a luneta de Wulf, KM. **5:** Quadro-chave da animação, MT.

Dando continuidade ao tema dos *crebain* para Wulf, desenhei um arco curto e recurvo, entalhado para lembrar garras de corvo, possivelmente de uma madeira escura com lamelas de chifre. As flechas tinham rêmiges toscas, mas pontas bem forjadas e difíceis de retirar de uma ferida. – JOHN HOWE, DESIGNER CONCEITUAL

Originalmente concebidos como opções para a luneta de Héra, os desenhos adicionais do designer conceitual John Howe foram reaproveitados *quando se percebeu a necessidade de Wulf ter seu próprio dispositivo telescópico.*

Reinventando a roda, de certa maneira, estava tentando encontrar outras opções para a função telescópica da luneta, com meios cilindros se encaixando e pequenas alças unindo o dedo e o dedão para ajustar e focar. Imaginei que talvez fosse feito de couro fervido, com armações de latão. – JOHN HOWE, DESIGNER CONCEITUAL

EDORAS EM CHAMAS

Neste filme, fizemos o fogo principalmente com efeitos visuais, mas, para servir como guia de tamanho e cor, criamos artes temporárias para todas as tomadas da batalha, o que deu bastante trabalho. Em geral, as chamas e o efeito delas no entorno são levadas em consideração durante a composição, quando estão fortes, mas, neste projeto, também consideramos a exposição, tornando o resultado mais realista. Foi bom conseguir fazer isso sem depender de iluminação 3D. – YASUHIRO YAMANE, DIRETOR DE ARTE

Foi crucial compartilharmos a arte com todo mundo para guiar a maneira com que todos os elementos eram combinados. Tínhamos fogo e fumaça e, como era uma batalha noturna, estava muito escuro. Era importantíssimo que tudo fizesse sentido para os artistas que estavam trabalhando nas sequências, mas também que eles comunicassem o que fosse necessário para os espectadores. – TAMIKO KANAMORI, DIRETORA DE ARTE

1. Arte referencial de cenários: a Batalha de Edoras, TK. 2: Arte de cena-chave: a Batalha de Edoras, TK.

FUGINDO DE EDORAS

O povo de Edoras escapa do ataque de Wulf e foge pelo Portão Sul. Essa era uma parte nova da cidade que não tinha sido vista antes, mas a desenhamos para que estivesse em consonância com os portões e edificações do restante de Edoras. – TAMIKO KANAMORI, DIRETORA DE ARTE

A capital de Edoras é evacuada, mas seus habitantes estão a salvo, por ora. Com a perseguição de Wulf, precisam empreender uma longa e difícil marcha rumo ao Forte-da-Trombeta. Uma diversidade impressionante de cidadãos foi desenhada por Miyako Takasu, com diferenças de idade, gênero e posição hierárquica. Ainda que animais de carga e gado tenham sido cogitados, a realidade da produção não permitiria que eles entrassem no filme, então as carretas e carroções foram desenhados para serem puxados por humanos.

Minha tarefa era trazer artes conceituais de vários carroções e carretas para os Rohirrim levarem seus pertences na evacuação da cidade. Foi um desafio agradável criar designs diferentes com uma estética semelhante, dentro dos limites já estabelecidos daquilo que fazia sentido para a cultura de Rohan. É sempre divertido tentar encontrar o equilíbrio correto entre o que é legal e o que é funcional quando nos pedem um item ou acessório cotidiano. – ADAM ANDERSON, ARTISTA CONCEITUAL SÊNIOR DA WĒTĀ WORKSHOP

A montaria de Háma, descrita no roteiro como uma velha e fiel égua, não consegue manter o ritmo durante a retirada e se perde no tumulto. Sem querer deixá-la, o príncipe resignadamente fica para trás, ganhando tempo para que seus entes queridos fujam.

Pela sua natureza, achei fácil imaginar Háma tendo um carinho profundo pela sua égua. Eu conseguia imaginá-lo penteando a crina dela. – MIYAKO TAKASU, DESIGNER DE PERSONAGENS E SUPERVISORA DE ANIMAÇÕES-CHAVE

A lealdade entre cavalo e cavaleiro é importante para os Rohirrim. Está no coração da cultura deles e é uma via de mão dupla, como Háma demonstra quando não se dispõe a abandonar sua égua. Ele cresceu com ela desde menino. "Eu confio na velha garota", diz, e eles per durante a retirada, mesmo ficando para trás. Essa cena parte o meu coração. – PHOEBE GITTINS, ROTEIRISTA

"CANÇÕES DE CORAGEM, MINHA VELHA GAROTA..."

1: Arte de cenários da Batalha de Edoras. **2:** Arte referencial do cavalo de Háma, MT. **3:** Arte conceitual do cavalo de Háma, DF. **4:** Quadros-chave da animação, MT. **5:** Artes conceituais de carroça dos Rohirrim, AAH. **6:** Arte referencial de acessórios: carroça dos Rohirrim, AAH. **7:** Arte referencial de personagens: Rohirrim refugiados, MT. **8:** Arte referencial de personagens: Rohirrim refugiados, SH e AS.

Desenhamos as campinas em que Héra e os outros fogem estudando cuidadosamente a fotografia e as paisagens dos filmes em *live action*. Olhamos as cenas em que o Rei Théoden lidera seu povo de Edoras até o Forte-da-Trombeta em *As Duas Torres*, imaginando que nossos personagens provavelmente tomariam um caminho semelhante, mas, no fim, isso não apareceu no filme finalizado. – TAMIKO KANAMORI, DIRETORA DE ARTE

Acho que Kamiyama-san fez uma escolha poderosa ao mostrar Edoras pegando fogo do ponto de vista dos habitantes fugindo, olhando para trás para ver seu lar em chamas e percebendo que talvez nunca mais retornem; é um soco no estômago. – PHOEBE GITTINS, ROTEIRISTA

Arte referencial de cenários: a fuga de Edoras, TK.

"DERRUBEM-NOS!"

AS CINZAS DE MEDUSELD

Wulf não pensa em ser rei; o raciocínio dele limita-se ao que pode tirar dos seus inimigos, ao que pode destruir. Ele quer vingança. Quer ferir Helm. Pensamos que, se ele está disposto a deixar os *mûmakil* destruírem Edoras e a atear fogo na cidade, então não está mesmo preocupado com o que acontece a Meduseld. Kamiyama-san pensou que seria uma imagem poderosa vê-lo sentado nos escombros de Meduseld. Isso não estava no roteiro, mas, quando se pensa em qualquer estrutura antiga e importante no nosso próprio mundo, tantas delas já passaram por provações, já foram danificadas e depois reconstruídas ou consertadas. Elas carregam essa história. – JASON DEMARCO, PRODUTOR

As fotografias de estruturas incendiadas foram nossa referência primária para o exterior queimado de Edoras, especialmente os restos de templos e igrejas arruinadas. Disseram-nos que queriam o centro de Meduseld limpo para Wulf, então aquele é o único lugar livre de entulho. – TAMIKO KANAMORI, DIRETORA DE ARTE

Queríamos que os restos de Meduseld se parecessem com a carcaça de algum animal grande. O modelo foi desenhado e construído no Estúdio Sankaku. – YASUHIRO YAMANE, DIRETOR DE ARTE

Vai ser um choque para os fãs que conhecem e amam esse lugar, tendo em mente o quão icônico ele é, mas sabíamos que precisávamos incendiar o Paço Dourado. É uma representação dramática do que está em jogo e uma metáfora para o que Wulf fez aos Rohirrim. Também é irônico mostrar Wulf fingindo ser rei dentro de um palácio incendiado. – KENJI KAMIYAMA, DIRETOR

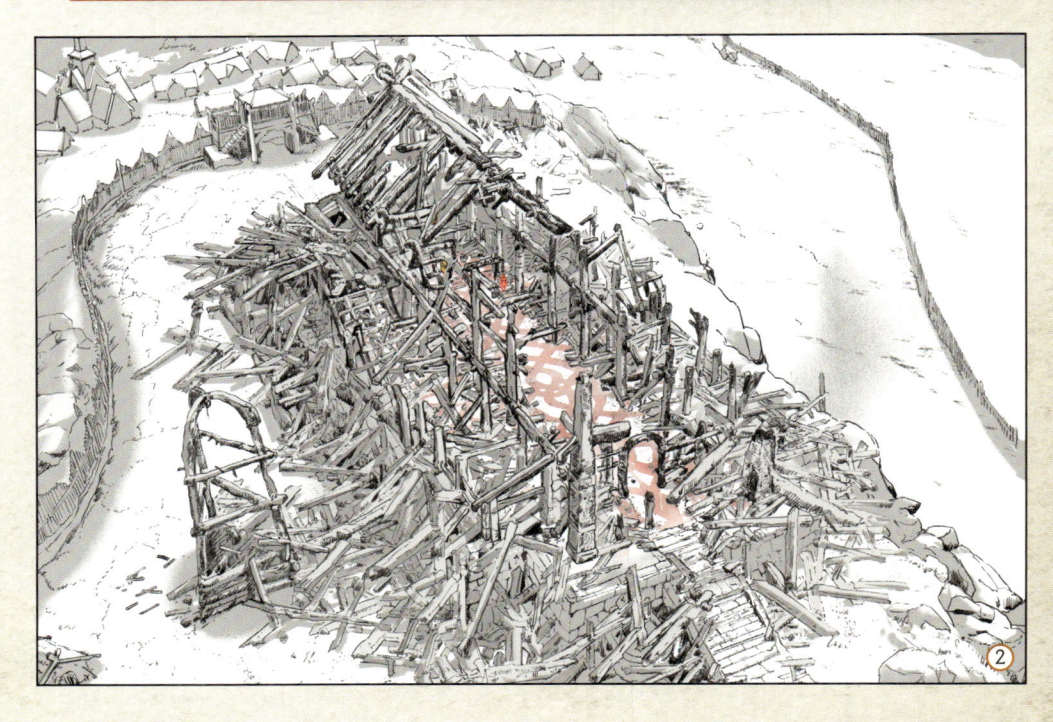

1: Arte referencial de cenários: Meduseld incendiada, TK. 2: Artes conceituais de Meduseld incendiada, TK.

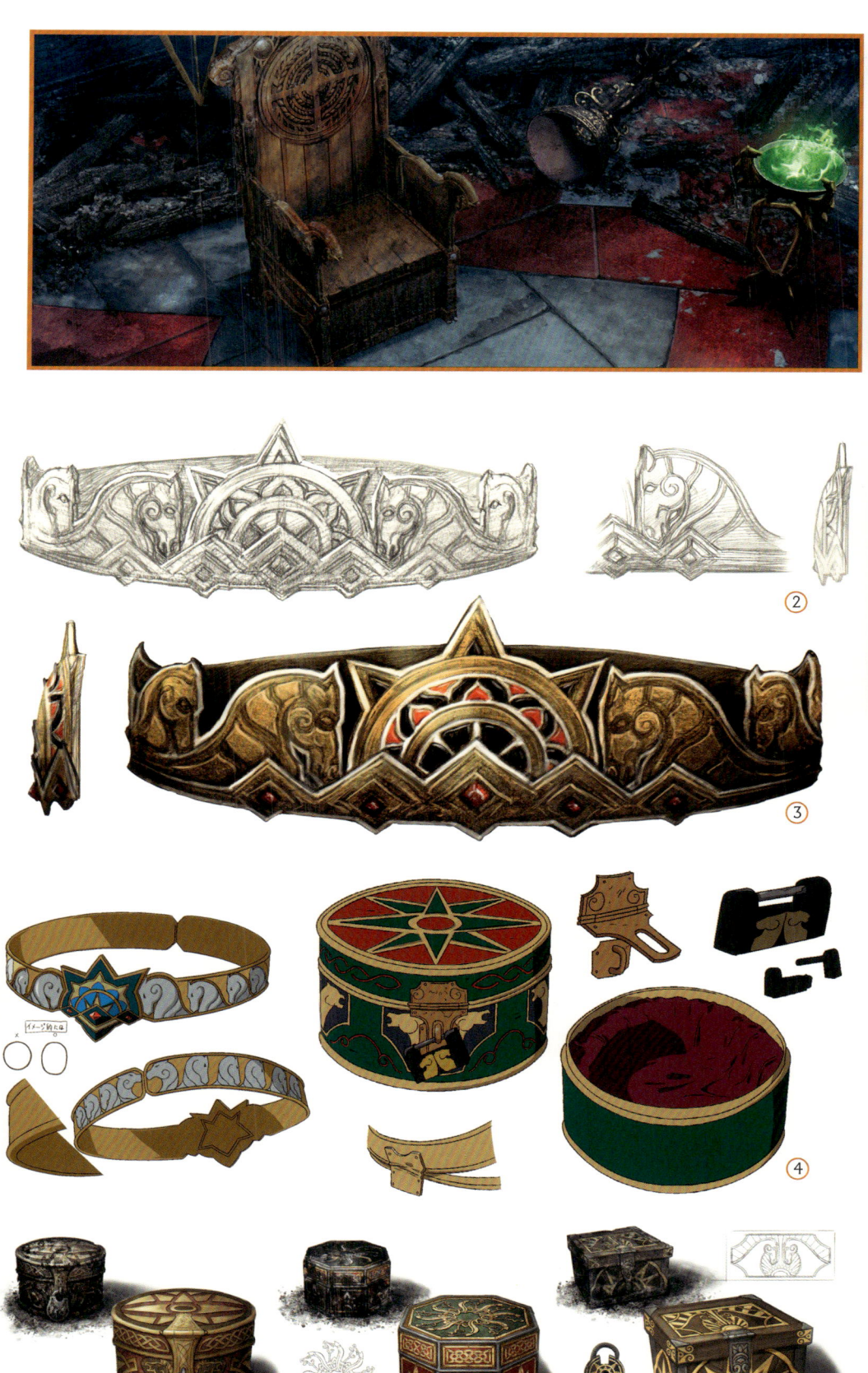

A COROA DE ROHAN

O que Helm possui é mais um diadema robusto do que uma coroa tradicional. Ele combinava motivos equinos com o símbolo solar de Rohan, evocando a vitalidade do seu povo (e seu vínculo com a liberdade) e a aurora perpetuamente renovada na terra dos Rohirrim. – JOHN HOWE, DESIGNER CONCEITUAL

Para o design de animação final da coroa, usei como referência o que vimos nos filmes anteriores. Imaginei se funcionaria, porque eram finas, mas ficou bom como acessório realista para Helm, Wulf e Fréaláf usarem sucessivamente. Acho que foi difícil para os animadores por causa da quantidade confusa de padrões equinos que precisaram desenhar nela. – KENJI MASUDA, DESIGNER DE ADEREÇOS

Para o estojo que guardava a coroa, tentei incluir imagens icônicas de Rohan, como as cabeças de cavalo e o sol, ou então nós inspirados na arte celta que se veem espiralando tanto em suas armaduras quanto em Meduseld. O verde e o marrom terrosos junto com traços dourados também foram retirados da estética estabelecida. – IONA BRINCH, ARTISTA CONCEITUAL DA WĒTĀ WORKSHOP

1: Arte de cenário de Meduseld incendiada. 2: Artes conceituais da coroa de Rohan, JH. 3: Arte conceitual da coroa de Rohan, JH e DF. 4: Arte referencial de acessórios: a coroa de Rohan, KM. 5: Quadros finais do filme. 6: Artes conceituais do estojo da coroa, IB. 7: Arte referencial de acessórios: o estojo da coroa, KM. 8: Arte referencial de personagens: Wulf, MT.

- 6 -

O FORTE-DA--TROMBETA

Apoiando Helm, Héra lidera seu povo até o Forte-da--Trombeta, uma antiga fortaleza onde eles encontram abrigo detrás de muros altos de pedra, com Wulf no encalço. O vingativo líder dos Terrapardenses faz Háma de refém. Helm implora por seu filho, mas Wulf está consumido pela ira e assassina brutalmente o jovem diante do pai. Depois que os últimos Rohirrim se retiram para dentro do Forte--da-Trombeta, o inimigo levanta acampamento, iniciando um cerco.

Um inverno selvagem impele os Rohirrim para o fundo da sua fortaleza. Ao conferir as provisões, Héra encontra um vestido de noiva empoeirado, e a velha zeladora conta histórias de fantasmas e de escuridão conforme uma desesperança sombria desce sobre os refugiados. Esse lugar pode se tornar o túmulo deles.

Helm é tomado por desespero. Ferido e desalentado, Héra e Olwyn cuidam dele, mas a esperança do rei vai se desvanecendo até que um dia Héra acorda e descobre que ele se foi. Ela encontra uma passagem secreta que segue por baixo da fortaleza e acaba emergindo nas encostas nevadas da montanha, para lá da Muralha do Abismo.

O FORTE-DA-TROMBETA

Situada num vale estreito e esculpido nas raízes das Montanhas Brancas sob os elevados picos de Thrihyrne, há muito tempo perdura uma antiga fortaleza númenóreana. Agora um posto avançado de Rohan, o Forte-da-Trombeta é um refúgio em tempos de guerra. Uma torre de menagem se ergue acima de uma rede de salões, estábulos, depósitos e casernas talhados na rocha. Estendendo-se abaixo dela e além, há uma rede de cavernas cintilantes. Abrangendo a Garganta está a Muralha do Abismo, enquanto uma rampa elevada serpenteia do portão até o fundo do vale. Uma alta torre se eleva acima de tudo e ali uma trombeta pujante foi posta. Em tempos futuros, esse lugar será chamado de Abismo de Helm, mas esse é um nome que ainda precisa ser conquistado.

O Abismo de Helm foi a primeira coisa em que comecei a trabalhar quando cheguei à Nova Zelândia em 1998 a convite de Peter Jackson para ajudar no design da sua adaptação cinematográfica *O Senhor dos Anéis*. Peter sabia que a batalha ali seria um ponto alto dramático e queria começar o planejamento nas etapas iniciais; e construir uma maquete para colocar soldados de brinquedo seria parte importante disso. Os desenhos que fiz para Peter eram vagamente baseados em minhas ilustrações originais para o livro, adaptados para acomodar momentos específicos que ele gostaria de ver, como o rompimento da Muralha do Abismo e a investida da cavalaria saindo do salão. Como passei grande parte da minha infância construindo fortificações para meus cavaleiros de plástico, esse exercício foi imensamente satisfatório. Peter sempre toma muito cuidado quando filma as cenas de batalha para que sejam mais do que uma refrega confusa; ele queria estabelecer a ambientação inteira na mente do espectador antes de a batalha começar. Construir uma miniatura na escala de 1:72 polegadas que depois seria usada na filmagem foi muito útil no seu planejamento para as cenas e me ajudou a avaliar o papel que as miniaturas teriam na trilogia. – ALAN LEE, DESIGNER CONCEITUAL

Nossa história nos leva ao Forte-da-Trombeta duzentos anos antes dos eventos da trilogia *O Senhor dos Anéis*. Embora seja o mesmo lugar, esse intervalo deu a Kamiyama-san a flexibilidade para fazer alterações conforme os propósitos da sua história; o lugar não seria idêntico em ambos os períodos, e alguns dos acontecimentos talvez tenham causado essas diferenças. Veríamos o Forte-da-Trombeta oprimido por um inverno excepcionalmente brutal, então acabou sendo um desafio divertido de design imaginar uma versão anterior desse lugar icônico e, ao mesmo tempo, honrar a integridade do que tinha sido estabelecido no livro e na trilogia cinematográfica. – DANIEL FALCONER, DESIGNER DE CONCEITOS ADICIONAIS

P.A.: Arte de cenário do Forte-da-Trombeta. **1:** Miniatura de filmagem do Abismo de Helm com extensão digital da paisagem (trilogia SdA). **2:** Artes conceituais do Forte-da-Trombeta, DF. **3:** Quadro final do filme (trilogia SdA). **4:** Arte conceitual do Forte-da-Trombeta, AM.

Eu amo o Abismo de Helm e amo qualquer coisa a ver com cenários invernais, então foi um sonho poder visualizar esse local icônico numa paisagem nevada. Minhas artes conceituais foram feitas antes de sugerirem que o fundo do vale fosse rebaixado. O objetivo principal era dar a sensação de que os refugiados estavam acuados.

Foi interessante explorar como a neve poderia cair na arquitetura do Forte-da-Trombeta, acumulando-se nas superfícies onde as rajadas, batendo contra o muro, a teriam depositado. Cobrir a rampa com neve também demonstrava que ninguém poderia entrar e nem sair.

Eu gostei da ideia de imitar a composição das tomadas da trilogia nos meus conceitos. Havia construído um modelo digital da fortaleza e o que descobri quando fiz a câmera sobrevoar o entorno foi que Peter Jackson já tinha encontrado e utilizado os melhores ângulos em *O Senhor dos Anéis*. Quando você mesmo tenta fazer isso, fica óbvio por que ele fez aquelas escolhas!

Entre as alterações que sugeri para mostrar a passagem do tempo foi restaurar algumas das partes despedaçadas da fortaleza. Havia fortificações rompidas em *As Duas Torres* que eu consertei nos meus conceitos. O processo consistia em achar maneiras de fazer o lugar parecer diferente sem mudar a arquitetura. Bandeiras pendendo como toldos deu um lampejo de cor à paisagem desolada, e exemplificam como conseguimos uma diferença visual significativa sem acrescentar estruturas permanentes. – ADAM MIDDLETON, DIRETOR DE ARTE DA WĒTĀ WORKSHOP E ARTISTA CONCEITUAL SÊNIOR

Um dos desafios que tivemos com o Forte-da-Trombeta foi retratá-lo no meio de um inverno aterrorizante. Kamiyama-san estava preocupado com o fato de que, uma vez que o vale estivesse coberto de neve, a Muralha--do-Abismo pareceria baixa demais para ser um obstáculo formidável aos sitiantes. Ele nos pediu especificamente para deixá-la mais alta. Eu fiquei preocupado, porque era uma alteração difícil de tornar crível dentro do cânone. Será que ela tinha sido reconstruída? Parecia uma ideia extrema, mas me ocorreu que a paisagem talvez pudesse oferecer uma solução. No clímax de *As Duas Torres*, Gandalf e Éomer heroicamente cavalgam para o resgate descendo uma encosta enorme de xisto solto. Quem sabe com o tempo a Garganta-do-Abismo tivesse se preenchido com rochas soltas e sedimentos oriundos de deslizamentos, alagamentos e erosão natural. A parede podia não ter sido mais alta no passado, mas talvez o vale fosse mais profundo. – DANIEL FALCONER, DESIGNER DE CONCEITOS ADICIONAIS

"ESTAS MURALHAS FORAM FEITAS POR GIGANTES. JAMAIS FORAM ROMPIDAS."

Uma das coisas mais atraentes na premissa de que o fundo do vale era mais baixo no tempo de Helm era que isso elevava para o meio da muralha aquela galeria de escoamento onde as tropas de Saruman colocaram a bomba em *As Duas Torres*. Talvez isso fosse o ladrão de algum reservatório atrás da muralha? Para os ocupantes da fortaleza, certamente seria vantajoso represar água potável, e a água congelada gotejando daquela galeria no inverno foi uma imagem pela qual instantaneamente me apaixonei. Por sorte, o diretor gostou da ideia.

Ao escavar o vale também pudemos acrescentar outras características que ficaram soterradas depois. Espectadores atentos talvez tenham detectado sinais de extração de rocha atrás do Forte-da-Trombeta na trilogia, mas eu pensei que poderia ser legal ver mais disso na frente da torre, o que também poderia nos dar um ambiente irregular e quebrado para esconder a saída do túnel secreto de Helm.

A única complicação ao rebaixar o fundo do vale era que precisaríamos dobrar a extensão da rampa. Como não tem guarda-corpo, sempre foi uma rampa abrupta para cavalos atravessarem, mas agora, sendo ainda mais alta e mais longa, seria mortalmente arriscada! É uma sorte que os Rohirrim e os Númenóreanos antes deles fossem cavaleiros tão habilidosos.

Imaginei diversos tipos de formato para a rampa alongada, em espiral ou sinuosa, entremeada com artefatos rochosos, ou escavada para formar um túnel. Talvez ela encontrasse um pequeno desfiladeiro? Sugeri até mesmo uma guarita na entrada, mas isso não foi escolhido. No fim, é só um percurso longo e perigoso do portão até o leito do riacho. Segure firme! – DANIEL FALCONER, DESIGNER DE CONCEITOS ADICIONAIS

1: Artes conceituais do Forte-da-Trombeta, DF e AM. 2: Arte conceitual do Forte-da-Trombeta, DF. 3: Artes conceituais do Forte-da-Trombeta, YY. 4: Quadro final do filme.

O pano de fundo do Inverno Longo foi algo de que tentamos tirar vantagem para intensificar o que se passava na história. Temos essa moça, Héra, que é aventureira, indômita e livre, e agora ela de fato está presa num lugar frio e escuro, uma caixa de pedra. Isso serviu bem ao nosso propósito de passar a imagem do Forte-da-Trombeta como um túmulo escuro, gélido, encarcerador em que estamos encurralados.
– PHOEBE GITTINS, ROTEIRISTA

Visualmente, eu amo a ideia de que Héra sai das campinas douradas, vastas e belas no começo do filme para o lugar onde ela agora está presa, sitiada — estrangulada pelos tons frios e a escuridão dessa fortaleza.
– ARTY PAPAGEORGIOU, ROTEIRISTA

1: Arte conceitual do Forte-da-Trombeta, KS. 2: Arte de cenário do Forte-da-Trombeta, KS. 3: Arte referencial de cenários: o Forte-da-Trombeta.

Como estamos num tempo anterior, tive o cuidado de não fazer o Forte-da-Trombeta parecer descuidado demais. As rochas do castelo eram bem grandes, uma característica do seu design, então atentei-me a esse tipo de detalhe quando o estava recriando na animação.

Procurei me manter tão fiel quanto possível ao design original, mas uma das diferenças entre a trilogia e a nossa versão era a ausência da estátua de Helm no pátio. Ela seria instalada depois, lembrando o sacrifício de Helm.

Já é fim do outono quando Héra e seu povo chegam. No inverno, a neve se acumula, as provisões começam a rarear e a atmosfera fica escura e solitária. Foi difícil pintar as cenas noturnas com neve e tempestade, e o subterrâneo onde os refugiados estavam, porque havia pouquíssimas fontes de luz. Às vezes, era difícil de enxergar os cenários, mas os efeitos visuais trouxeram a nevasca à vida e ficou bem legal. – TAMIKO KANAMORI, DIRETORA DE ARTE

1: Arte referencial de cenários: o Forte-da-Trombeta, TK. 2: Arte de cenário do Forte-da-Trombeta. 3: Arte referencial de cenários: o Forte-da-Trombeta, KS. 4: Quadro final do filme (trilogia SdA).

A MORTE DE HÁMA

Háma não é um grande guerreiro como o irmão Haleth, mas, ainda assim, é da linhagem de Helm Mão-de-Martelo. Queríamos retratá-lo como alguém que enfrenta o que vier quando chega a hora de proteger sua família. Era importante mostrar que Háma para e tenta mudar a situação para salvar quem ama e que é corajoso. Ele não abandona sua égua. Ele não reclama e nem chora e, mesmo sabendo que a morte pode estar à sua espera no fim, não se amedronta. – KENJI KAMIYAMA, DIRETOR

A maneira como Háma morre no livro é diferente. Durante o cerco, ele sai na neve em uma surtida e jamais retorna. Passamos muito tempo discutindo se seguiríamos aquele detalhe, mas, no fim, decidimos que era um elemento da história que poderia ser adaptado por um propósito maior — para que fosse um momento crucial de escolha para nosso antagonista. Wulf segue os Rohirrim até o Forte-da-Trombeta e se posta diante dos muros fazendo Háma de refém. Até este ponto, é possível que Wulf tivesse uma mágoa genuína de Helm, que tudo tivesse sido feito de modo "legítimo" no que diz respeito à guerra. O assassinato de Háma, contudo, é um caminho sem volta; um ato completamente infame diante da rendição de Helm por amor ao filho. Wulf tem a chance de acabar com a guerra, mas a escolha que ele faz aqui mostra a verdade, chega ao âmago do real motivo da sua campanha; o agravo pessoal que ele carrega. Nada nunca será o bastante. – PHOEBE GITTINS, ROTEIRISTA

Targg é testemunha da queda de Wulf e isso começa a erodir a sua crença. Para Targg, a luta é ideológica. Ele tem grande esperança de que, ao apoiar Wulf, está apoiando o lado vencedor. No desenrolar dos acontecimentos, à medida que as máscaras caem, Targg vê coisas em Wulf que vão minando sua confiança. Durante o cerco, Wulf lhe diz "Você acha que eu queria estar aqui? Não tenho mais nada."

Ele não tem mais nada, a não ser vingança. No fim, é o que traz sua derrota. Se Wulf tivesse feito escolhas diferentes, os Terrapardenses provavelmente teriam assegurado Edoras. – PHOEBE GITTINS, ROTEIRISTA

Quadro final do filme.

"VOCÊ VAI SOFRER COMO EU SOFRI."

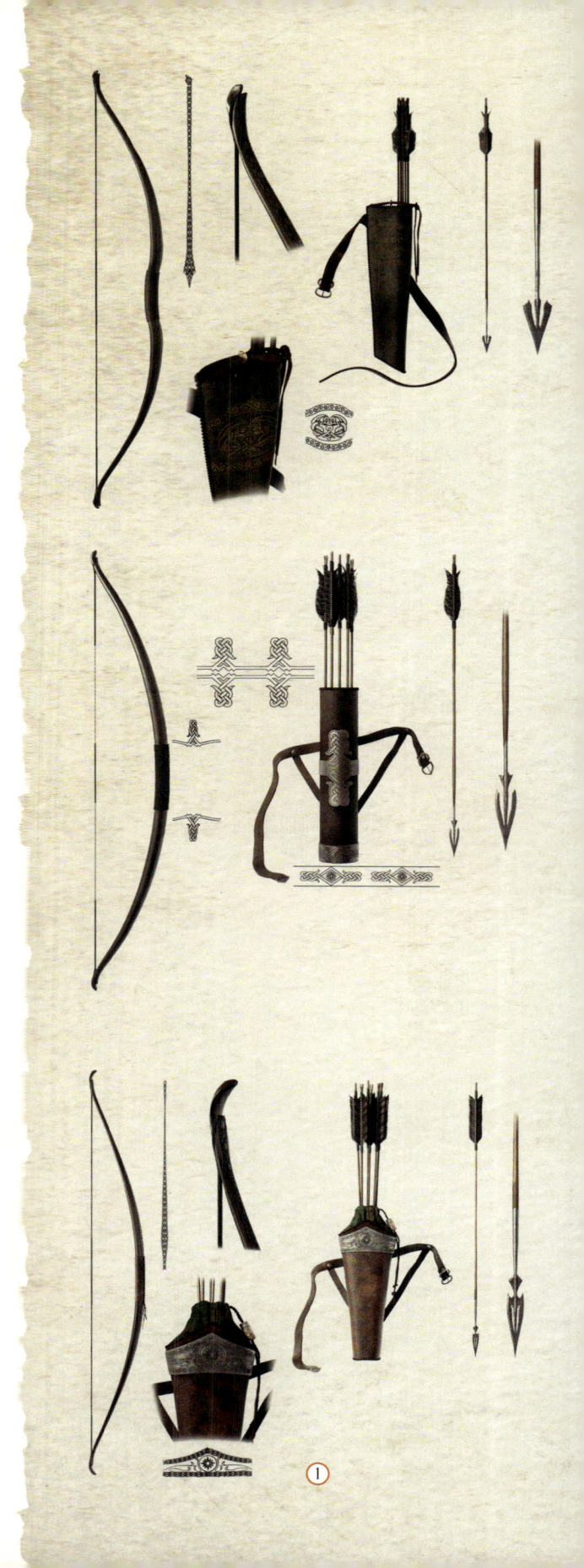

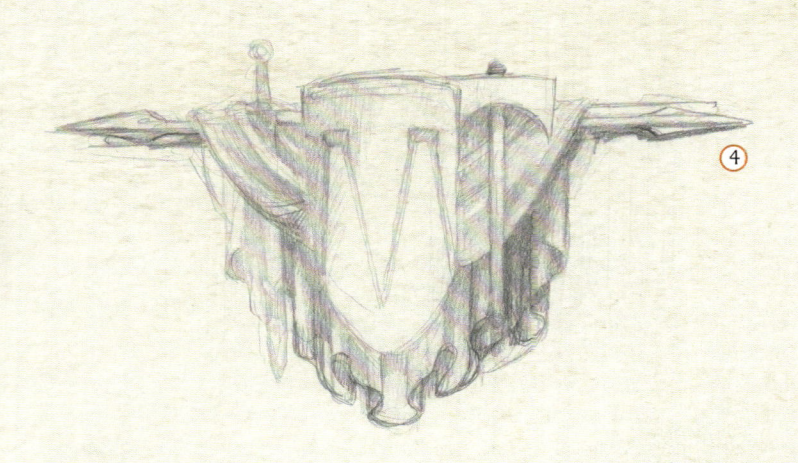

A GUARNIÇÃO DO FORTE-DA-TROMBETA

◆—⟨⟨⟨✦⟩⟩⟩—◆

Soldados fugindo do saque a Edoras juntam-se a uma tropa já estacionada no posto avançado do Forte-da-Trombeta. A guarnição pode ser pequena, mas é composta de pessoas robustas, experimentadas na guerra, dedicadas a fazer qualquer ofensiva pagar um preço alto pelo ataque à Torre de Menagem. O Diretor pediu especificamente que as tropas no Forte-da-Trombeta fossem de guerreiros imponentes, experientes, com suas próprias vestimentas e uma paleta de cores para combinar com o local.

O Forte-da-Trombeta foi originalmente construído por exilados de Númenor. Há um brasão de armas esculpido no muro da fortaleza, emblema de um povo que há muito passou. Precisávamos de vestimentas únicas para os Rohirrim enviados a esse posto avançado. Ainda que não fossem Rohirrim originalmente, fazia sentido eles incorporarem esse brasão na sua própria armadura. – DANIEL FALCONER, DESIGNER DE CONCEITOS ADICIONAIS

I: Arte referencial de acessórios: arco e espada rohirrim, KM. **2:** Arte conceitual heráldica do Forte-da--Trombeta (trilogia SdA), AL. **3:** Arte referencial de personagens: soldados rohirrim, AS. **4:** Artes conceituais de um arco rohirrim, WW. **5:** Quadro final do filme.

A CASERNA DO FORTE-DA-TROMBETA

Adaptar o Abismo de Helm para o novo filme foi um exercício interessante. Temos de presumir que não vimos tudo na trilogia. É claro que deveria haver espaço para uma guarnição, assim como para os cavalos e, adentrando fundo a encosta da montanha, haveria bastante espaço para túneis de rocha e aposentos adicionais. –ALAN LEE, DESIGNER CONCEITUAL

Os refugiados de Edoras se abrigam neste local. Usando as artes conceituais de Alan como ponto de partida, expandi o salão da guarnição, partindo de formas arquitetônicas esculpidas para uma caverna natural, talvez conectada por túneis às Cavernas Cintilantes. Há muitos níveis, com uma ponte de pedra levando aos salões superiores. Foi divertido explorar para além dos espaços estabelecidos vinte anos atrás. Acrescentei um lago subterrâneo e uma queda d'água que imaginei congelando lentamente conforme o inverno avançava. – DANIEL FALCONER, DESIGNER DE CONCEITOS ADICIONAIS

1: Artes conceituais das casernas, AL. 2: Artes conceituais das casernas, DF 3: Artes conceituais das casernas. 4: Arte de cenário das casernas, 5: Arte referencial de cenários: casernas, YY.

O DEPÓSITO DO FORTE-DA-TROMBETA

Eu desenhei um espaço amplo com muita lenha e barris, dando a impressão de que havia abundantes provisões no depósito inicialmente, mas, com tantos refugiados, elas logo começam a minguar. Conforme a lenha e o óleo se tornam escassos, há menos tochas acesas. As cores frias se tornam mais proeminentes na arte, fazendo o Forte-da-Trombeta parecer cada vez menos hospitaleiro. – TAMIKO KANAMORI, DIRETORA DE ARTE

Fiquei muito entusiasmado em rabiscar (muito brevemente) a mobília de Rohan: resistente, portátil, com infinitas possibilidades de decoração. O *Kerbschnitte* é uma tradição de entalhe longeva na tradição alpina — nesse caso transposta para uma cultura mais nômade das pradarias — que não requer ferramentas mais complicadas do que cinzel, serra e faca. Os baús são de constituição puramente medieval, com pernas altas para manter o corpo do baú longe do chão e da umidade. – JOHN HOWE, DESIGNER CONCEITUAL

1: Arte referencial de cenários: o depósito, TK. 2: Arte de cenário do depósito. 3: Artes conceituais de um baú, JH. 4: Arte referencial de acessórios: baú, KM.

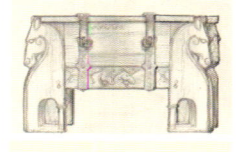

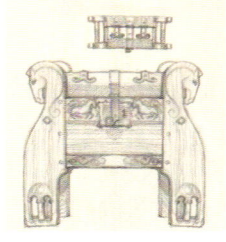

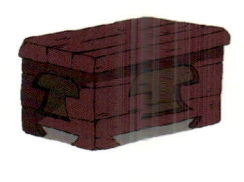

PROVISÕES

—◆·◁◁◆▷▷·◆—

Para dar aos acessórios que eu estava desenhando a qualidade artesanal de uma era anterior à produção em massa, evitei linhas perfeitamente retas, mantendo um toque de desenho feito à mão. Minha preferência sempre foi pelas linhas mais rudimentares, menos refinadas, mas ainda assim interessantes, em vez de um rascunho uniforme — o que veio muito a calhar para a tarefa.

Desenhei acessórios com o cuidado de fazer cada item reconhecível, mesmo quando reproduzido centenas de vezes à mão por dezenas de animadores diferentes retratando-os de ângulos diferentes.

As tarefas de design foram divididas em dois segmentos: objetos domésticos e, depois, armas e vários itens individualizados. Para torná-los reprodutíveis na animação, fomos conscientes ao limitar o número de traços usados para desenhar cada objeto, incluindo seu desgaste, tais como riscos e sujeira. Olhando para trás, foi bom eu ter começado com objetos comuns e realistas, já que eram um caminho suave para dentro desse mundo imaginado. – KENJI MASUDA, DESIGNER DE ADEREÇOS

"NUNCA PENSEI QUE VERIA TEMPOS ASSIM..."

1: Quadro final do filme. 2: Artes conceituais e arte referencial de acessórios: provisões, KM.

VELHA PENNICRUIK

Na escuridão das mais profundas câmaras do Forte-da-Trombeta, Héra encontra a Velha Pennicruik, a anciã Zeladora dos Salões, que gerencia os depósitos. Entre os baús de suprimentos, Héra se depara com um vestido de noiva surrado que a idosa dramaticamente afirma ser assombrado!

Pennicruik é um excelente híbrido entre um arquétipo tradicional de anime e *O Senhor dos Anéis*, especialmente o jeito como Kamiyama-san a percebia. Eu amo o chacoalhar das chaves quando ela se mexe. É lindo. – PHOEBE GITTINS, ROTEIRISTA

Como personagem, ela é percebida de maneiras diferentes. Às vezes, pode ser difícil equilibrar elementos de terror e de comédia. Philippa e eu repassamos Pennicruik várias vezes para encontrar o que nós dois sentíamos ser a proporção correta. – KENJI KAMIYAMA, DIRETOR

Por meio de Pennicruik, vemos a importância da história e das memórias para os Rohirrim — o vestido de noiva; a fortaleza assombrada; a ideia de Helm ser um espectro —, ela contextualiza e fomenta essas histórias, passando-as para Héra. A memória de Háma e Haleth se torna uma espécie de fantasma assombrando Helm e Héra. É por isso que temos a lira como fio condutor ao longo da história. Háma se foi, mas há esse objeto que foi preservado e que representa sua memória e a maneira como essas

pessoas vão mantê-lo vivo: pela música, ao compartilhar a história dele. E é Pennicruik quem passa a lira para um dos descendentes guardar. – ARTY PAPAGEORGIOU, ROTEIRISTA

Pennicruik é uma fofoqueira! Ela vive para isso, mas — importante — também escolhe não queimar a lira de Háma quando Héra lhe dá. Ela entrega ao garotinho dizendo "Ainda resta uma ou duas canções no nosso povo". Ela está mantendo a tradição viva. – PHOEBE GITTINS, ROTEIRISTA

Queríamos que essa parte do filme adquirisse os ares de uma clássica história de fantasmas gótica… mesmo que Pennicruik, tendo vivido sozinha nesse lugar úmido por tanto tempo seja o verdadeiro fantasma assombrando o Forte! – ARTY PAPAGEORGIOU, ROTEIRISTA

Como são de uma enorme fortaleza de pedra, pensei que as chaves deveriam ser grandes e pesadas. Imaginei-as em portas bem grossas, então teriam de ser longas. Tentei incluir sutilmente alguns dos temas e dos formatos da arquitetura nos conceitos, para que dessem a impressão de ser parte do mesmo mundo. – CHRIS GUISE, ARTISTA CONCEITUAL SÊNIOR DA WĒTĀ WORKSHOP

Quando ela aparece, é com um ar misterioso, parecendo uma bruxa, mas, assim que o capuz é retirado, a Velha Pennicruik se mostra uma senhora de bom coração. É um contraste interessante, sendo uma personagem mais velha que preserva certa inocência. Assim como acontece com Olwyn, queríamos passar a ideia da beleza e elegância de dias passados na sua figura presente.

Há desafios em retratar pessoas mais velhas em animações. Ao desenhar rugas, por exemplo, precisamos pensar em como equilibrar a adequação na idade e o apelo do personagem. – MIYAKO TAKASU, DESIGNER DE PERSONAGENS E SUPERVISORA DE ANIMAÇÕES-CHAVE

Foi divertido desenhar aquele vestido de noiva esfrangalhado, com o tecido roto e ornamentos se deteriorando; ecos de alguma Miss Havisham da Era Vendel, fantasmagórico e etéreo, mas sinistro e agourento. – JOHN HOWE, DESIGNER CONCEITUAL

Não se diz explicitamente, mas o negócio todo do vestido de noiva também traz camadas com a ideia de que talvez tenha sido o vestido da própria filha de Pennicruik. – PHOEBE GITTINS, ROTEIRISTA

1: Arte referencial de personagens e expressões: Pennicruik, MT. 2: Artes conceituais do molho de chaves, CG. 3: Arte referencial de acessórios: molho de chaves, KM 4: Arte conceitual do vestido de noiva surrado, JH.

AS PASSAGENS NO FORTE-DA-TROMBETA

Atrás dos penhascos e debaixo das estruturas superficiais, há muitas câmaras no Forte-da-Trombeta conectadas por passagens, ladeiras abobadadas e escadarias. Enquanto as estruturas acima do solo foram construídas com grandes blocos extraídos de pedreiras, o subterrâneo foi esculpido e talhado na própria rocha.

Há passagens simples esculpidas na pedra. Para manter o ar característico do Forte-da-Trombeta, procuramos evitar colunas cilíndricas tanto quanto foi possível. – TAMIKO KANAMORI, DIRETORA DE ARTE

1: Arte de cenário do interior do Forte-da-Trombeta. 2: Arte referencial de acessórios: candeia e vela, KM.

1: Artes conceituais de câmara e acessórios de Helm, JH. 2: Arte conceitual da câmara de Helm. 3: Arte referencial de cenários: a câmara de Helm, TK. 4: Arte de cenário da câmara de Helm.

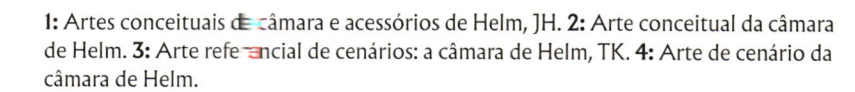

A CÂMARA DE HELM

A câmara pessoal do rei ofereceu uma nova oportunidade de design, mas onde será que estaria localizada? O aposento não estava previsto no design original. Várias posições foram cogitadas, incluindo atrás de uma fileira de janelas arranjadas acima das portas principais da Torre de Menagem, mas buscou-se um espaço mais íntimo. A escolha foi aninhar a câmara na face rochosa irregular acima da Torre, onde as janelas de dois lados foram escondidas em fendas que davam para o pátio e o vale murado.

A câmara de Helm talvez fosse um daqueles maravilhosos espaços internos que se veem ocasionalmente quando a alvenaria e a rocha natural se encontram e se misturam, levando a possibilidades infinitas de design. Muito da decoração, em baixo relevo, evoca o estilo gondoriano da Segunda Era; pilares simples, duplos ou embutidos com entrelaçamento diagonal, como um tabuleiro; arcos românicos ou vãos baixos; um piso de lajes simples e rocha aplainada (afinal, estamos dentro de uma montanha) e talvez, aqui e ali, algumas decorações talhadas mais recentemente por algum alvanel dos Rohirrim.

Pode-se olhar para fora subindo um lance curto de escadas até um assento bem atrás da brecha de observação, parcialmente escondida em uma projeção de rocha. A lareira foi construída em uma fissura natural. Um quarto de dormir é emoldurado por janelas mais elaboradas, com colunas, dando para o interior da Torre de Menagem.

A mobília em si é simples, mas rica, apropriada para um rei: uma cadeira savonarola dobrável com espaldar removível, um assento robusto semelhante a um trono, uma mesa cavalete e um baú com tampa dupla, o qual se pode ser movido facilmente pelas alças. O design do trono de guerra é mais arquitetural, evocando mais estabilidade e solidez, mas relativamente fácil de desmontar e transportar. Os acessórios — aquamanis, ritões, jarros e copos, candelabros e braseiro pretendem mostrar a diversidade de origens própria de uma realeza itinerante. O aquamanil de cerâmica, por exemplo, poderia ser encontrado em uma casa modesta; o outro, de bronze, é adequado para um salão de banquetes real. A lamparina de cerâmica não tem adornos e não é vitrificada, mas a caneca *Krautstrunk* e o ritão dificilmente seriam itens cotidianos. – JOHN HOWE, DESIGNER CONCEITUAL

As artes conceituais de John Howe eram muito bonitas, então tentamos ser o mais fiéis possível a elas. Ajustamos o posicionamento da mobília com base onde os personagens teriam de interagir em certos cenários. Prestamos atenção ao fato de que o aposento foi esculpido na pedra, então, mesmo que haja formas blocadas, elas são superficiais e estéticas, e não estruturais.

Achei que seria triste se a única cor fosse o cinza natural da pedra, então inicialmente pintei as tiras nos pilares de azul. Sugeriram dourado como alternativa. Destacou-se no quarto de pedra fria, ficou bonito e era apropriado para um aposento real, então optamos por isso. Foi divertido retratar a cintilação na luz fraca ou nas cenas noturnas. – TAMIKO KANAMORI, DIRETORA DE ARTE

As cores dos personagens variam de acordo com o ambiente onde aparecem. O entardecer, as manhãs e cenas nas sombras são em geral simples porque há uma única fonte de luz, mas, neste filme, havia muitas cenas noturnas e subterrâneas, com múltiplas fontes de luz exigindo esquemas de cor diferentes para corresponder a cada uma dessas fontes. Houve bastante coordenação entre animação, design de cor e fotografia, além de tentativas e erros até que as sequências fossem finalizadas. No fim, muitos materiais coloridos diferentes foram combinados levando-se em conta a iluminação e outros efeitos. O processo de composição desempenhou um papel muito importante na construção das sequências. – OSAMU MIKASA, DESIGNER DE COR

O Forte-da-Trombeta serve de refúgio e último recurso para os Rohirrim, então a câmara que Helm tem ali não é seu verdadeiro quarto de dormir, apenas um lugar em que mora por necessidade. Precisava parecer improvisado, mas régio, mesmo assim. Deveria ser espaçoso o bastante a ponto de incluir um canto para comportar uma rota de fuga escondida, mas não cavernoso ou grandioso demais. Quando Helm estava morrendo, precisava parecer desolado e triste, mas o espaço também precisava mudar no humor e aparência. Muito disso se deu pela iluminação, alternando do aconchegante para o ameaçador ou arrepiante. Precisava parecer espectral quando o filme se torna mais uma história de fantasmas, durante os episódios em que Helm escapa para fazer ataques e um burburinho sobre um espectro vigilante se espalha. – JASON DEMARCO, PRODUTOR

1: I: Artes conceituais coloridas e arte referencial de cenários: a câmara de Helm, TK. **2:** Artes conceituais coloridas e arte de cenário da câmara de Helm. **3:** Arte referencial de acessórios: vela, KM.

"ALGUNS DIZEM...
QUE ESSE LUGAR FAZ COISAS ESTRANHAS
COM UM HOMEM...
LEVA-O À LOUCURA."

"MEUS FILHOS... ELES PRECISAM SER ENTERRADOS EM EDORAS.PRECISAM DESCANSAR COM MEUS ANTEPASSADOS NOS TÚMULOS DOS REIS."

HELM ACAMADO

Helm está no fundo do poço. Ele não perdeu apenas seu reino, mas também, mais tragicamente, perdeu os filhos. Mesmo Fréaláf foi banido. E Helm culpa a si mesmo por tudo; ele sabe que chegou a esse ponto por causa de suas escolhas, de suas atitudes. – ARTY PAPAGEORGIOU, ROTEIRISTA

O corpo de Helm está se recuperando, mas, mesmo assim, ele não acorda. Está aprisionado na própria mente; a loucura de Helm. Héra se aproxima da cama para dizer que sabe que a tristeza o está devorando, mas que nem tudo está perdido; ela ainda está ali e ainda precisa dele. Alguma parte disso consegue atingir Helm, aquele ímpeto de proteger a filha, e é isso que o leva a desaparecer; a sair e matar, perdido em sua loucura. O que está buscando? Redenção? Vingança? É tudo o que ele pode fazer. – PHOEBE GITTINS, ROTEIRISTA

O visual do Espectro vingativo e caçador de Helm foi desenhado primeiro. Suas roupas de cama foram pensadas como sendo as versões originais daqueles trajes, incluindo a túnica e a roupa acolchoada embaixo.

1: Arte de cenário da câmara de Helm. **2:** Quadros-chave da animação, MT.

"VOCÊ ACHA QUE TUDO ESTÁ PERDIDO. MAS EU ESTOU AQUI... PAI. EU ESTOU AQUI."

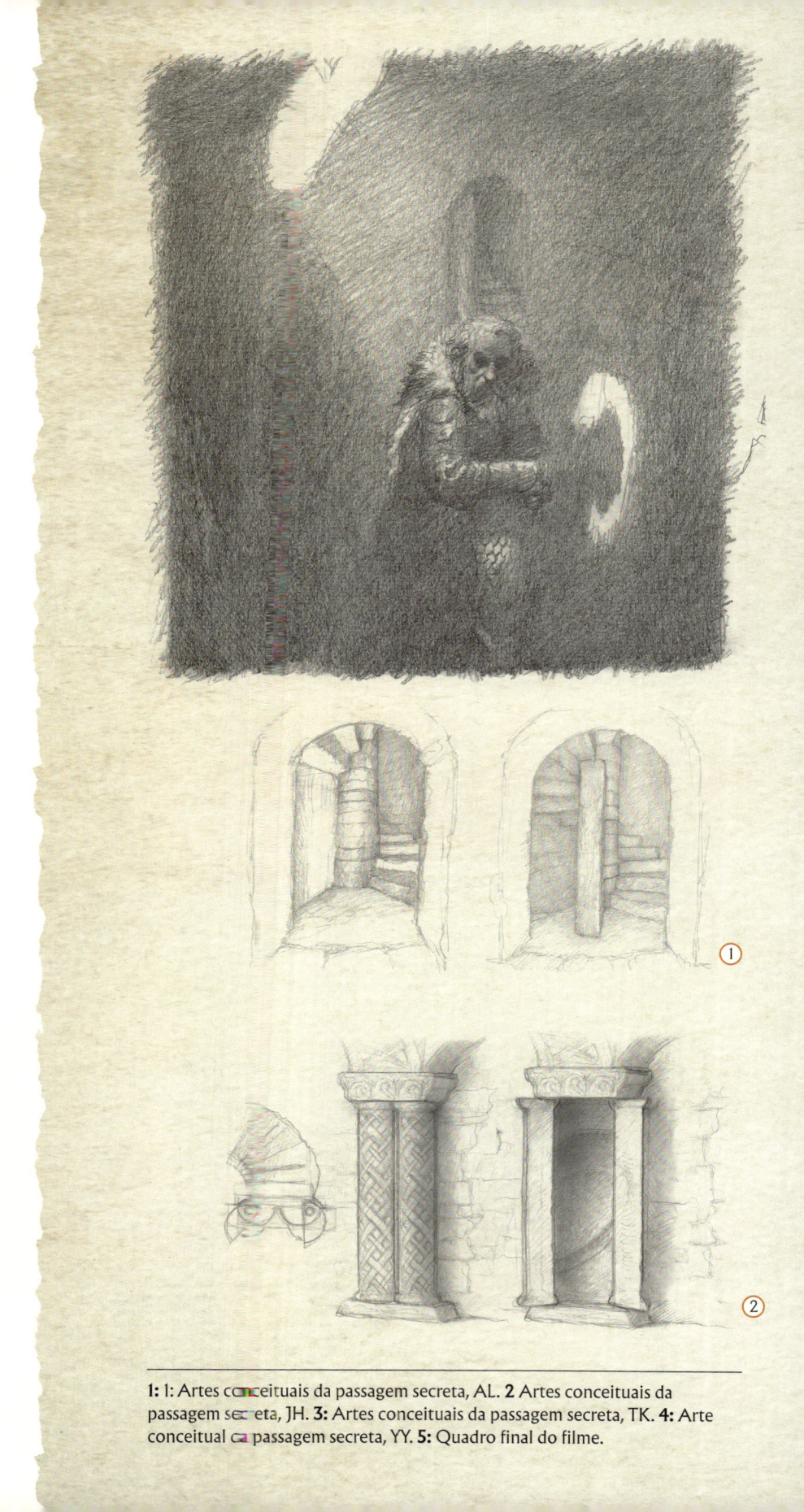

1: **1:** Artes conceituais da passagem secreta, AL. **2** Artes conceituais da passagem secreta, JH. **3:** Artes conceituais da passagem secreta, TK. **4:** Arte conceitual da passagem secreta, YY. **5:** Quadro final do filme.

A PASSAGEM SECRETA

Precisávamos arranjar um jeito de Helm se esgueirar para fora à noite sem que ninguém o visse indo ou vindo. Imaginamos que, sendo rei, sua câmara provavelmente tinha uma porta secreta que talvez lhe desse acesso a uma rota de fuga — algo que você poderia ver em castelos medievais. – JASON DEMARCO, PRODUTOR

Minha ideia inicial para a entrada secreta na câmara de Helm era esconder as dobradiças deixando-as bem à vista na forma de dois pilares de pedra no centro de uma escada em espiral. Quando giradas, elas revelavam outro lance curvo de escadas entrando fundo na encosta da montanha. – ALAN LEE, DESIGNER CONCEITUAL

Fiz alguns desenhos dos túneis secretos e da entrada oculta para o Forte-da-Trombeta. Tínhamos uma pista no livro que deixava implícita a ideia de haver túneis para refugiados em *As Duas Torres*, embora eles levassem de volta, avançando pela Garganta-do-Abismo e adentrando as Cavernas Cintilantes. Seria lógico pensar que essa rede defensiva de cavernas também pudesse ser utilizada como meio de escapar por trás das fileiras dos inimigos.

A ideia me fez pensar no túnel secreto embaixo do Castelo de Dover, que visitei quando era criança. Foi construído para permitir que os defensores obtivessem suprimento durante os cercos e tinha algumas defesas engenhosas. – ALAN LEE, DESIGNER CONCEITUAL

A passagem secreta vai mudando de característica conforme a atravessamos. Quanto mais baixo, mais escuro fica. Desenhamos um espaço parecido com um terraço na metade da escadaria. A única fonte de luz ali é uma lamparina portátil, então as cores mudam pouco a pouco, mas conseguiram controlar isso bem durante a etapa de composição. – YASUHIRO YAMANE, DIRETOR DE ARTE

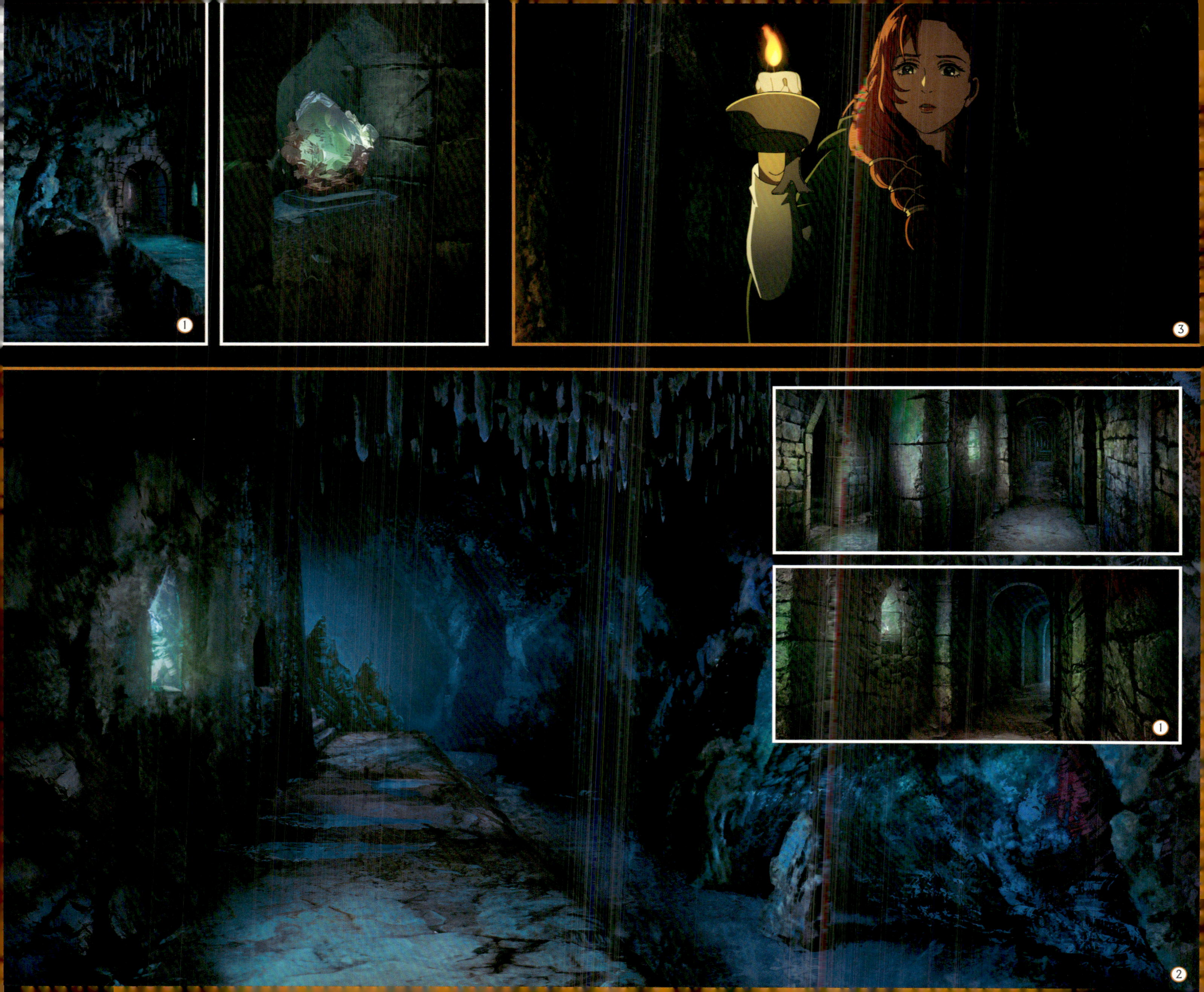

À medida que Héra explorava a passagem sob o Forte-da-Trombeta, nós entramos completamente na atmosfera de histórias de fantasma. Com uma vela na mão, ela começa a investigar aonde seu pai foi. O que é essa passagem vazia e horripilante cuja existência ela desconhecia? Para onde ela vai? De onde vem esse vento sinistro? Quem mais está ali embaixo? – JASON DEMARCO, PRODUTOR

1: Arte de cenário da passagem secreta. 2: Arte referencial de cenários: a passagem secreta, KS. 3: Quadro final do filme. 4: Artes conceituais da passagem secreta, JH. 5: Arte referencial de cenários: a passagem secreta, YY.

Pensamos bastante ao mapear o curso sinuoso da passagem secreta. Ela começaria no coração rochoso da montanha, atrás da câmara de Helm, fazendo voltas ao descer por trás do Forte. Bem lá embaixo, o túnel viraria para percorrer a Muralha do Abismo até o lado oposto do vale, iluminado por cristais um tanto sobrenaturais, e não por archotes. Ao entrar na encosta distante, a passagem se elevaria, daria voltas e desceria por um labirinto de fendas naturais e artificiais, para se juntar, no fim, a cavernas com estalactites e a uma saída abrigada. – DANIEL FALCONER, DESIGNER DE CONCEITOS ADICIONAI

O espaço tinha poucas fontes de luz e no fim poderia ficar inteiramente monocromático, então procuramos maneiras de acrescentar cores e evitar a monotonia. – YASUHIRO YAMANE, DIRETOR DE ARTE

Um local tão favorável quanto o Forte-da-Trombeta poderia muito bem ter sido ocupado antes de ser construído na Segunda Era. Quem sabe não haveria indícios de escavações mais profundas dos Anãos, há muito abandonadas, ocultas sob as camadas de melhorias e acréscimos dos Gondorianos? – JOHN HOWE, DESIGNER CONCEITUAL

AS CAVERNAS

—◇◈◇—

Ao explorar os túneis, Héra entra em uma caverna com colunas de pedra cintilante e luzes faiscantes que acaba emergindo na encosta coberta de gelo para lá da Muralha do Abismo

Em *As Duas Torres*, vimos pessoas escapando para as cavernas atrás do Forte-da-Trombeta, então sabíamos que as montanhas eram entremeadas por túneis. Helm certamente saberia disso, então raciocinamos que ele poderia fazer uso delas. Discutimos sobre onde estariam as cavernas naturais, como elas se conectariam a túneis artificiais e para onde elas poderiam levar. Depois de chegar a um layout, as coisas começaram a fazer sentido. – KENJI KAMIYAMA, DIRETOR

Durante a Guerra do Anel, os Rohirrim se abrigaram nessas Cavernas Cintilantes, mas, além dessas cavernas abobadadas, imaginamos que talvez houvesse outras passagens menores cruzando as encostas montanhosas que circundam o vale. O roteiro precisava que Helm viajasse por um túnel entre a fortaleza e o acampamento terrapardense. Trabalhamos com a hipótese de que uma passagem assim poderia ter sido feita como rota de fuga pelos construtores do Forte-da-Trombeta, aproveitando as fissuras naturais; isso conectaria visualmente os espectadores com as Cavernas Cintilantes da trilogia, mesmo que não fossem exatamente os mesmos lugares. – DANIEL FALCONER, DESIGNER DE CONCEITOS ADICIONAIS

O que Héra encontra ao seguir pelas passagens é um caminho secreto que sai da fortaleza e acaba nas fissuras da encosta montanhesa. Infelizmente, isso não é tudo o que ela encontra. Ali também há Orques. "Será que meu pai está descendo por aqui e, se estiver, por quê? O que mais há ali embaixo?". Nada de bom, acabamos descobrindo, então precisávamos desenhar um espaço que desse a sensação de ser um lugar onde coisas ruins estavam acontecendo. – JASON DEMARCO, PRODUTOR

Um dos desafios sobre a saída do túnel era explicar como ele permaneceu secreto por todos esses anos. Héra e o público precisariam conseguir se orientar geograficamente quando ela saísse, então a saída precisava ter vista para o vale. Tentamos encontrar composições que escondessem a saída dentro ou atrás da rocha quebrada. Quem sabe fosse parte de uma pedreira ou a beirada irregular de um penhasco? – DANIEL FALCONER, DESIGNER DE CONCEITOS ADICIONAIS

Havia alguns designs bem legais para a área no fim da caverna produzidos por Alan Lee e Daniel Falconer. No fim, o formato da saída foi ditado pela ação que iria acontecer ali, então acabou sendo mais plano do que em algumas das primeiras artes conceituais. – YASUHIRO YAMANE, DIRETOR DE ARTE

1: Arte referencial de cenários: caverna, YY. 2: Arte de cenário da caverna. 3: Storyboards, KK. 4: Quadro final do filme. 5: Artes conceituais da saída secreta, AL. 6: Artes conceituais da saída secreta, DF. 7: Arte conceitual da saída secreta, YY. 8: Arte referencial de cenários: a saída secreta, YY.

- 7 -

⟨⟨⟨◇⟩⟩⟩

O ESPECTRO DE HELM MÃO-DE-MARTELO

Enlouquecido de tristeza, Helm vaga pelas terras nevadas diante da Muralha do Abismo, matando inimigos com as próprias mãos. Os Terrapardenses e Homens Selvagens têm medo dele, tomando-o por espectro que chega à noite apanhando homens, um a um.

Procurando o pai, Héra descobre um fosso onde o inimigo anda colocando os seus mortos. O inverno não foi gentil com nenhum dos lados, mas ela não está sozinha nessa descoberta sinistra. Uma dupla de Orques vasculha os corpos, catando anéis para o mestre deles no Leste. Eles agarram Héra, mas Helm sai voando da nevasca para resgatá-la. O rei desvairado sai no braço com um Trol-das-neves, afundando o crânio da fera, e foge com Héra pela neve, cruzando o acampamento inimigo e subindo a rampa rumo ao portão principal do Forte-da-Trombeta.

Os homens de Wulf os perseguem, mas, empurrando a filha por um vão estreito na porta, Helm confia a ela a segurança do seu povo, fechando as portas da fortaleza. Sozinho na nevasca, o rei protege o portão, matando cada guerreiro que se aproxime dele pela rampa.

A manhã encontra Helm de pé, congelado diante das portas, os punhos erguidos, com inimigos tombados à toda sua volta, triunfante mesmo na morte.

O ESPECTRO DE HELM MÃO-DE-MARTELO

Selvagem e desgrenhado, Helm vaga pela terra coberta de neve, espalhando terror entre os sitiantes acampados, que o tomam por espectro do adversário morto vingando-se do além-túmulo.

Foi surpreendentemente complicado conseguir acertar. O que significa tornar-se um espectro e como você mostra isso? Como fazer algo convincente, mas também deixar claro que não é um espectro? Ele podia até sair por aí matando pessoas e talvez fingisse ser um espectro, ou quem sabe fosse temido como um espectro, mas qual deveria ser sua aparência? Como ele se vestiria? Quão desgrenhado ele é? – KENJI KAMIYAMA, DIRETOR

Mesmo durante seus momentos de insanidade, para Helm, tudo se trata do seu povo. Ele sai sem ter nada além das próprias mãos e faz o possível para proteger sua gente, mas não sabe mais como fazer isso. Rever Héra, ver o temor nos olhos dela — perceber naquele momento que é dele que ela tem medo — é isso que traz Helm de volta. – PHOEBE GITTINS, ROTEIRISTA

Foi Helm Mão-de-Martelo quem os colocou nessa confusão e é Helm Mão-de-Martelo quem está tentando tirá-los dela — com os próprios punhos. Mas seu povo precisa de um tipo diferente de liderança. É o que Héra pode dar a eles e é o que Helm no fim acaba compreendendo. O temperamento de Héra, seu modo de pensar, imerso na tradição das donzelas-do-escudo, significa que ela procura um tipo diferente de solução. – ARTY PAPAGEORGIOU, ROTEIRISTA

O figurino esfarrapado de Helm quando está no "modo guerreiro feroz" era uma expressão de sua fúria interior e do seu pesar. – STATO, DESIGNER DE PERSONAGENS ORIGINAIS

①

P.A.: Quadro final do filme. **1:** Artes conceituais de Helm, S.
2: Arte referencial de personagens e expressões: Helm, MT.
3: Quadro final do filme.

"ELE MATOU TODOS! EU VI, DESPEDAÇOU-OS COM SUAS PRÓPRIAS MÃOS."

FOSSO DE CORPOS DOS TERRAPARDENSES

O cerco cruel está cobrando seu preço de ambos os lados. Os homens de Wulf estão colocando os mortos em uma espécie de túmulo aberto, mas a natureza exata desse local não estava explícita no roteiro, então ele passou por algumas mudanças conceituais.

As primeiras ideias que expus quanto ao fosso de mortos era uma lagoa congelada na base de um penhasco de gelo, natural ou talvez de uma pedreira explorada para a construção do Forte--da-Trombeta. Uma das questões era como os homens de Wulf assinalariam o túmulo coletivo dos seus companheiros nessa paisagem congelada, onde seria tão desafiador raspar o solo congelado. Eles empilhariam os elmos, ou fincariam espadas ou escudos na neve? Talvez fariam marcas numa pedra? A ideia que prevaleceu foi a de que eles pendurariam bandeiras como lembrança… ou talvez como aviso. – DANIEL FALCONER, DESIGNER DE CONCEITOS ADICIONAIS

O fosso em si era uma visão macabra, especialmente terrível pela atenção doentia dos Orques que eram atraídos para lá.

1: Artes conceituais do túmulo terrapardense, DF. **2:** Quadro final do filme. **3:** Artes conceituais e arte referencial de cenários: o túmulo terrapardense, YY.

"ALERTE OS GUARDAS! DESCUBRA O QUE É ISSO!"

Originalmente, colocamos o túmulo aberto no fundo da caverna. Pessoalmente, preferia desse jeito, passando uma imagem de claustrofobia e decomposição fétida.

No fim, foi mudado para o lado externo, mas eu ainda queria evocar uma atmosfera arrepiante, como um altar sacrificial, então imaginei como meio subterrâneo, enfiado debaixo de uma projeção de rocha e gelo. Coloquei tiras de tecido em cordas para criar um cordão de isolamento e acho que o tecido balançando ao vento ajudou a trazer uma sensação de desolação e frio. – YASUHIRO YAMANE, DIRETOR DE ARTE

"VOCÊ SENTE O CHEIRO DISSO?"
"ELES PODEM SENTIR O CHEIRO DO MONTE DA PERDIÇÃO."

SHANK E WROT

Espreitando entre as rochas e as fissuras da encosta da montanha há dois Orques miseráveis. Conduzindo seus horrendos afazeres, escondidos dos exércitos no vale lá embaixo, Shank e Wrot estão recuperando anéis entre os mortos no conflito. Os dois alegremente saqueiam o túmulo terrapardense, aproveitando com avidez o deleite de haver comida fácil em tempos de escassez.

Shank e Wrot nem sequer sabem por que estão fazendo isso. Estão seguindo ordens e almoçando ao mesmo tempo. Falando em diversão, há também uma surpresa escondida: o retorno de Billy Boyd e Dominic Monaghan à Terra-média para dublá-los, o que foi uma alegria enorme. – PHOEBE GITTINS, ROTEIRISTA

A presença dos Orques indica uma história mais ampla se desenrolando na Terra-média; uma história que está à espreita, tomando forma nas sombras. Pragmaticamente, nesse ponto da história, os Orques ajudam a informar o que está acontecendo com os corpos dos Terrapardenses e com Helm, mas tenho que admitir que também há um elemento de "Nós estamos na Terra-média. Eu quero ver alguns Orques!". Se você gosta desse gênero, então gosta do que vem junto com ele. Os Orques são parte do DNA único da Terra-média e, às vezes, é divertido nos darmos a esse luxo. – ARTY PAPAGEORGIOU, ROTEIRISTA

Tolkien passou bastante tempo se divertindo com Orques briguentos nos livros. A situação fica muito tensa com Frodo e Sam a caminho de Mordor, mas, no meio disso tudo, ele nos dá uma cena de Orques se engalfinhando como Felix e Oscar em *Um Estranho Casal*. – ARTY PAPAGEORGIOU, ROTEIRISTA

Os artistas da Wētā Workshop se voltaram para as descrições do livro para desenvolver o aspecto dos Orques, dando-lhes uma paleta sombria e olhos vermelhos como carvões incandescentes.

São Orques, então precisam ter um aspecto maligno, mas também têm personalidades individuais e peculiaridades. Tinham de ser um tanto cômicos, então achei que fazer um deles grande e atarracado, e o outro bem, bem magrinho criaria um contraste humorístico. – GUS HUNTER, ARTISTA CONCEITUAL SÊNIOR DA WĒTĀ WORKSHOP

Tolkien diz que os Orques faziam muitas coisas astutas, mas nenhuma delas bonita. Não lhes faltava inteligência ou habilidade para fazer coisas mais refinadas; eles simplesmente não ligavam para isso. Armas ganchudas de formatos desagradáveis e denteadas, superfícies de metal irregular e envoltórios de couro áspero caracterizam o armamento órquico e eram próprios da estética estabelecida para eles. Para um dos Orques que captura Héra, o diretor queria ver uma arma longa com uma lâmina grosseiramente recortada e farpas curvadas para trás. Uma paleta mais quente e enferrujada para a armadura dos Orques e suas roupas contrasta com o ambiente frio e azulado onde aparecem.

1: Artes conceituais de um Orque, WW. 2: Artes conceituais de um Orque, GH. 3: Arte de personagens: Shank e Wrot, MT. 4: Arte referencial de acessórios: armamento órquico, KM. 5: Quadro final do filme.

"AFINAL, O QUE MORDOR
QUER COM ANÉIS?"

TROL-DAS-NEVES

Sabemos que Helm é um rei guerreiro; seu instinto primário é resolver os problemas no soco. Então, se é para ele ter um grande momento no filme, salvando a amada filha do perigo em que ele a colocou, o que você põe para ser seu adversário? Um enorme Trol-das-neves, é claro! – ARTY PAPAGEORGIOU, ROTEIRISTA

Os Trols estão entre as raças mais diversas da Terra-média. Originalmente criados por Morgoth na Primeira Era, Tolkien menciona vários tipos: Trols-da-colina, Trols-das-montanhas e Trols-das-cavernas. Não fica claro se essa taxonomia indica raça ou simplesmente um habitat preferido.

Há uma única menção no livro a um Trol-das-neves, quando Helm é descrito "como um trol-das-neves" ao atocaiar seus inimigos, vestido de branco, nas nevascas cegantes do Inverno Longo.

É claro, basta uma única menção para dar asas à imaginação. Presas, chifres e juba (em um caso, tudo isso junto) caracterizam esses designs de Trol. – JOHN HOWE, DESIGNER CONCEITUAL

"HÁ COISAS PIORES DO QUE HOMENS SELVAGENS VIVENDO NESSAS REGIÕES..."

O Trol era algo com que o produtor Jason DeMarco vinha fantasiando. Ele dizia coisas do tipo "Não seria incrível ver o guerreiro humano mais forte no universo de Tolkien e um Trol-das-neves saindo na mão?".

Para mim fazia sentido, pois as ações de Helm conduzem muito da história. Precisávamos de uma cena importante para consolidá-lo como esse personagem lendário que seria lembrado e reverenciado pelo seu povo, apesar dos seus defeitos. Ele mata esse adversário insano sem armas para defender Héra, então isso reforça as coisas a que mais dá valor quando perde todo o restante. As últimas cenas de Helm precisavam ser épicas e um Trol foi uma escolha adequada. Foi uma das sequências no filme que eu estava mais ansioso para fazer. – KENJI KAMIYAMA, DIRETOR

O Trol-das-neves foi imaginado como um personagem autossuficiente, com objetivos e personalidade, uma abordagem em harmonia com a maneira com que o Trol-das-cavernas foi desenhado duas décadas atrás. Manilhas órquicas prendendo ambos os Trols sugerem que há histórias não contadas por trás. Ainda que sejam adversários dos nossos heróis, em outro contexto esses personagens quase poderiam despertar simpatia.

A vitória de Helm com as próprias mãos precisava ser uma façanha épica, mas também crível, então a pressuposição era de que esse Trol-das-neves seria um pouco menor do que alguns dos indivíduos enormes vistos nos outros filmes.

Mantive o formato corporal básico do Trol-das-cavernas em *A Sociedade do Anel*, mas busquei maneiras de mudar a silhueta dele. Seus chifres largos e curvos e sua arma espinhosa foram desenhados para criar um Trol interessante. Fazê-lo cabeludo foi legal porque poderia balançar conforme ele se movia, além de ser um elemento novo e diferente ter neve se acumulando em seus fios. As correntes penduradas em seus braços melhoraram ainda mais sua silhueta e poderia balançar durante as lutas. Eu adicionei calosidades ósseas protuberantes ou chifres em seus cotovelos para um ter um perfil ainda mais hostil e se destacar na neve. – GUS HUNTER, ARTISTA CONCEITUAL SÊNIOR DA WĒTĀ WORKSHOP

Esses chifres, independente de serem parte de seu capacete ou seu crânio, desenhados por Gun, simplesmente imploravam por pingentes de gelo! – DANIEL FALCONER, DESIGNER DE CONCEITOS ADICIONAIS

1: Artes conceituais do Trol-das-neves, JH. 2: Artes conceituais do Trol-das-neves, WW.

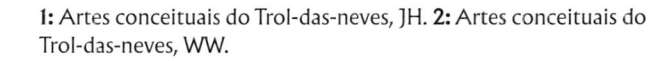

Diferente de outras criaturas, o Trol tinha um design original bem definido, mas isso se mostrou difícil para adaptar na animação. Se for atulhado de informação, o traçado pode exigir esforço demais para animar. Por outro lado, também não é ideal ser simples demais. Foi muito difícil encontrar o equilíbrio.

O Trol aparece em uma sequência importante de luta, então um número menor de traços teria sido mais fácil de desenhar. Mas poderia privar a cena do seu impacto e fazer a criatura parecer menos poderosa. Isso enfraqueceria a façanha de Helm ao derrotá-lo, e essa era justamente a cena em que precisávamos testemunhar a exibição da majestade e da insanidade de Helm! Pesando esses fatores e sabendo do desafio para os animadores, mantive tantos detalhes quanto pude. Uma criatura de aspecto forte e perverso era essencial para fazer Helm parecer legal! – AISHA ARI HAGIWARA, DESIGNER DE ANIMAÇÃO DE CRIATURAS

Eu usei gorilas como referência primária para a forma e o movimento do Trol. A musculatura e a força de um gorila eram perfeitas, mas também observei touros e a textura da pele de répteis e dragões para entranhar a criatura no reino da fantasia. O diretor me pediu para fazer com que o couro desse a impressão de ser duro como aço, então desenhei os pelos no antebraço parecendo escamas blindadas. – AISHA ARI HAGIWARA, DESIGNER DE ANIMAÇÃO DE CRIATURAS

1: Artes conceituais do Trol-das-neves, GH. 2: Artes conceituais do Trol-das-neves, WW. 3: Artes conceituais do Trol-das-neves, GH e DF. 4: Artes conceituais e arte referencial de criaturas: o Trol-das-neves, AAH. 5: Quadro final do filme.

1: Arte referencial de criaturas: o Trol-das-neves, AAH.
2: Quadro final do filme.

O ACAMPAMENTO DE WULF

—·◇·‹‹‹◇›››·◇·—

O acampamento dos sitiantes seria um ambiente muito frio e inóspito. O rio gelado ainda está correndo, e pequenas passarelas foram construídas para cruzá-lo, mas o acampamento é decrépito e não foi muito bem planejado. Ele simplesmente preenche o vale diante da fortaleza para mostrar o tamanho da desvantagem dos Rohirrim. – ADAM MIDDLETON, DIRETOR DE ARTE DA WĒTĀ WORKSHOP E ARTISTA CONCEITUAL SÊNIOR

Foi feito um esforço consciente para diferenciar os abrigos dos Terrapardenses e dos homens das Tribos das Colinas. Enquanto as tendas terrapardenses são uniformes e de construção sofisticada, os Homens Selvagens tinham tendas básicas de uma só vertente ou cabanas feitas de material coletado. As tendas maiores dos Terrapardenses eram feitas principalmente de couro curtido e madeira, com galhadas e ossos decorativos, ao passo que as artes conceituais das cabanas dos Homens Selvagens sugeriam casca de árvore, madeira cortada toscamente, juncos e peles rudimentares.

Eu imaginei abrigos feitos de material a que os sitiantes teriam acesso. Não é uma construção delicada. É utilitária e prática; erguida e desmontada o mais rápido possível. A madeira seria arqueada, então o abrigo era curvado, de modo que a neve cairia pelos lados. – CHRIS GUISE, ARTISTA CONCEITUAL SÊNIOR DA WĒTĀ WORKSHOP

O acampamento inimigo era uma mistura de tendas típicas de tribos do deserto no norte da África e do estilo terrapardense. Wulf tinha sua própria tenda de comandante. Os itens do interior, tais como candelabros, tinham sido trazidos de seu antigo quartel-general em Isengard. Incluímos lamparinas a óleo verdes que tínhamos preestabelecido em associação ao personagem. – YASUHIRO YAMANE, DIRETOR DE ARTE

Não fica visível no filme finalizado, mas incluímos um pequeno canto de descanso para Wulf no fundo da sua tenda. – YASUHIRO YAMANE, DIRETOR DE ARTE

1: Arte conceitual do Forte-da-Trombeta, AM. 2: Arte conceitual de abrigo terrapardense, CG. 3: Artes conceituais de abrigo terrapardense, WW. 4: Artes conceituais de abrigo dos Homens Selvagens, DF. 5: Arte conceitual de abrigo terrapardense, AL.

"NOITE APÓS NOITE A MORTE PERSEGUIA O ACAMPAMENTO DE WULF."

1: Artes conceituais da tenda de Wulf, YY. **2:** Arte conceitual do acampamento de Wulf, KS. **3:** Arte de cenário do acampamento de Wulf.

A FUGA DE HELM E HÉRA

Um modelo em 3D do Abismo de Helm foi de grande ajuda quando eu estava produzindo a arte da cena de perseguição através do acampamento de Wulf. Usei fotografias desse modelo para conseguir a perspectiva correta e pintei em cima, acrescentando textura, neve, rochas e personagens. Inclinei a vista reversa, o que aumentou o drama e fez a cena parecer mais dinâmica. As lanças criaram uma composição triangular com os personagens fugindo no meio, sendo o rosto de Helm o ponto focal. A respiração que gerava névoas ajudou a dar a sensação de frio. – GUS HUNTER, ARTISTA CONCEITUAL SÊNIOR DA WĒTĀ WORKSHOP

Eu sabia que essa cena envolveria muitas tomadas com neve e nevasca. O diretor me disse que a neve serviria para expressar mais a emoção dos personagens e os momentos da história do que o clima real, então, em vez de usar recursos de computação gráfica, optamos por criar e acrescentar esses efeitos durante a composição. Isso nos permitiu ajustar cada tomada de acordo com a intenção do diretor. – SHUNSUKE WATANABE, DIRETOR DE CGI/COMPOSIÇÃO, ESTÚDIO SANKAKU

"ELES ESTÃO INDO PARA O PORTÃO!"

1: Arte de cena-chave: a fuga de Helm e Héra, GH. **2:** Quadros-chave da animação, MT.

O PORTÃO DO FORTE-DA-TROMBETA

Apesar de parecido com a versão em live action, alguns detalhes do portão do Forte foram alterados para adequar a ação às preferências do diretor. As proporções e as características foram ajustadas como parte do filtro de design de anime, e o mecanismo da porta foi trocado. A porta lateral que Gimli e Legolas usariam dois séculos depois também está ausente, com a justificativa de que alterações seriam feitas de vez em quando, talvez por causa dos eventos do cerco.

Escolhemos fazer as portas do portão principal do estilo de correr, e não de girar, para ajudar na impressão de que eram enormes e pesadas. É impossível para uma pessoa comum movê-las sozinha, especialmente recobertas de gelo, mas é o que Helm faz. Ele abre a porta só o bastante para empurrar Héra para dentro e a fecha de novo. Era importante que eles tivessem essa cena juntos. Ele a reconhece e escolhe se sacrificar.

Queria que pudéssemos ver mais claramente a arte do cenário no portão durante a nevasca, porque a equipe de arte fez um trabalho maravilhoso ali. Estava coberto de estalactites de gelo e congelado quando fechado. – TAMIKO KANAMORI, DIRETORA DE ARTE

1: Arte de cenário do portão do Forte-da-Trombeta, KS.
2: Arte de cenário do portão do Forte-da-Trombeta.

②

A DEFESA FINAL DE HELM

Minhas cenas favoritas no filme são com Helm e Héra. A primeira é nos estábulos de Edoras — ele quer protegê-la, mas, ao fazer isso, priva-a de suas escolhas. O momento deles no portão é um espelho daquela cena, em que vemos a progressão do caráter de Helm e o que ele veio a compreender. Escrevemos tantas vezes, tentando encontrar as palavras certas.

"Você é filha de reis", ele diz. É lindo, mas queríamos ser cuidadosos para que essa afirmação não fosse um resumo de tudo; "Você é minha filha e, por isso…". Não se trata só de Helm, então temos "No dia em que você nasceu, eu me rendi". Essencialmente o que ele lhe diz é "Você é filha de reis, mas é uma pessoa independente". – PHOEBE GITTINS, ROTEIRISTA

Um dos maiores desafios da cena foi moldá-la para que não se tratasse apenas de Helm passando o manto da liderança para Héra, mas que também o mostrasse empoderando a filha para acreditar em si mesma. Helm está incomumente calmo ao se sacrificar do lado de fora dos portões, mas é porque ele pode morrer em paz, sabendo que fez tudo o que podia para corrigir seus erros, porque, se há um jeito de seu povo sobreviver, será do jeito de Héra. – ARTY PAPAGEORGIOU, ROTEIRISTA

Helm admite a Héra que "Eles precisam de você". Ele está assumindo que a força bruta não será a solução aqui e acredita que ela encontrará outro jeito de salvar seu povo. Ele confia que ela vai liderá-los e que fará isso à sua própria maneira, conforme a necessidade do momento. – PHOEBE GITTINS, ROTEIRISTA

Helm congelado diante do portão é tão icônico e importante. É algo que saiu diretamente do livro, eu não via a hora de testemunhar isso visualmente concretizado e acho que fizeram um trabalho lindo. – PHOEBE GITTINS, ROTEIRISTA

"SAIA, CRIANÇA, SAIA ANTES QUE MORRA CONGELADA."

"NÃO SOBROU NINGUÉM PARA ME ENFRENTAR?"

A cena em que Helm é encontrado congelado existe no livro, mas a pergunta era como preencher esse final com uma cena dramática que o conectasse com Héra? Como passamos o bastão para que ela encerre a história? Como encenar o fim desse personagem de modo apropriado?

Fomos inspirados pela incrível imagem de Helm lutando feita por Gus Hunter da Wētā Workshop. Ela nos ajudou a descobrir o que fazer. Helm não está apenas lutando, mas defendendo o Forte-da-Trombeta, seu povo e sua filha. E, é claro, o resultado é que esse lugar será chamado de "Abismo de Helm" pelas gerações seguintes. – KENJI KAMIYAMA, DIRETOR

Sou um grande fã de Frank Frazetta, então definitivamente houve influência de Frazetta na minha arte para a cena-chave da última batalha de Helm. Queria fazer essa cena crucial muito dinâmica. Helm está abatendo todos os inimigos só com os punhos e está destruindo! Para transformá-lo no ponto focal, iluminei Helm com luz de fogo e compus a tomada com ele no topo de um triângulo de inimigos. Borrar o movimento dos inimigos mais próximos também ajudou a lhe dar destaque. – GUS HUNTER, ARTISTA CONCEITUAL SÊNIOR DA WĒTĀ WORKSHOP

1: Quadros finais do filme. **2:** Quadros-chave da animação, MT. **3:** Arte de cena-chave: a defesa final de Helm, GH.

1: Quadros-chave da animação, MT.
2: Arte de cenário do portão do Forte-da-Trombeta.
3: Arte de cena-chave: a defesa final de Helm, GH.
4: Quadro final do filme.

"PELA MINHA VIDA... ROHAN AINDA RESISTE! HELM MÃO-DE-MARTELO AINDA RESISTE!"

③

“Ali estava Helm, morto como pedra, mas seus joelhos não estavam curvados.” Philippa citou essa frase do livro para nós. Estávamos construindo tudo para chegar a esse momento, então tínhamos o cenário final primeiro e precisamos trabalhar retrocedendo. Quando você lê que Helm congelou até a morte do lado de fora, começa a pensar nisso de maneira prática; precisa perguntar “como isso funciona? Como ele fica congelado de pé?”. Sendo um cineasta sensato, o desafio do diretor era descobrir como criar um cenário possível em que Helm salvaria Héra, mas ficaria ele mesmo preso do lado de fora.

Havia algumas coisas que já sabíamos que faríamos desde o começo. Nós o colocamos diante dos portões. Sua bravura estaria intacta, inimigos jazendo ao seu redor, e queríamos que ficasse de pé como se estivesse pronto para abater o próximo que tentasse derrubá-lo. Sabíamos que isso aconteceria numa nevasca, e que Helm estaria lutando com múltiplos vilões e que, no fim, a nevasca obscureceria a nossa visão. Veríamos Helm novamente na manhã seguinte, pego no primeiro lampejo de sol a romper a escuridão, assim como Tolkien descreve no livro, quando as pessoas o veriam congelado e morto.

A tarefa era construir esse momento de maneira a parecer crível no contexto de nossa história e fazer desse um momento emocionante, emblemático tanto para Helm quanto para Héra. – JASON DEMARCO, PRODUTOR

Foi divertido ilustrar Helm de pé, congelado, numa arte de cena-chave. Ele é o ponto focal na imagem. A luz do amanhecer o destaca do fundo escuro. A nevasca passou, mas você consegue sentir a intensidade, mesmo nesse momento de quietude, pelas estalactites de gelo exageradas e horizontais na pedra. – GUS HUNTER, ARTISTA CONCEITUAL SÊNIOR DA WĒTĀ WORKSHOP

A luta noturna de Helm na nevasca foi pintada de azul, mas contrastamos isso ao mudar para uma paleta quente quando cortamos para a manhã seguinte. O vento parou, o sol saiu e estamos num momento de calmaria. – YASUHIRO YAMANE, DIRETOR DE ARTE

O FUNERAL DE HELM

O funeral marca a passagem de um personagem com uma presença enorme. Daí em diante, Héra precisa levar tudo adiante, então foi uma passagem de tocha. Precisava ser simbólico de muitas maneiras, e emocionante; deveria ser triste, mas também evocar um sentimento de missão cumprida.

Ao imaginar a cena, comecei desenhando a sequência de dentro, olhando para fora pelas silhuetas de Helm e Héra, com a luz incidindo diretamente. Experimentamos muitos ângulos diferentes, mas, assim que conseguimos a imagem corretamente, ela nos deu o visual em que basearíamos a cena e tudo o que seria desenhado no entorno. – KENJI KAMIYAMA, DIRETOR

Os reis de Rohan são enterrados em morros fora dos portões de Edoras, então é significativo que Helm não possa ser levado até lá para o seu funeral. – ARTY PAPAGEORGIOU, ROTEIRISTA

A paleta no decorrer do funeral era tão linda e o lamento também. Lorraine Ashbourne, que faz o papel de Olwyn, tem uma voz muito brilhante, emotiva. Ela canta o lamento, que é um aceno ao Lamento a Théodred, cantado por Éowyn na versão estendida dos filmes, mas Philippa ajustou a letra para dar especificidade. Os Rohirrim são um povo de canções, então elas seriam passadas adiante, mantidas vivas através das gerações. – PHOEBE GITTINS, ROTEIRISTA

1: Arte de cenário do funeral de Helm. 2: Arte conceitual do féretro de Helm, DF. 3: Arte referencial de cenários: o funeral de Helm, YY. 4: Quadro-chave da animação, MT.

- 8 -

O CERCO

O povo dá adeus a Helm conforme a comida e o combustível vão rareando e os Terrapardenses e Homens Selvagens começam a construir uma espécie de torre de cerco para vencer as muralhas. Héra precisa encontrar um jeito de salvá-los antes que a torre esteja pronta. Ela olha para as montanhas acima.

Com trajes de escalada e dando a Lief ordens especiais quanto à armadura de Helm, Héra começa uma subida perigosa aos despenhadeiros de gelo atrás do Forte. Seu alvo é um ninho bem no alto, onde ela encontra exatamente a mesma Grande Águia de penas brancas daqueles dias, há tanto tempo, nas planícies douradas. Héra sabe que as Grandes Águias compreendem a fala dos homens e implora à poderosa ave por ajuda.

Retornando ao Forte-da-Trombeta, Héra agora assume o comando conforme o inimigo conclui a construção da torre de guerra. Enquanto Héra fica para trás para distrair Wulf, Lief vai liderar as pessoas pela passagem de Helm, atravessando o acampamento do inimigo. Ela usa o vestido de noiva carcomido por traças e empunha espada e escudo, cavalgando para encontrar seu antigo pretendente.

Héra e Wulf duelam à medida que os atacantes se lançam pelo Forte. Fréaláf aparece, usando a armadura de Helm, e os Terrapardenses e Homens Selvagens ficam aterrorizados com o que creem ser Helm voltando dos mortos. Eles fogem, em pânico. Vendo que a vitória vai escapando de seus dedos, na névoa rubra de sua ira, Wulf calcula mal e acaba morrendo na borda quebrada do escudo de Héra.

O FORTE DO FANO-DA-COLINA

Traçando um caminho a sul a partir de Edoras, em direção às fontes do Riacho-de-Neve na outra ponta do Vale Harg, Fréaláf liderou seus homens até o antigo Forte do Fano-da-Colina. Talhado entre as íngremes encostas das Montanhas Brancas por um povo há muito esquecido, o Firienfeld era um terraço relvado aonde se podia chegar somente por um caminho escarpado em ziguezague chamado de Escada do Forte. Estando assim localizado, era praticamente impossível tomar o Fano-da-Colina à força. Aqui acamparam Fréaláf e seu Éored, armando barracas e montando uma guarda para esperar notícias de Helm conforme a neve começava a cair.

Foi interessante dar conta do Fano-da-Colina. Não queríamos deixar subentendido que Fréaláf só estava passando um tempo no Fano-da-Colina enquanto o Forte-da--Trombeta estava cercado. Precisávamos deixar claro que ele não sabia da situação e estava aguardando para saber do destino de seus parentes. Estavam vivos ou enterrados nas cinzas de Edoras? Todos os pássaros mensageiros foram abatidos, mas Héra sabe q ue há um pássaro que eles não conseguiriam matar. – PHOEBE GITTINS, ROTEIRISTA

Um dos aspectos mais divertidos deste projeto era o que eu gostava de chamar de "arqueologia da Terra-média". Ao recriar os cenários que visitamos anteriormente nos filmes originais, tínhamos de vasculhar múltiplos arquivos em busca de referências, às vezes juntando peças a partir de muitas fontes. Para o Fano-da-Colina, eu me vi andando pelos sets originais de filmagem, tentando documentar todos os ângulos que conseguia sem cair de um penhasco. Embora tenha sido costurado imperceptivelmente, o que vimos nos filmes não era um único lugar, mas muitos, com fotografias de plano aberto tiradas perto de Queenstown, e pelo menos dois lugares em Wellington usados para filmar o Firienfeld, onde a tenda de comando de Théoden foi instalada. Uma das minhas tarefas era ajudar a criar um plano para a reconstrução do Fano-da-Colina, transformando as imagens dos filmes em um arcabouço consistente de referências. – DANIEL FALCONER, DESIGNER DE CONCEITOS ADICIONAIS

P.A.: Arte de cenário do cerco ao Forte-da-Trombeta. 1: Arte referencial de cenários: o Fano-da-Colina, TK. 2: Arte conceitual do Fano-da-Colina, KS. 3: Arte conceitual do Fano-da-Colina, DF. 4: Arte de cenário do Fano-da-Colina. 5: Artes conceituais dos soldados do Fano-da-Colina, S. 6: Arte conceitual da tenda do capitão, KS.

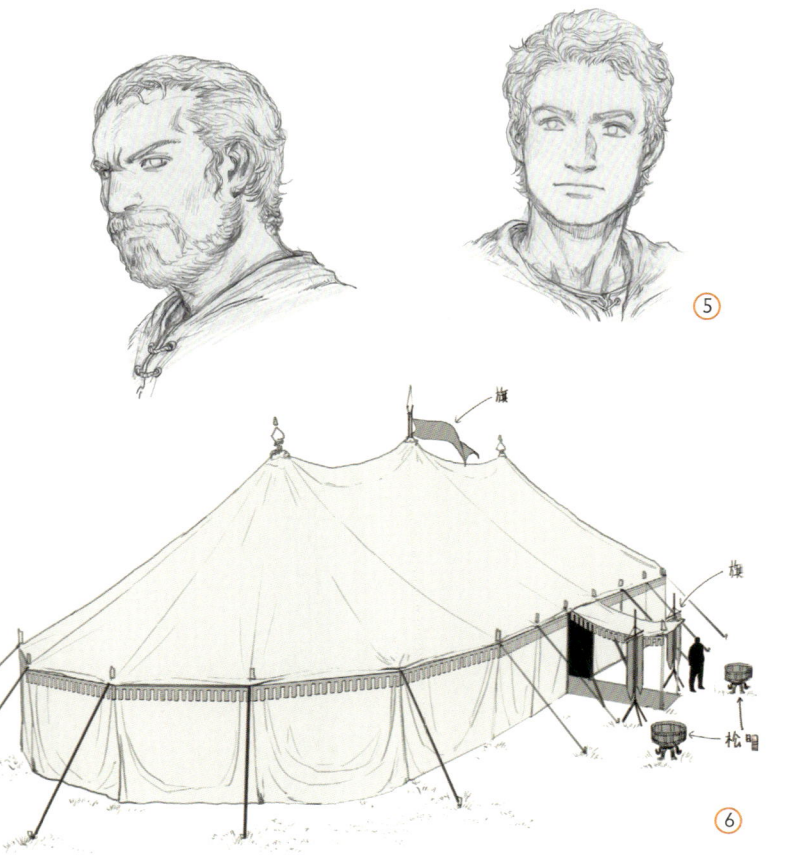

A SALA DO TRONO NO FORTE-DA-TROMBETA

O Forte-da-Trombeta nos proporcionou alguns desafios iguais aos de Meduseld. Estávamos reconstruindo espaços vistos pela primeira vez na trilogia em *live action*, mas, em ambos os casos, os sets internos e externos eram diferentes, e às vezes múltiplos sets tinham sido usados. Peter Jackson nos disse que, embora ele e sua equipe conhecessem a geografia geral do Forte-da-Trombeta, não estavam muito preocupados com o lugar exato em que tudo se encaixava ou se conectava e, quando Kamiyama analisou, percebeu que havia coisas que não se alinhavam perfeitamente. A sala do trono, por exemplo, não cabia no lugar em que estava alocada. Assim como Meduseld, era maior dentro do que fora.

Onde foi possível, procuramos replicar os espaços com a maior fidelidade, mas também precisávamos ajustar alguns à nossa história, pois ela tinha suas próprias necessidades. Passamos um período maior dentro do Forte-da-Trombeta e vemos mais desse lugar do que vimos na trilogia. Nossos personagens passaram meses lá dentro. – JASON DEMARCO, PRODUTOR

Quanto aos senhores que restaram, Héra não se ergue apenas contra personalidades ansiosas e espinhentas, mas também contra egos frágeis que não recebem tão bem a ideia de se submeterem a uma jovem dama. – ARTY PAPAGEORGIOU, ROTEIRISTA

"O DESESPERO É A MAIOR ARMA DE WULF CONTRA NÓS."

①

Assim que Helm morre, o poder recai nos ombros de Héra e o relógio começa a correr. Wulf sabe que, sem Helm, tudo o que precisa fazer é invadir a fortaleza e então terá vencido. Héra sabe que seu povo não tem motivos para acreditar que ela pode salvá-los. Ela pode até ser líder deles por direito de nascimento, mas não é o rei e tem um tempo limitado para traçar um plano para salvá-los até não restar ninguém para sequer ouvi-la. Eles já demonstram dúvidas. Ela precisa reagrupá-los e dar-lhes uma razão para confiar nela como Helm confiava, e precisa agir rápido. – JASON DEMARCO, PRODUTOR

Héra faz o equivalente a um discurso de conciliação aos senhores quando entreouve suas discussões desesperadas. "Vamos achar um jeito, e faremos isso juntos!"

Tipicamente, esperaríamos ver todos exortados a agir, mas sentimos que era importante manter a dura realidade que eles estão enfrentando. "Belas palavras, mas belas palavras não podem nos salvar."

Héra ainda não está pronta para liderá-los, mas eles também a subestimam. Ela encontra a autoconfiança de que precisa quando confessa para Olwyn que não sabe o que fazer. "Eu não posso salvá-los".

Olwyn diz "Não, mas você pode escolher". Olwyn é uma das minhas personagens favoritas porque é muito pragmática. Ela não faz falsas promessas. Sabe como isso termina. Como uma donzela-do-escudo, Olwyn está passando sua própria experiência para Héra. "Tudo o que você pode fazer são suas escolhas; você pode escolher como isso vai acabar". É essa a coragem que Olwyn lhe dá. – PHOEBE GITTINS, ROTEIRISTA

Para além das poucas páginas que existem nos apêndices, encontramos referências e detalhes em outros cantos das histórias de Tolkien que nos inspiraram e nos informaram. Éowyn também nos deu um exemplo e uma tradição de quem eram essas mulheres da realeza de Rohan.

Olhamos para Etelfleda, a filha de Alfredo, o Grande. Ela é chamada de "Senhora dos Mércios", o que é excelente,

porque Tolkien tinha familiaridade e quase com certeza tirou alguma inspiração da Mércia. Gostamos da história da Etelfleda porque ela nunca seria rainha e, no entanto, liderou seu povo contra os vikings. Seu pai morreu, seu marido morreu e seu irmão ainda não tinha instrução o bastante para liderar, então ela literalmente conduziu os mércios, sua gente. Era astuta nas defesas, construindo torres que resistem até hoje, e era estratégica. Não era uma guerreira da mesma forma que Boadiceia, por exemplo, mas assumiu a responsabilidade quando precisaram dela e manteve sua gente unida com uma autoridade natural.

Etelfleda fez tudo isso e, no entanto, jamais tentou tomar o trono. De onde vem essa liderança? O quê e quem é um líder natural? Queríamos que Héra fosse esse tipo de heroína, então essas mulheres anglo-saxãs definitivamente nos influenciaram.

Dado o local onde ela cresceu, não consigo imaginar que Tolkien não saberia a história de Etelfleda, mas ele também afirmou que os Rohirrim não eram anglo-saxões; eram um povo diferente, então há ecos deles nos Rohirrim e em Héra, mas não são puramente anglo-saxões e esse não foi o único lugar onde buscamos nossas referências. – PHILIPPA BOYENS, PRODUTORA

"ELE NÃO VAI PARAR ATÉ QUE O FORTE SE TORNE O NOSSO TÚMULO."

1: Arte referencial de cenários: a sala do trono, KS. 2: Arte referencial de cenários: a sala do trono, YY. 3: Arte de cenário da sala do trono. 4: Quadro final do filme.

A SALA DO TRONO NO FORTE-DA-TROMBETA   227

OS ESTREITOS
DE THRIHYRNE

O Forte-da-Trombeta foi construído na base de Thrihyrne, um aglomerado de três picos denteados e gélidos que assomavam sobre o fim da Garganta-do--Abismo. Olhando para o céu em busca de esperança, Héra escolhe arriscar a vida em uma escalada desesperada, subindo os estreitos caminhos detrás da fortaleza à procura das Grandes Águias.

A imagem de Thrihyrne que criamos não se baseou em um só lugar, mas teve muitas montanhas diferentes como inspiração e referência.
– KEIICHIRO SHIMIZU, ARTISTA DE CENÁRIO

"É ESSE O SEU PLANO?"
"EU NUNCA DISSE QUE ERA UM BOM PLANO."

1: Arte de cenário do Forte-da-Trombeta.
2: Artes conceituais de Thrihyrne, YY.
3: Quadro-chave da animação, MT.

1: Arte referencial de personagens: Héra, MT. 2: Arte conceitual de Héra, DF. 3: Arte referencial de acessórios: machado de gelo, KM.

A SUBIDA DE HÉRA

—◆◇◆〈〈◆〉〉◆◇◆—

Héra sabe que há Águias morando no alto das montanhas. Ela viveu a vida toda explorando Rohan e sempre foi fascinada por elas. Construído na base das montanhas, imaginávamos que no Forte-da-Trombeta haveria algum tipo de equipamento de escalada para ela usar. Essa é a tarefa épica que precisa empreender, e ela não tem medo de arriscar a própria vida se com isso encontrar um jeito de salvar a todos. – JASON DEMARCO, PRODUTOR

Parecia muito adequado que Héra escalasse as montanhas em busca das Águias. Tínhamos estabelecido sua relação com elas. Isso estaria dentro das suas capacidades. Ela encontra uma solução em que os outros não pensariam. – PHOEBE GITTINS, ROTEIRISTA

Era importante que Héra desse conta do recado nesse momento, mas não queríamos que ela saísse correndo e lutasse contra o exército inteiro de Wulf — ela não é Glorfindel, um guerreiro élfico lendário do passado —, o heroísmo dela é de outro tipo. Ela arrisca a vida tendo um fiapo de esperança. Coloca a si mesma à mercê da Águia em um ato de humildade e deferência e implora por ajuda. – JASON DEMARCO, PRODUTOR

É algo que Helm simplesmente jamais faria. Não lhe ocorreria. Ele não foi capaz nem de acender os faróis e pedir ajuda quando precisava, e não faria isso. Mas, pela sua compreensão e seus atos finais, vemos que, seja lá quais fossem os defeitos de sua liderança, ele se importava com seu povo mais do que tudo e foi perceptivo o bastante para saber que Héra, e apenas Héra, é quem conseguirá tirar seu povo da armadilha em que ele os colocou. – ARTY PAPAGEORGIOU, ROTEIRISTA

O ninho foi baseado em ninhos reais de águias, mas numa escala imensamente maior. Eu imaginei qual seria o aspecto do ninho se fosse feito por uma ave gigante de verdade. – KEIICHIRO SHIMIZU, ARTISTA DE CENÁRIO

O diretor me pediu para definir as diferenças entre a Águia Filhote que vimos no começo do filme e como ela seria depois, adulta. Era importante para o espectador conseguir ver a diferença entre sua aparência original, com o rosto jovem, a plumagem e o padrão de aves filhotes, e o visual da Grande Águia madura. – AISHA ARI HAGIWARA, DESIGNER DE ANIMAÇÃO DE CRIATURAS

"MEU POVO PRECISA DA SUA AJUDA..."

1: Quadros finais do filme. **2:** Arte conceitual do ninho de águia, DF. **3:** Arte referencial de cenários: o ninho de águia, KS. **4:** Arte referencial de criaturas: a Grande Águia Filhote crescida, AAH.

A TORRE

A estrutura mais alta no Forte-da-Trombeta é a torre que guarda a Grande Trombeta do Abismo, inicialmente estabelecida em As Duas Torres. A trombeta foi construída dentro da própria torre. Sem saber se sua demanda para conseguir ajuda das Águias vai dar certo, Héra incumbe Lief de levar a armadura de Helm até o topo. Quando a Águia mergulha, um bloco se desloca do topo, um dano que vai permanecer sem conserto duzentos anos depois, quando Théoden busca refúgio no Abismo.

Eu amo Lief. Em um filme sombrio como o nosso, Kamiyama-san não abriu mão de um personagem mais leve, com um ar de inocência. Lief é cômico, mas não da mesma forma que Gimli. É um personagem muito humano com quem podemos nos identificar; não é um grande guerreiro, mas é valente e esperançoso. Foi excelente que ele teve essa oportunidade de crescer quando é chamado à ação no fim do filme.
– JASON DEMARCO, PRODUTOR

1: Quadros finais do filme. 2: Arte conceitual do ninho de águia, DF. 3: Arte referencial de cenários: o ninho de águia, KS. 4: Arte referencial de criaturas: a Grande Águia Filhote crescida, AAH.

AS ARMAS DO CERCO

Por grande parte do processo conceitual, não havia uma decisão sobre como as forças de Wulf poderiam tomar a muralha. Vários armamentos de cerco diferentes e até animais de carga foram discutidos antes de se chegar a um consenso sobre a ideia de haver uma torre estática.

Procurei por anos uma desculpa para retratar o Gado de Araw, os auroques quase míticos que certa vez viveram perto do Mar de Rhûn. (Conta-se que a trompa de Boromir veio de uma dessas criaturas). Quem sabe seus descendentes não moviam o maquinário do cerco terrapardense? Sempre vi os *mûmakil* como parentes distantes dos paquidermes pré-históricos, muito mais próximos deles do que dos elefantes modernos.

Quanto às armas do cerco em si, especialmente trabucos e balistas, elas talvez fossem bastante móveis, puxadas por javalis ou bois, ou arreadas no grande dorso dos *mûmakil*. Como o cerco acontece no inverno, o maquinário poderia estar sobre pranchas.

As balistas tinham um operador na frente e dois na parte de atrás, e eram armadas com projéteis gigantes envoltos em tecido encharcado com piche, os quais tinham ganchos articulados que potencialmente penetrariam o bastante na pedra para que ficassem no lugar enquanto queimavam. Assim como o Forte-da-Trombeta, a Muralha do Abismo era feita inteiramente de pedra, mas talvez eles tenham mirado nas portas ou na parede do forte, para que os projéteis se alojassem ali e queimassem, e cegassem os defensores. Confesso que essa ideia, na verdade, serviu para validar uma desculpa para que houvesse projéteis em chamas atravessando o campo de batalha. – JOHN HOWE, DESIGNER CONCEITUAL

Artes conceituais do equipamento de cerco e do animal de carga, JH

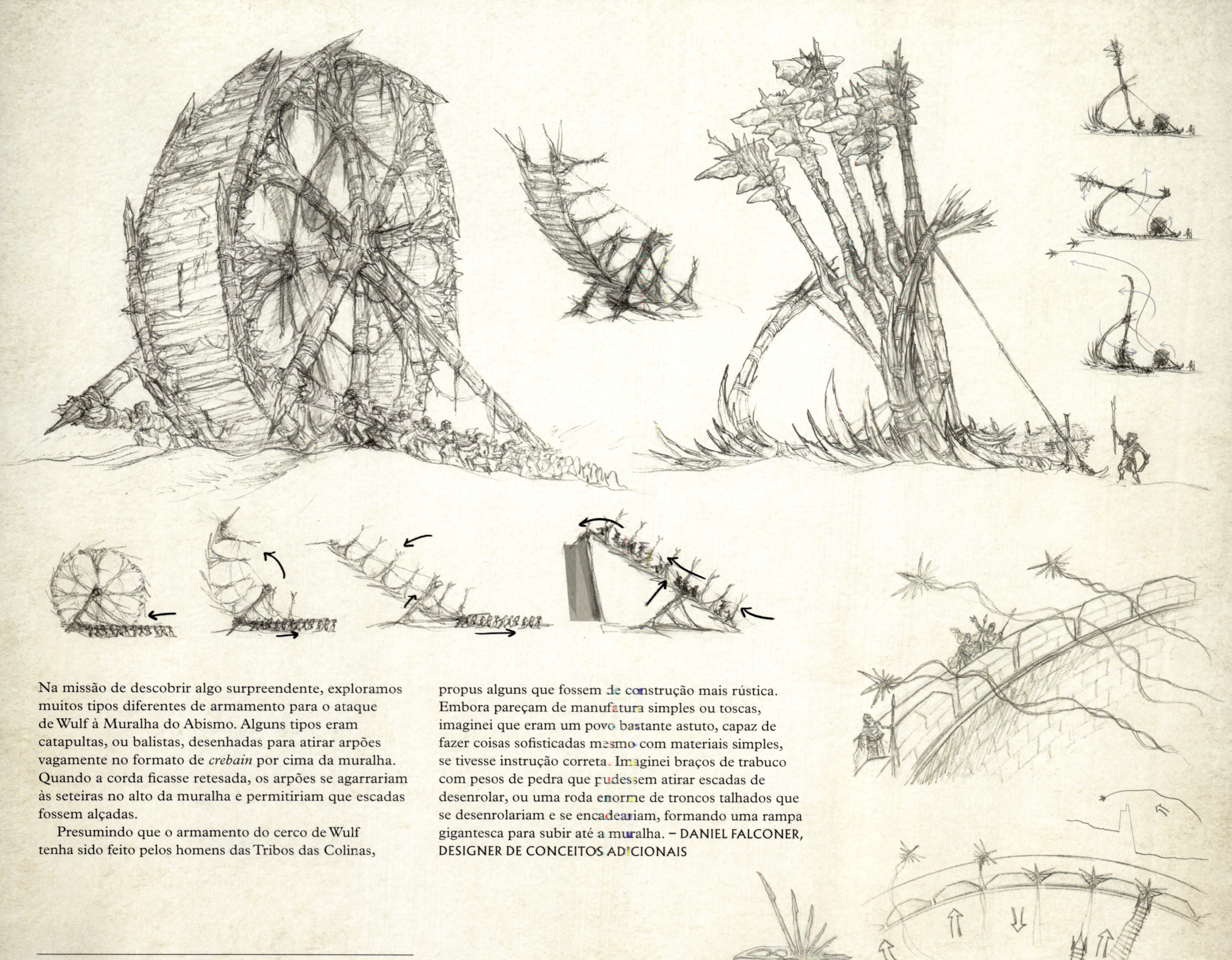

Na missão de descobrir algo surpreendente, exploramos muitos tipos diferentes de armamento para o ataque de Wulf à Muralha do Abismo. Alguns tipos eram catapultas, ou balistas, desenhadas para atirar arpões vagamente no formato de *crebain* por cima da muralha. Quando a corda ficasse retesada, os arpões se agarrariam às seteiras no alto da muralha e permitiriam que escadas fossem alçadas.

Presumindo que o armamento do cerco de Wulf tenha sido feito pelos homens das Tribos das Colinas, propus alguns que fossem de construção mais rústica. Embora pareçam de manufatura simples ou toscas, imaginei que eram um povo bastante astuto, capaz de fazer coisas sofisticadas mesmo com materiais simples, se tivesse instrução correta. Imaginei braços de trabuco com pesos de pedra que pudessem atirar escadas de desenrolar, ou uma roda enorme de troncos talhados que se desenrolariam e se encadeariam, formando uma rampa gigantesca para subir até a muralha. – DANIEL FALCONER, DESIGNER DE CONCEITOS ADICIONAIS

Artes conceituais do equipamento de cerco, DF.

Artes conceituais do equipamento de cerco e da torre, JH.

A TORRE DE CERCO

Após tentar imaginar uma torre de cerco que poderia ser rebocada em partes e montada rapidamente, a ideia foi abandonada em prol de uma torre mais leve com algum tipo de patim ou esqui, e uma plataforma semelhante a uma ponte levadiça terminando em dois ganchos gigantes para agarrar o parapeito da Muralha do Abismo. Os animais de carga estavam presos a uma viga transversal, possibilitando que a torre chegasse bem perto da parede.

Uma vez perto, a soltura de um contrapeso faria as vigas denteadas no topo balançarem e caírem no topo da muralha, e os guerreiros na torre poderiam se apinhar nos baluartes.

O outro dispositivo diferente que imaginei era um tipo de escada portátil com ganchos duplos que seria atirada por cima da muralha, prendendo-se à pedra e permitindo que os invasores escalassem o paredão. – JOHN HOWE, DESIGNER CONCEITUAL

A torre de cerco surpreendeu a todos quando apareceu nos *storyboards* do diretor. Vimos ali pela primeira vez e dissemos "O que é isso? Isso não estava no roteiro!"

Há muitas razões para ela ter sido introduzida. Em primeiro lugar, Kamiyama-san achava que de alguma maneira precisávamos mostrar visualmente o medo que tinham de Wulf e como ele crescia nas pessoas no Forte-da-Trombeta. Além disso, conforme escrito originalmente, o fim era muito parecido com *As Duas Torres*, com Fréaláf cavalgando para resgatá-los. Não queríamos repetir isso, então precisávamos de algo novo.

Também tinha de ser algo que construísse um suspense: "tem alguma coisa vindo que é muito grande e amedrontadora", algo que fosse visto e causasse essa sensação em vez de uma ameaça nebulosa que chega como rumor. Wulf não tem mais os *mûmakil* que contratou, então qual é seu próximo truque assustador? Além disso, sem os *mûmakil*, como é que nós puxaríamos essa coisa? As pessoas precisam conseguir manejar isso. Talvez fosse construída no local?

E, ademais, se os Terrapardenses estivessem tentando tomar a muralha, que é muito alta, visto que a redesenhamos, você não pode simplesmente ter uma escada ainda maior do que tinham nos outros filmes. Todos esses motivos indicavam a necessidade de algo como uma torre, algo que os Terrapardenses e Homens Selvagens pudessem construir em frente à muralha.

O argumento final a favor da estrutura era a necessidade de um palco para o enfrentamento crucial de Wulf e Héra. Já tínhamos usado os portões do Forte-da-Trombeta para a última luta de Helm, então precisávamos de um novo cenário para o confronto final.

Kamiyama-san pensou muito nessa ideia. Surpreendeu a todos e inicialmente hesitamos, mas, quando nos reunimos veio essa revelação "Ok, agora entendemos. Isso de fato resolve muitos problemas". Foi uma solução engenhosa. – JOSEPH CHOU, PRODUTOR

1: Artes conceituais da torre de cerco, KM. 2: Artes conceituais da torre de cerco, YY.
3: Artes conceituais da torre de cerco, KS. 4: Artes conceituais da torre de cerco, SS.

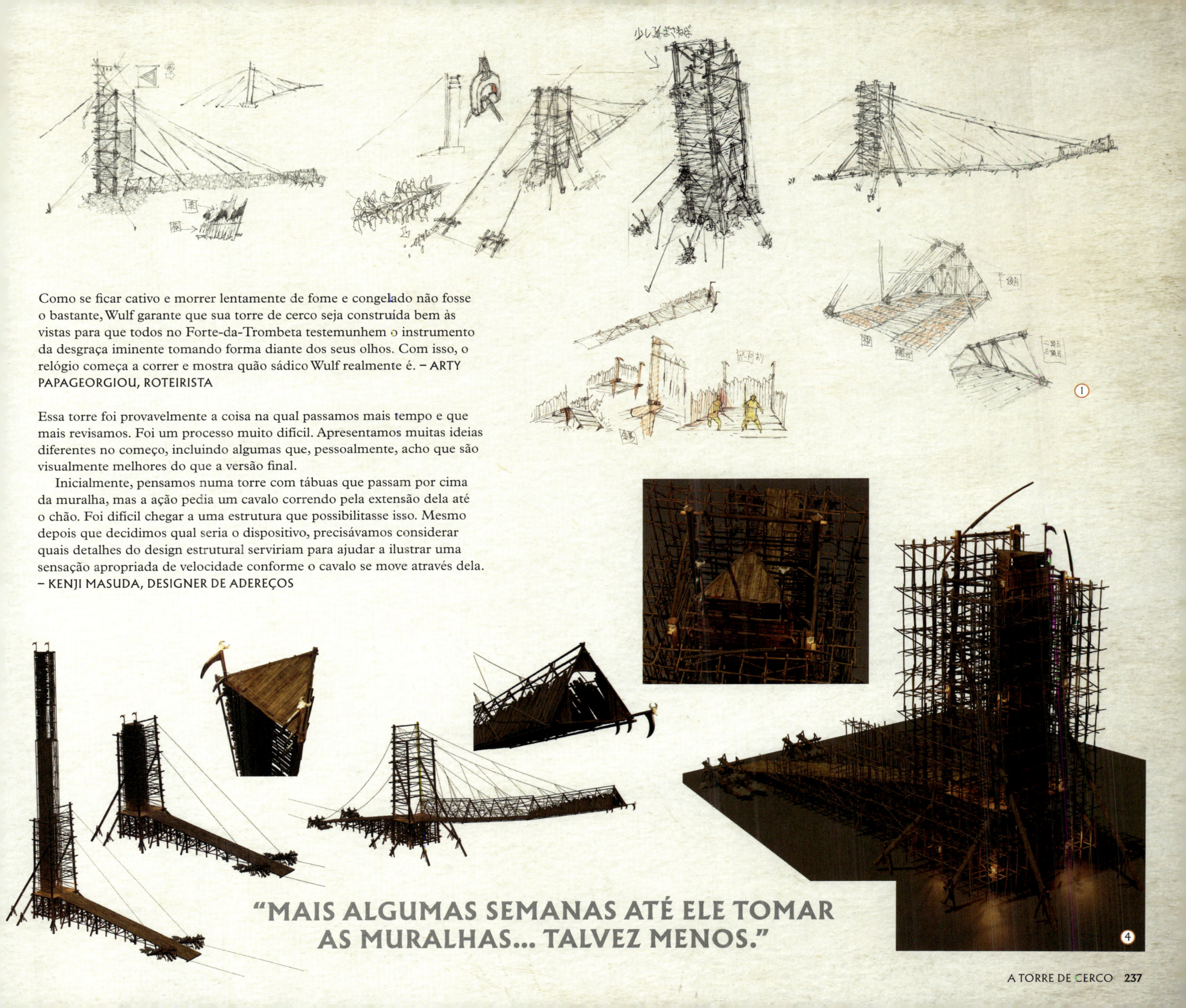

Como se ficar cativo e morrer lentamente de fome e congelado não fosse o bastante, Wulf garante que sua torre de cerco seja construída bem às vistas para que todos no Forte-da-Trombeta testemunhem o instrumento da desgraça iminente tomando forma diante dos seus olhos. Com isso, o relógio começa a correr e mostra quão sádico Wulf realmente é. – ARTY PAPAGEORGIOU, ROTEIRISTA

Essa torre foi provavelmente a coisa na qual passamos mais tempo e que mais revisamos. Foi um processo muito difícil. Apresentamos muitas ideias diferentes no começo, incluindo algumas que, pessoalmente, acho que são visualmente melhores do que a versão final.

Inicialmente, pensamos numa torre com tábuas que passam por cima da muralha, mas a ação pedia um cavalo correndo pela extensão dela até o chão. Foi difícil chegar a uma estrutura que possibilitasse isso. Mesmo depois que decidimos qual seria o dispositivo, precisávamos considerar quais detalhes do design estrutural serviriam para ajudar a ilustrar uma sensação apropriada de velocidade conforme o cavalo se move através dela. – KENJI MASUDA, DESIGNER DE ADEREÇOS

"MAIS ALGUMAS SEMANAS ATÉ ELE TOMAR AS MURALHAS... TALVEZ MENOS."

1: Arte de cenário da torre de cerco. **2:** Quadro final do filme.

O topo da torre se estende e então cai em cima do muro, despejando os guerreiros. Como as tábuas precisavam ser largas o bastante para os soldados correrem, calculamos que a base precisaria ser cerca de cinco vezes maior.

A estrutura inicialmente tinha uma base quadrada, mas, ao considerarmos, achamos que isso deixaria as coisas muitíssimo complicadas. Foi do diretor a ideia de alterar para o formato triangular, mais raro e mais interessante. – KENJI MASUDA, DESIGNER DE ADEREÇOS

A torre de cerco foi criada de três formas diferentes: arte feita à mão, mapeamento por vídeo e um modelo 3D gerado em computador. Sem o CGI, seria impossível chegar à regularidade das formas quando animamos um objeto tão complexo.

A torre é iluminada com lamparinas feitas de ossos bovinos presas em todos os lados, e as lamparinas verdes dos Terrapardenses no alto. Iluminamos com fogo por baixo, o que ajudou a dar uma noção de grandeza e fazê-la parecer agourenta. – YASUHIRO YAMANE, DIRETOR DE ARTE

A torre de cerco foi construída por computação gráfica com todo o cuidado, buscando dar forma à ideia do diretor. Queríamos criar algo que fosse imaginário, mas estruturalmente convincente. Sendo o cenário do confronto final de Héra e Wulf, acho que as formas únicas aprimoraram o visual apresentado na tela. – SHUNSUKE WATANABE, DIRETOR DE CGI/COMPOSIÇÃO, ESTÚDIO SANKAKU

"NÃO HAVERÁ RENDIÇÃO — APENAS CARNIFICINA."

A BATALHA DO ABISMO

A avidez de Wulf por vingança é insaciável. Movido pela sede de sangue, ele faz seu ataque final ao Forte-da-Trombeta usando sua torre para tomar a Muralha do Abismo. O topo da muralha e a ponte estendida da torre de cerco tornam-se palcos da batalha, com os Homens Selvagens de Wulf e os guerreiros Terrapardenses se apressando pelas defesas, com a promessa de que a vitória trará recompensa em tesouro pelos longos meses de sofrimento. Isso claramente é uma mentira, mas nada detém Wulf agora que ele sente o triunfo final tão perto das suas mãos.

É algo casual, mas eu defendi aguerridamente a ideia de os Terrapardenses carregarem trompas de guerra inspiradas no *carnyx* celta. São tão legais e parecem coisas que deviam existir na Terra-média. Fiquei encantado quando vi que estavam no filme. Achei o design feito por Masuda-san muito elegante e original. Espero que algum dia alguém faça uma réplica física dela! – DANIEL FALCONER, DESIGNER DE CONCEITOS ADICIONAIS

Desenhei uma trompa longa, delgada, projetando-se para cima, que aparece só de relance à distância nas cenas com a torre de cerco. Olhando para os designs agora, é de se perguntar por que há uma lamparina na boca dela e por que está acesa, mas tínhamos a ideia de que causaria um forte impacto se fosse possível soprar fogo pela trompa, então desenvolvi aquela imagem. No fim, nenhuma ação desse tipo foi adotada no filme. – KENJI MASUDA, DESIGNER DE ADEREÇOS

"MATAREMOS TODOS."

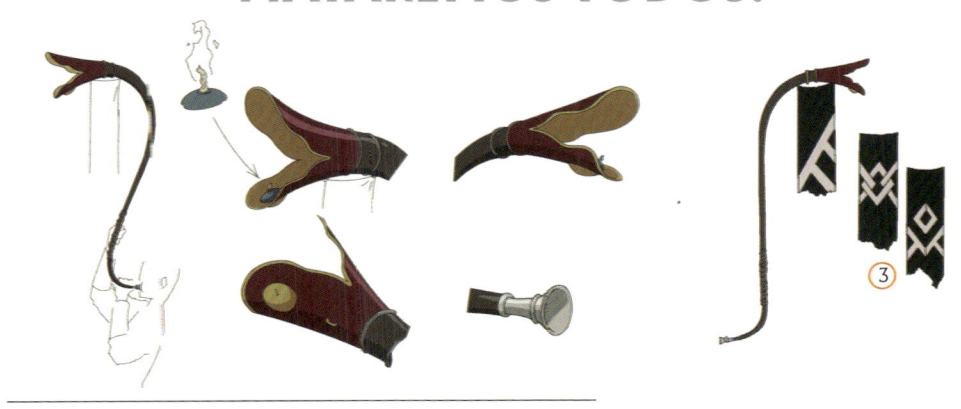

1: Arte de cenário da torre de cerco. 2: Quadros finais do filme.
3: Arte referencial de acessórios: *carnyx* terrapardense, KM.

HÉRA, NOIVA DA MORTE

O clímax de nossa história sobre escolhas é com Héra assumindo as responsabilidades. Ela aceita todas as coisas que foram jogadas em cima dela, ou que eram esperadas dela, e se responsabiliza por tudo; "Vocês queriam uma noiva, então se prepare, cara, vocês vão ter uma baita noiva da mooooooorte!" – PHOEBE GITTINS, ROTEIRISTA

Além das histórias dos anglo-saxões, outro lugar a que frequentemente nos voltamos em busca de inspiração para os Rohirrim foi as antigas sagas islandesas. O momento "noiva da morte" de Héra é um aceno claro às Valquírias. Queríamos que ela parecesse ligeiramente aterrorizante, sobrenatural e vingativa na guerra. As Valquírias cavalgam no vento, o que nos leva de volta ao começo com Héra e as Grandes Águias. Ela se transforma nisso.

Tive inspiração de um esboço impressionante feito por Alan Lee de Kriemhild com sua espada depois de matar todos os homens. Ela está com seu vestido bem feminino cercada de corpos aos seus pés. – PHILIPPA BOYENS, PRODUTORA

Philippa gostou de um desenho que fiz para um livro nos anos noventa: uma imagem de Kriemhild com uma espada sangrenta, cercada dos corpos dos assassinos de Siegfried — é noiva e vingadora. Ela fez menção ao desenho quando estava escrevendo a cena de Éowyn batalhando, perseguindo Orques nas Cavernas Cintilantes em *As Duas Torres*, e também quando estava pensando em Héra como guerreira — um contraste agradável entre a suavidade e o romantismo de um vestido de noiva e a fúria da batalha. – ALAN LEE, DESIGNER CONCEITUAL

Desenhar vestidos de noiva dos Rohirrim por um tempo foi uma mudança bem-vinda em relação aos temas militares. Tentei manter minhas artes conceituais simples na construção, mas também incluí algumas referências não tão sutis às águias. Não avançamos realmente nos designs até Philippa falar sobre a inspiração nas Valquírias por trás da ideia, sobre como a cena se desenrolaria e sobre Héra ser casada com a Morte. Então, de repente, a imagética ganhou sentido. Alan sabia, é claro, mas eu não estava pensando naqueles termos. Precisava ser mítico! – DANIEL FALCONER, DESIGNER DE CONCEITOS ADICIONAIS

"VOCÊ É O VENTO, CRIANÇA. CAVALGUE COM FORÇA."

1: Artes conceituais de Héra, DF. **2:** Artes conceituais de Héra, AL. **3:** Quadros finais do filme. **4:** Arte conceitual de Héra, JH. **5:** Arte referencial de criaturas: Ashere, MT.

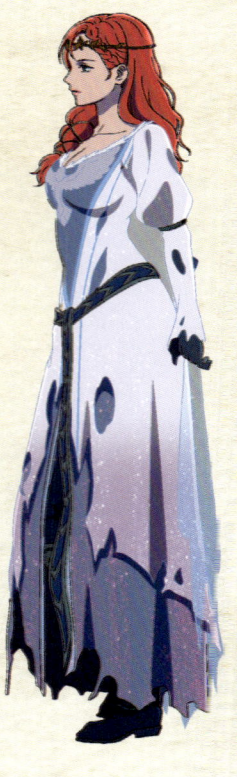

Uma das razões para eu gostar do vestido de noiva de Héra é a silhueta. Talvez seja alguma coisa relacionada a animes, mas há algo atraente num design que deixa você ver o formato do corpo. A pele dela fica visível no peito e nas costas, e o contorno das pernas e do bumbum aparece pelo tecido suave quando ela se move. Também gostei da textura bufante nas mangas.

Esse figurino é usado em muitas ações. Há tomadas em que ela empunha uma espada e demonstra sua força, mas, ao mesmo tempo, o vestido mostra sua feminilidade e eu aprecio esse contraste.

Também pensei que as paletas contrastantes de cores de Wulf e Héra, escuro *versus* claro, funcionaram bem na intensidade da ação durante a luta deles. Pensando bem, o diretor realmente mencionou que associava principalmente o branco a Héra quando estávamos decidindo os esquemas de cor para os personagens bem no início. Parecia apropriado voltar a esse ponto no final do filme. – MIYAKO TAKASU, DESIGNER DE PERSONAGENS E SUPERVISORA DE ANIMAÇÕES-CHAVE

Nos pontos em que as referências de cores foram passadas pelos designers de personagem e de acessórios, geralmente seguimos essas instruções, mas houve momentos em que fizemos ajustes. Na batalha final de Héra e Wulf, por exemplo, suavizamos as cores para destacá-las na cena. – OSAMU MIKASA, DESIGNER DE COR

Héra pega uma nova lâmina para confrontar Wulf. A arma tem detalhes com motivos aquilinos, refletindo seu fascínio pelas Grandes Águias e um indício não tão sutil sobre o seu futuro.

1: Arte conceitual da espada de Héra, GH. **2:** Arte referencial de acessórios: o escudo e a espada de Héra, KM. **3:** Arte referencial de personagens: Héra, AT. **4:** Quadros finais do filme. **5:** Quadro-chave da animação, MT.

O DUELO DE HÉRA E WULF

Essa batalha épica, no fim, se resume ao confronto individual entre Wulf e Héra. Ele remonta aos dois jovenzinhos que vimos no flashback empunhando lâminas. Héra é uma estrategista. Ela usa a fraqueza de Wulf contra ele, uma artimanha para tirar vantagem da obsessão dele. – PHOEBE GITTINS, ROTEIRISTA

Essencialmente, o Cerco de Troia surgiu da querela entre indivíduos e é parecido em nossa história. É uma mágoa pessoal e doméstica que se agiganta a ponto de envolver e destruir as vidas de um povo inteiro. Começa dizendo respeito total a Héra e Wulf e, apesar de tudo o que acontece, Héra é perceptiva o bastante para trazer isso de volta. Ela redefine o conflito e, ao focar Wulf em si mesma, consegue dar ao seu povo uma chance de se libertar. – ARTY PAPAGEORGIOU, ROTEIRISTA

Visualmente, há algo de eletrizante em ver Héra cavalgar para a guerra num vestido surrado de casamento, sem ser noiva de homem nenhum. Nesse ínterim, só um punhado de defensores fica para ajudar a proteger a retirada dos refugiados. Entre as principais coisas que inspiraram Arty e a mim foram os eventos em Galípoli, na Primeira Guerra Mundial, e como as forças do ANZAC, tendo passado por tantos horrores, acabaram fazendo sua retirada sem perder um soldado. Quando você recua, está no seu momento mais vulnerável, mas, com a inventividade deles ao preparar armas automáticas e outros truques para cobrir a fuga, eles conseguiram. Imaginamos que Héra pudesse pensar em como salvar seu povo de uma perspectiva semelhante. Ela não estava a ponto de mandá-los para a morte numa batalha sem esperança. – PHOEBE GITTINS, ROTEIRISTA

"VOCÊ ACHA QUE EU TENHO MEDO DE VOCÊ?"

"DEVERIA."

"VAMOS ACABAR COM ISSO, WULF, DA MESMA FORMA QUE COMEÇAMOS, VOCÊ E EU.

Ao abraçar a morte, os Rohirrim tiram esse poder dos seus inimigos. "A quem você está prometida?", Wulf pergunta; "À Morte".

Héra abraça sua herança. É o auge de todas as coisas: sua herança como uma dos Rohirrim e como donzela-do-escudo, e do pedido que começou isso tudo. Ela assume o controle. Parecia muito apropriado. – PHOEBE GITTINS, ROTEIRISTA

O escudo quebrado de Olwyn é introduzido mais cedo na história; "Não está quebrado, só amaciado". Ela poderia ter consertado, mas escolheu não o fazer, o que é significativo. Héra cavalga para a batalha com seu próprio escudo, mas o perde durante a luta, então Olwyn atira o seu para Héra. É esse escudo que acaba encontrando o pescoço de Wulf e a borda quebrada é que rasga sua jugular. Isso é simbólico. Wulf nunca despedaçou Héra. Tudo o que ele infligiu sobre eles a tornou mais determinada, mais forte e é por isso que ele é vencido no final. – PHOEBE GITTINS, ROTEIRISTA

Parecia simplesmente perfeito que fosse um escudo — um equipamento de defesa — a matar Wulf. Revela muito sobre quem é Héra e quem é Wulf. O que rompe o impasse entre os dois é Olwyn arremessando desesperadamente o escudo; é óbvio que não se trata apenas de um escudo; ela também está passando todas as tradições e a história das donzelas-do-escudo junto com ele. – ARTY PAPAGEORGIOU, ROTEIRISTA

1: Quadros finais do filme. 2: Quadros-chave da animação, MT.

"HELM MÃO-DE-MARTELO CHEGOU! OS MORTOS ESTÃO SOBRE NÓS."

1: Quadros finais do filme. 2: Arte referencial de personagens: Fréaláf e o cavalo de Fréaláf, incluindo artes conceituais coloridas alternativas, MT.

O RETORNO DO MÃO-DE-MARTELO

O exército de Wulf está tão traumatizado com o que eles passaram e o mito do espectro de Helm Mão-de--Martelo, tão fortemente enraizado que só a visão dele aparecendo no espinhaço lá em cima, a ideia de que ele voltou, os faz fugir. O terror nos Homens Selvagens era tão profundo no fim que mesmo o som da trombeta de Helm os faria correr. – ARTY PAPAGEORGIOU, ROTEIRISTA

Era importante deixar claro que Fréaláf estava usando a armadura de Helm e que os homens de Wulf pensavam que seu inimigo tinha voltado dos mortos. Estão a ponto de colapsar. Estavam ali há tanto tempo e tinha sido tão miserável que topar com essa aparição foi a gota d'água.

Fréaláf desce cavalgando sobre eles num momento que ecoa a investida de Éomer e Gandalf em *As Duas Torres*, mas em menor escala. Não são centenas de cavalos, mas o bastante para vencer, porque os homens de Wulf já estão abatidos. O ponto é que eles provavelmente ainda estão em número suficiente para tomar o Forte-da-Trombeta, mas o retorno do espectro de Helm é demais.

Fréaláf imediatamente assume o controle. Fica claro que ele tem qualidades régias, mas também demonstra deferência a Héra quando ela implora em nome dos inimigos para poupar suas vidas; já houve morte o bastante. Ele dá ouvidos a ela. Isso coloca Fréaláf no curso de um futuro rei que é sagaz, corajoso, nobre e justo. Ele se opôs a Helm quando achou que o tio estava errado e foi magoado pela ira de Helm, mas estava pronto para voltar quando fosse preciso.

É um desvio em relação ao que ocorre no livro, em que Fréaláf surpreende e mata Wulf em Edoras, mas nosso filme tratava de um cerco, e precisávamos que a ação terminasse no Forte-da-Trombeta. Fréaláf ainda assim vence a guerra e demonstra que tipo de rei se tornará. – JASON DEMARCO, PRODUTOR

Perto do fim do filme, temos a chance de anunciar a nomeação do Abismo de Helm. Foi tão legal. Adoramos poder incluir essa fala e conectar diretamente Héra e Helm, e os eventos do nosso filme com a trilogia. – PHOEBE GITTINS, ROTEIRISTA

"NOSSO POVO NÃO CHAMA MAIS ESTE FORTE DE FORTE-DA-TROMBETA. NOMEARAM-NO EM HOMENAGEM AO SEU LEGÍTIMO REI ... O ABISMO DE HELM."

- 9 -

A PROMESSA DA PRIMAVERA

Com a guerra vencida e o inverno acabado, as pessoas de Rohan começam a reconstrução. Fréaláf é coroado rei em Edoras e Héra se apronta para partir. Por direito, a coroa deveria ser dela, mas ela tem outros planos. Recebeu uma carta, uma espécie de convite, e ela e Olwyn dizem adeus ao primo rei, cavalgando para encontrar um mago, ao mesmo tempo que outro faz juras de amizade a Rohan.

A COROAÇÃO
DE FRÉALÁF

❖◆◇◆❖

"O LONGO INVERNO HAVIA ACABADO.
A PROMESSA VERDEJANTE DA PRIMAVERA
HAVIA CHEGADO."

A cena da coroação acontece só uma ou duas semanas depois de Héra e os demais retornarem a Edoras, então decidimos deixar as colunas queimadas, mas decorá-las para a celebração. Tivemos o cuidado de f com que parecessem queimadas, mas não sujas.

Pode ser difícil de discernir porque a cidade é mostrada em plano aberto, mas a reconstrução dos lares incendiados já está acontecendo. O próprio paço de Meduseld acabaria sendo reconstruído, ficando do jeito que aparece na trilogia. – TAMIKO KANAMORI, DIRETORA DE ARTE

Voltar a Meduseld para a coroação é algo que saiu diretamente do texto, mas, na coroação de Fréaláf, não queríamos negligenciar Héra. A conversa entre os dois era importante para nós e para arrematar a personagem de Héra. "Deveria ser você", ele diz. A verdade é que ela nunca quis a coroa, mas, novamente, trata-se de uma escolha que faz e ela escolhe não assumir o trono.

"Não procure por ela nos contos antigos, pois não há nenhum." Essa fala sobre Héra nos abre à capacidade de contar uma história sobre uma personagem que faz uma escolha muito diferente e não termina sentada num trono. – PHOEBE GITTINS, ROTEIRISTA

P.A.: Arte de cenário de Meduseld. 1: Arte referencial de cenários: a coroação, TK. 2: Arte referencial de personagens: Fréaláf, MT. 3: Arte de cenário da coroação.

SARUMAN, O BRANCO

Conforme escrito por Tolkien, Saruman, o Branco, apareceu na coroação de Fréaláf, após a qual ele receberia as chaves da torre de Orthanc e fixaria residência ali.

Era muito importante para nós que Saruman falasse com a voz de Sir Christopher Lee. Por sorte, tínhamos três filmes com gravações de Saruman, incluindo tomadas alternativas e falas que não entraram na versão final. A memória de Philippa para o que foi gravado há vinte anos parece um Rolodex, e ela soube sugerir coisas como tirar uma palavra dessa fala e alguma coisa de outra, então ela concebeu os diálogos sabendo o que poderia ser construído com o material disponível. As falas de Saruman no nosso filme foram meticulosamente reunidas e polidas a partir de palavras que Sir Christopher falou pela primeira vez há mais de vinte anos, e sua esposa, Gitte Krøncke, nos deu sua bênção, o que era muito importante para todos nós.

Fico arrepiada só de ouvir. – PHOEBE GITTINS, ROTEIRISTA

1: Arte referencial de personagens: Saruman, MT.
2: Arte conceitual de Saruman, S.
3: Quadro final do filme.

O NOVO CAMINHO DE HÉRA

Parece que a cena final do filme, após a guerra ser vencida, seria mais feliz, mas não é o caso. O diretor disse que tinha em mente uma atmosfera um tanto triste. Gosto de pensar isso em termos de fazer você sentir a ausência de Wulf. Talvez seja um modo japonês de enxergar. – MIYAKO TAKASU, DESIGNER DE PERSONAGENS E SUPERVISORA DE ANIMAÇÕES-CHAVE

Héra é a última descendente de Helm. Ainda que Rohan nunca tenha tido uma rainha, a reivindicação dela poderia ser discutida. No entanto, a escolha que ela faz é diferente…

Não pareceria autêntico ao mundo de Tolkien ou à história se Héra assumisse o trono; as mulheres não assumiam o trono. Trata-se de escolhas. Héra não conquistou uma coroa, conquistou sua liberdade. Acho que é com isso que as jovens se identificarão assistindo ao filme, mais do que à ideia de ela se tornar rainha. – PHILIPPA BOYENS, PRODUTORA

1: Arte referencial de cenários: os estábulos de Edoras, YY. **2:** Arte de cenário de Edoras. **3:** Arte de cenário dos estábulos de Edoras. **4:** Arte referencial de personagens, cavalos e acessórios, MT. **5:** Quadros finais do filme. **Verso:** Quadro final do filme.

Fica claro que Olwyn não é obrigada a acompanhar Héra depois que ela resolve deixar Edoras, mas Olwyn decide cavalgar ao seu lado; duas donzelas-do-escudo partindo em busca de aventura. – ARTY PAPAGEORGIOU, ROTEIRISTA

O gancho no final do filme dá continuidade ao que havíamos começado com os Orques em seus afazeres, procurando anéis, e nos permitiu dar uma indicação de Gandalf. De certa forma, faz uma ponte com a maneira com que os outros filmes começam, com as aventuras chegando até os Hobbits. – ARTY PAPAGEORGIOU, ROTEIRISTA

Sair para encontrar um Mago parecia um jeito divertido de encerrar tudo. A aventura está acenando, como sugere Fréaláf. Ele conhece Héra bem demais. Esse é o final feliz para Héra. "Indomável, uns a chamavam, obstinada e livre, e assim ela permaneceu até o fim dos seus dias." – PHOEBE GITTINS, ROTEIRISTA

"ESTAMOS CAVALGANDO ATÉ OS VAUS DO ISEN PARA ENCONTRAR UM MAGO."

"[...] SELVAGEM, ALGUNS A CHAMAVAM, TEIMOSA E LIVRE [...] E ASSIM ELA PERMANECEU, ATÉ O FIM DE SEUS DIAS."